Leonardo Boff
Was kommt nachher?

SERIE PIPER
Band 1208

Zu diesem Buch

Himmel und Hölle, Tod, Gericht, Fegefeuer – es sind diese »letzten« Dinge, die christliche Eschatologie, die der brasilianische Franziskaner Leonardo Boff neu zu deuten und klären unternimmt. Für den gegenwärtig wohl originellsten lateinamerikanischen Theologen steht die »Theologie des Volkes« im Mittelpunkt seines Denkens, und so scheut er auch nicht vor »einfachen« Fragen zurück: War die Himmelfahrt Christi wirklich? Was hat es mit der Seelenwanderung auf sich? Und vor allem: Was kommt nach dem Tod?

Boff nimmt in seinem engagiert geschriebenen Buch über die christliche Reich-Gottes-Hoffnung die Verheißung auf Auferstehung ernst und gibt verständlich und lebensnah dem Ausdruck, was als Zukunftshoffnung im Christentum lebendig ist.

Leonardo Boff, geboren 1938 in Concórdia/Brasilien, Franziskanertheologe, studierte mehrere Jahre katholische Theologie in Deutschland und zählt zu den wichtigsten Vertretern der lateinamerikanischen Befreiungstheologie. Da er deswegen ständig vom Vatikan angegriffen wurde, legte er 1992 alle kirchlichen Funktionen nieder.

Leonardo Boff

Was kommt nachher?

Das Leben nach dem Tode

Aus dem brasilianischen Portugiesisch von
Horst Goldstein

Piper
München Zürich

Die Originalausgabe erschien 1981 unter dem Titel
»Vida para além da morte«
bei Editora Vozes Ltda., Petropolis.

Von Leonardo Boff liegt in der Serie Piper außerdem vor:
Kirche – Charisma und Macht (1078)

ISBN 3-492-11208-0
Februar 1992
2. Auflage, 7.–10. Tausend März 1993
R. Piper GmbH & Co. KG, München
Lizenzausgabe mit Genehmigung des Otto Müller Verlags, Salzburg

Umschlag : Federico Luci,
unter Verwendung des Gemäldes »Solen« von Edvard Munch

Satz: Druckhaus Nonntal, Salzburg
Druck und Bindung: Clausen & Bosse, Leck
Printed in Germany

Meinem Mitbruder und Freund
Pater Frederico José Leopoldo Vier
für vierzig Jahre Dienst an der Theologie.
Wie der Psalmist schaut er
in die Vergangenheit zurück
und in die Ewigkeit voraus.

Zur Erinnerung an meinen Freund
João Camillo de Oliveira Torres,
der sehr auf dieses Buch gewartet hat.
Jetzt sieht er die Wirklichkeit,
wie sie ist,
ohne noch warten zu müssen.

Inhalt

EINLEITUNG

Am Schluß zu lesen

Es war einmal – so heißt es im Märchen – ein Mann, der an das Land der Gerechten und Guten glaubte. Auf dieser von Gott geschaffenen Welt muß es doch ein Land der Gerechten und Guten geben! Warum sollte es dies Land nicht geben? In diesem Land lieben sich die Guten und Gerechten wie alte Freunde, helfen sich wie Brüder und nehmen sich gegenseitig wie Gäste auf, die müde, hungrig und durstig von einer langen Reise eintreffen.

Dieses Land wollte der Mann immer suchen und finden. Er war arm. Es trieb ihn hierhin und dorthin. Plötzlich bemerkte er, daß er alt und schwach geworden war. Er war so erschöpft, daß er sich nur noch hinlegen und sterben konnte. Aber noch einmal faßte er Mut, lächelte leicht und sagte zu sich: »Unsinn, ich halt's noch aus. Ich warte noch ein bißchen . . . und noch ein bißchen. Ich brech' aus diesem Leben aus und geh in das Land der Gerechten und Guten.« Das Land der Guten und Gerechten war seine einzige große Freude . . .

Jedoch tauchte in der Gegend – war es Sibirien, war es unser brasilianisches Hinterland? – ein Mann auf, der als überaus weise galt. Er hatte viele Bücher, Projekte, Landkarten und sonstige Dinge dabei, die einen weise erscheinen lassen.

Da funkelten die Augen des Alten vor Spannung, und er fragte den Weisen: »Können Sie mir, bitte, sagen, wo das Land der Gerechten und Guten liegt?«

Der Weise würdigte ihn keines Blickes. Vielmehr griff er zu den Büchern und Landkarten, blätterte sie durch, wälzte sie hin und her und suchte nervös in ihnen herum. Schließlich sagte er:

»Das Land der Guten und Gerechten gibt es nicht. Die Landkarten sind genau und vollständig. Aber ein Land der Gerechten und Guten weisen sie nicht aus.«

In den Augen des Alten schwindet der kindliche Glanz. Das will, das kann er nicht glauben! Mit leichter Hoffnung wagt er es noch einmal:

»Könnten Sie, bitte, noch einmal nachschauen! Das Land der

Gerechten und Guten liegt dort, ich weiß es. Es muß dort sein! Sonst sind Ihre Bücher Märchen und Lügen und weniger wert als ein zerbrochener Dachziegel!«

Der Weise fühlte sich beleidigt: »Meine Bücher sind sämtlich wissenschaftliche Bücher, und meine Landkarten beruhen auf modernsten Techniken und Fotografien von künstlichen Satelliten! Das Land der Gerechten und Guten gibt's nicht! Das ist nur der Traum eines hinfälligen Alten!«

Der Blick des Alten erstarrte. Der Mann wurde schrecklich zornig:

»Was? Das ganze Leben habe ich auf das Land der Guten und Gerechten gewartet und gehofft, daran geglaubt! Nach Ihren Landkarten soll es jetzt nicht existieren! Ein Traum eines hinfälligen Alten!« Er wandte sich zum Weisen und sagte:

»Du bist ein unverschämter Scharlatan, ein billiger Taschenspieler. Du bist überhaupt kein Weiser, und deine Wissenschaft ist nichts anderes als das Hirngespinst eines Verrückten.« Und er gab ihm ein, zwei, drei Ohrfeigen. Und noch eine und noch eine, sieben Ohrfeigen gab er ihm. Dann ging er nach Hause. Dort legte er sich in sein Bett und sagte: »Diesmal hab' ich alles verstanden. Ich geh' in das Land der Guten und Gerechten . . .« So starb er.

1. Kapitel

TOD UND GERICHT, HÖLLE, FEGEFEUER UND PARADIES – WOHER WISSEN WIR DAS?

Kann man etwas Sicheres über die Zukunft sagen, wenn man kein Prophet vollendeter Tatsachen ist und Gutes oder Böses zu verkünden hat? Das Christentum behauptet, ziemlich genau zu wissen, wie das Morgen von Mensch, Geschichte und Welt aussehen wird. Vielleicht liegt hier der Kern seiner Botschaft, die Evangelium und gute Nachricht für alle ist: Das Leben besiegt den Tod, Sinn triumphiert über Absurdes, Gnade strömt über, wo Sünde herrscht; der Mensch geht nicht einer biologischen Katastrophe entgegen, die Tod heißt, sondern der vollen Verwirklichung seiner Leib-Geist-Einheit; die Welt bewegt sich nicht auf ein dramatisches Ende mit einer kosmischen Umwälzung zu, sondern auf ihr Ziel, das im Aufblühen aller in ihr keimenden Samenkörner besteht. Mit einem Wort: Das Christentum verkündet den Himmel als Konvergenz und Realisierung aller menschlichen Impulse. Die Hölle versteht es als absolutes Scheitern, das der Mensch mit seiner Freiheit selbst zu verantworten hat. Es verspricht die Auferstehung der Toten als volles Offenbarwerden aller in der menschlichen Natur verborgenen Dynamik. Schließlich soll diese materielle Welt verklärt werden, weil »alle guten Erträgnisse der Natur und unserer Bemühungen« nicht verlorengehen und wir sie »beim Kommen des Herrn wiederfinden, gereinigt von jedem Makel, lichtvoll und verklärt« (*Gaudium et Spes* 39).

1. Die Gründe unserer Hoffnung

Kritische Menschen und Christen fragen sich heute, woher das Christentum sein Wissen um für das menschliche Geschick so entscheidende Dinge nehme. Wir müssen Realisten sein und dürfen uns nicht von Illusionen täuschen lassen, die möglicherweise nur Fluchtwege aus unserer paradoxen und doppeldeutigen Wirklichkeit sind. Mit dieser haben wir uns auseinanderzusetzen, so wie sie ist.

Schon der Verfasser des Zweiten Petrusbriefs hat es mit Christen zu tun, die kritisch fragen: »Wo bleibt denn die verheißene Ankunft des Herrn? Seit die Väter entschlafen sind, ist alles geblieben, wie es seit Anfang der Schöpfung war« (3,4). Um den Verzug der glorreichen und befreienden Parusie (Ankunft) Christi zu rechtfertigen, die man schon bald erwartet (1 Petr 4,7), versichert er den leidgeprüften Christen, die unbedingt auf Trost angewiesen sind: »Beim Herrn ist ein Tag wie tausend Jahre, und sind tausend Jahre wie ein Tag. Der Herr zögert nicht mit der Erfüllung seiner Verheißung, wie einige meinen« (2 Petr 3,8–9). Obwohl diese Auskunft zugegebenermaßen das Problem nicht beantwortet, ergeht dennoch die Mahnung an uns, »jedem Rede und Antwort zu stehen, der nach der Hoffnung fragt, die (uns) erfüllt« (1 Petr 3,15). Also: Woher weiß der christliche Glaube von den letzten Zielen?

Der Griff zur Heiligen Schrift ist gewiß keine sachgerechte und in sich überzeugende Antwort. Obgleich die Bibel das Wort Gottes beinhaltet, vermittelt sie es uns doch immer in menschlichen Wörtern. Die Tatsache, daß die Schrift inspiriert ist, hebt ihre Verfasser nicht über den allgemeinen menschlichen Bedingungsrahmen hinaus, in dem auch wir stecken. Auch sie tasteten sich voran, mußten nachsinnen, theologisierten und ließen sich vom Glaubensleben leiten. Die vielen Bücher der Schrift sind das modellhafte Zeugnis der Offenbarung, die fortwährend in dem einen Buch des Lebens geschieht. Die Offenbarung fällt nicht vom Himmel, sondern geschieht in der Geschichte.

Die Geschichte ist gelebtes und reflektiertes Leben. Wer das Leben sieht und lebt, kann auch die Zukunft des Lebens erahnen. Aber Zukunft ist, was noch nicht ist. Kann man über das sprechen, was noch nicht ist? Ja, weil in Mensch und Welt nicht nur *Sein*, sondern auch *Sein-Können* steckt, das heißt Möglichkeiten und Offenheit auf ein Mehr hin. Deshalb wollen unsere Aussagen von der Zukunft auch nicht mehr als explizieren, entfalten und offenlegen, was implizit und latent in den Möglichkeiten des Menschen enthalten ist.

Der Mensch ist nicht nur Vergangenheit und Gegenwart, sondern vor allem auch Zukunft. Projekt, Vorausschau und Ausstrecken nach dem Morgen. Die Vergangenheit von heute gründet auf der Zukunft von gestern. So ist die Vergangenheit eher Zukunft, als daß sie zur Vergangenheit wird. Deshalb kann man mit Recht sagen, der Mensch sei keine Vergangenheit auf dem Weg in die Zukunft, sondern eine Zukunft auf dem Weg in die Vergangenheit. Die Zukunft, das Noch-Nicht ist wesentlicher Bestandteil des Menschen. Der »vollkommene«

Mensch, der am Ziel seiner Entwicklung angelangt wäre, muß erst noch geboren werden. Der Prozeß ist noch in Gang. Wir sind erst dabei, die Zukunft zu erobern. Dies gilt nicht nur für die strukturelle Beherrschung der Welt durch Technik, Zukunftsideologie und Planung, sondern auch für die Natur des Menschen als solche. Der Mensch hat seinen Punkt Omega[1], den er im weiten Horizont seiner Virtualitäten als latent und möglich erahnt, noch nicht erreicht.

2. *Der Mensch als Bündel von Impulsen und Beziehungen*

Diese Intuition, von der übrigens verschiedene Werke A. de Saint-Exupérys zeugen, bringt genau das Wesen des Menschen zum Ausdruck. In der Tat: Der Mensch ist ein Bündel von Beziehungen in alle Richtungen, einschließlich in die des Unendlichen. Schon Aristoteles bemerkt, der Mensch sei aufgrund seines Denkvermögens in gewisser Weise alle Dinge. Der Mensch ist nicht auf diesen oder jenen Gegenstand festgelegt, sondern auf die Gesamtheit der Dinge. Er begnügt sich nicht mit den Dingen, sondern will das Sein, das Fundament aller Dinge. Deshalb ist er gegenüber allem, was begrenzt ist, ein ständiger Deserteur, Protestierender und Kritiker. So unterscheidet er sich vom Tier, das in ungetrübter Harmonie und biologischem Frieden mit der es umgebenden Welt lebt. Das Tier scheint immer ja zu sagen. Der Mensch ist dagegen ein ewiger Faust, *bestia cupidissima rerum novarum,* immer gewillt, festgelegte Artikulationen und rigide Grenzen aufzubrechen.

Biologisch gesehen, ist der Mensch ein Karenzwesen ohne jeden spezialisierten Instinkt. Nichts von dem, was lebenswichtig für ihn ist, bekommt er geschenkt. Alles muß er lernen. Um zu überleben, muß er arbeiten und die Umwelt verändern. So entsteht Kultur, die das Gesamt der Veränderungen an der Welt ist, durch die der Mensch seinen biologischen Fortbestand sichert. Freilich gibt er sich mit keinem Modell von Kultur zufrieden. Ständig sucht er nach anderen Figuren und Formen des Zusammenlebens. Auch in der Dimension des Geistes ist er für das Noch-nicht-Getane und Noch-nicht-Erreichte offen.

Der Mensch ist in der Tat ein Geist-in-Welt. Aber die Welt schöpft seine Fähigkeiten, zu erkennen, wollen, fühlen und lieben, nicht aus. Er kann alles denken. Gleichwohl ist seine Erkenntnisfähigkeit immer noch jungfräulich, weil sich sein Geist im unbegrenzten Raum des Seins bewegt. Das Wollen des Menschen will immer mehr, als es in einem konkreten Zugriff erreichen kann. Keine konkrete Tat schöpft ganz die Dynamik seines Willens aus. Obgleich die Organe die sinnlich wahrnehmbaren Gegenstände naturgemäß selektieren, möchte der Mensch mit seinen Sinnen doch unbegrenzt viele Dinge erfassen. Liebe erfährt volle Hingabe und Einheit. Dennoch gelingt es auch ihr nie, die Ewigkeit, nach der sie sich sehnt, zu realisieren. Zwar kann der Liebende sagen: Ich liebe dich und weiß, daß du nicht sterben darfst. Trotzdem kann er den Augenblick nicht festhalten, der verfliegt. Erst in der ewigen Liebe ruht sich das Herz aus.

Der Mensch kann hoffen, planen und die Zukunft manipulieren. Aber keine Zukunft ist die absolute Zukunft, in die seine innere Dynamik mündet, in der alles zur Ruhe kommt und in der alle Entfremdungen zwischen Mensch und Natur, Freiheit und Geschichte, Vorstellung und Wirklichkeit überwunden sind.

Der Mensch ist Projektion und Tendenz nach einem Immer-noch-Mehr, nach der Überraschung, die er nicht voraus-sieht, nach einem Unbekannten, nach einem Novum, nach dem Noch-Nicht. Das Beste ist immer nur ein Entwurf. Das erreichte Ziel wird ständig zum Aufbruch zu neuen Horizonten. Wir leben unentwegt in Hoffnung und stecken erst noch in der Vorgeschichte unserer selbst. Wir werden erst geboren. Alles ist Verheißung. Jede Ankunft ist ein neuer Auszug. So ist alles noch offen. Darum kann es auch noch Schrecken, Angst, Unsicherheit, Risiko, Mut, Kühnheit und Hoffnung geben.

Unsere Überlegungen zeigen, daß der Mensch in einem ständigen Ex-zeß lebt. Sein Mittelpunkt liegt nicht in ihm selbst, sondern außerhalb seiner, in der Transzendenz. Er lebt sein Leben als Existenz. Der Mensch ist ein asymptotisches Wesen, das stets auf dem Weg zu sich selbst ist. Eine rastlose Dynamik durchdringt sein ganzes Sein und orientiert ihn in eine Zukunft, aus der er den Sinn für die Gegenwart nimmt.

3. Das Prinzip Hoffnung – Quelle von Utopien

Moderne Denker haben die unstillbare Dynamik des menschlichen Lebens »Prinzip Hoffnung« genannt. Dieses ist ein Prinzip und keine Tugend, eine Kraft, die alle Tugenden durchdringt und die sich fortwährend für ein Wachsen ohne Grenzen offenhält. Es geht um eine allgemeine und nicht-objektivierbare Dynamik, die jede einzelne Tat übersteigt und sich in keine konkrete Artikulation einfangen läßt. In jedem von uns wohnt der *homo absconditus* der Zukunft.

In der Tat: Der Mensch ist eine unbegrenzte Offenheit, gebunden an die Enge einer Konkretisierung, die ihn nicht erfaßt. Er steht in der Spannung zwischen einem absoluten Streben und einer unzulänglich realisierten Tendenz. Er erfährt sich als geschaffenes und unentwegt noch zu schaffendes Wesen. Erfahrungen dieser Art vermitteln ihm den Begriff des Neuen, des Unbegrenzten, des Latenten und des Offenkundigen, des Verborgenen und des Offenbaren, von Verheißung und Erfüllung, von Antizipation und voller Verwirklichung.

Die Utopie spielt eine unersetzliche Rolle in der Geschichte des Menschen. Mit Hilfe der Utopie projiziert er seine ganze Dynamik und Sehnsucht frei von Grenzen und Mißverständlichkeiten als schon voll realisiert in die Zukunft. Utopie ist nicht einfach gleichbedeutend mit Phantasie. Phantasie ist eine der Formen, in denen sich die Utopie und das Prinzip Hoffnung ausdrücken. Utopie dagegen bekundet die ständige Sehnsucht des Menschen nach Erneuerung, Aufbruch und Vervollkommnung. Die Utopie beginnt nicht mit dem Nichts, sondern mit einer Erfahrung und mit menschlichen Sehnsüchten. Im Laufe der Geschichte sind viele Utopien entworfen worden: Platons »Politeia«, Augustins Gottesstaat, Campanellas (1568–1639) Sonnenstaat, die »Neue Insel Utopia« von Thomas Morus, Kants Entwurf »Zum ewigen Frieden«, Hegels absoluter Staat, das Paradies des Proletariats bei Marx, die ganz von Liebe durchdrungene und planetarisierte Welt von Teilhard de Chardin, A. Huxleys »Schöne Neue Welt«, die Vulkania von J. Verne sowie das Reich Gottes in der apokalyptischen Literatur und in der Predigt Jesu.

Durch all diese Entwürfe zieht sich eine Linie: Alles, was den Menschen entfremdet, ist überwunden. In der Offenbarung des Johannes heißt es: »Der Tod wird nicht mehr sein, keine Trauer, keine Klage, keine Mühsal« (Offb 21,4), »sie werden keinen Hunger und keinen Durst mehr leiden«, und die Natur wird ihnen nichts mehr anhaben (Offb 7,16); statt dessen wird ein neuer Himmel und eine neue Erde sein (Offb 21,5). Der Himmel, den der christliche Glaube verheißt, hat seinen Ort im Horizont dieses utopischen Denkens. Er ist die absolute und radikale Verwirklichung all dessen – in Gott –, was echt menschlich ist.

4. *Glaube als radikale Entscheidung für einen Sinn*

Wird die Utopie eines Tages Wirklichkeit werden? Werden die Impulse des menschlichen Herzens, des Verstandes, des Willens, des Fühlens und Hoffens an ihr Ziel gelangen? Wird das, was der Mensch latent in sich erfährt, voll sichtbar werden? Kann der Mensch Gemeinschaft mit allen Dingen, einschließlich des Unendlichen finden? Wird das Bündel von Beziehungen in alle Richtungen immer bloß auf der Suche nach dem Pol bleiben, der alles zentralisiert, oder wird es tatsächlich zu einer Einheit mit der gesamten Wirklichkeit finden? Oder ist das Schicksal des Menschen das des Prometheus: ein ewiges Hoffen ohne Erfüllung?

Zwei Positionen sind hier möglich: Entweder leugnet man Sinn, oder man glaubt an ihn. Glauben haben heißt einen radikalen Sinn im Leben entziffern und daran festhalten, daß der Mensch eine absolute Zukunft hat, in der alle ihn innerlich und äußerlich bewegenden Regungen konvergieren. Aber auch ein solcher Glaube klärt die existentiellen Absurditäten nicht, die uns in unserer persönlichen und kollektiven Geschichte begegnen: Warum quält der Schmerz gerade ein unschuldiges Kind? Warum muß der Gute Schmerz und Verfolgung erleiden? Warum sucht sich der Tod gerade auch junge Menschen aus? Warum gibt es im Menschen eine konstitutionelle Schizophrenie, die ihn innerlich spaltet und von den Mitmenschen und von Gott wegholt?

Solche Probleme bilden die fortwährende Erfahrungsbasis für die Negierung von Sinn, für Gnostizismus, Skeptizismus und Atheismus. Deshalb kann der Glaube, so radikal er auch sein mag, immer in Versuchung geraten. Wer sich jedoch für das Absurde entscheidet oder allenfalls einen Sinn zuläßt, der das geschlossene System nicht übersteigt, und darüber hinaus einen Gesamtzusammenhang der Systeme und Funktionen für absurd hält, der hat sich damit auseinanderzusetzen, daß Menschen trotzdem Sinn erfahren: Leben, Arbeit, Liebe und Freundschaft, im Opfer zugunsten anderer, in der Vergebung und im ungerechten Tod, zu dem sie – Versöhnung selbst mit ihrem Henker – ja sagen. Atheismus und Skeptizismus leben in der ständigen Herausforderung durch den Glauben und durch die Notwendigkeit, Sinn zu erklären. Wenn alles absurd ist, warum manifestiert sich dann noch Sinn?

Der Glaube thematisiert den Sinn, dem er im Drama der Existenz begegnet. Angstfrei benennt er ihn und ruft ihn als Gott, Vater und Liebe an.

Dann aber wird der Glaube seinerseits zum Thema der Religionen mit ihren Haltungen, Lehren und Riten; denn Religion hat es immer mit dem Sinn der Gesamtwirklichkeit zu tun.

»Wo Hoffnung ist, ist auch Religion«, sagt der größte Fachmann der Gegenwart für utopisches Denken, Ernst Bloch (Das Prinzip Hoffnung, 1404; Atheismus im Christentum. Zur Religion des Exodus und des Reichs, 23). Man könnte auch sagen: Wo Religion ist, da artikulieren sich die größten Hoffnungen des menschlichen Herzens auf das Morgen, dort werden Worte des Heils gesprochen, die sich nicht nur auf die Gegenwart beziehen, sondern auch die Zukunft sichern, und dort werden Impulse geboren, die die Gegenwart im Namen einer zukünftigen Utopie unentwegt kritisieren, die kraft einer Hoffnung auf einen Gesamtzusammenhang alle Widersprüche erträglich machen und die einen von neuen Himmeln, von einer neuen Erde und von einem neuen, mit all seinen Relationen versöhnten Menschen träumen lassen. Religionen sind immer die Grundlage von Hoffnung, weil sie unausweichliche Fragen stellen und beantworten, wie: Was wird aus Mensch und Welt? Was wird nach dem Tode sein? Religion hat weniger mit den Ursprüngen der Geschichte zu tun als vielmehr mit dem, was nach der Geschichte kommt. Religion will etwas von der Zukunft wissen und artikuliert sie bereits in der Gegenwart. Sie pflanzt Hoffnung in das unruhige Herz des Menschen ein. Wenn dies schon für jede Religion gilt, dann um so mehr für das Christentum.

5. Im Christentum wurde die Utopie zur Topie[2]

Wovon spricht letztlich das Christentum? Worin besteht seine Einzigartigkeit? Das Christentum tut einen Schritt über die Religionen hinaus. Es verkündet, daß der Sinn (Logos) nicht einfach den Dingen dif-fus und pro-fus innewohnt, sondern daß die absolute Zukunft (Gott) in unsere Existenz kam, in unserem menschlichen, warmen und sterblichen Fleisch Wohnung nahm und Jesus Christus hieß.

Jesus verkündete das Wort, das die Geschichte bis dahin noch nicht gehört hatte, das zu hören aber alle sich wünschten: »Die Zeit ist erfüllt. Das Reich Gottes ist nahe!« (Mk 1,15). In der Tat, mit ihm geschah etwas absolut Neues: Sünden werden vergeben, Kranke geheilt, Unwetter beruhigt, Hungrige gesättigt, unreine Geister vertrieben, und der Tod wird besiegt. Endlich kam der *homo revelatus*, Jesus selbst. In ihm wurde die Güte und die Menschenfreundlichkeit Gottes sichtbar (Tit 3,4). In ihm offenbarte sich ein Leben, das bereits die Versöhnung mit allen Menschen und mit Gott war. So viel Leben und eine so große Liebe konnte der Tod nicht verschlingen. Seine Auferstehung realisierte die Utopie: Der Mensch wurde in der totalen Sichtbarkeit seiner verborgenen Wirklichkeit geboren. Deshalb darf die Auferstehung nicht als Wiederbelebung eines Leichnams und Rückkehr in das sterbliche Leben gedeutet werden. Auferstehung besagt vielmehr die totale und erschöpfende Verwirklichung aller latent im Menschen vorhandenen Möglichkeiten, wie: innige und hypostatische Union mit Gott, kosmische Gemeinschaft mit allen Wesen, Sprengung aller Fesseln und Überwindung aller Entfremdungen, die unsere irdische, im Prozeß des Entstehens befindliche Existenz brandmarken. Mit Recht sieht das Neue Testament in ihm »den neuen Menschen« und »den endzeitlichen Adam« (Röm 5,12–19; 1 Kor 15,45). Er war der erste, der zu dem fand, zu dem noch niemand gekommen war, zur endgültigen und unüberbietbaren Fülle, zur Heimat, zum Zuhause in der Identität mit Gott. Durch das Werk und die Kraft Gottes durchbrach er die Schranke und brach in die absolute, göttliche Realisierung ein.

Im auferweckten Jesus Christus teilte sich uns die absolute Zukunft mit. Die absolute Zukunft kam uns entgegen und begann, die letzte und endgültige Fülle zu realisieren. Jesus Christus ist der erste unter vielen Brüdern und Schwestern (Röm 8,29; 1 Kor 15, 20; Kol 1,18). In ihm wurde die Utopie zur Topie. Was dem Menschen unmöglich schien, obschon er sich von Herzen danach sehnte, erwies sich für Gott als möglich (vgl. Mt 19,26; Lk 1,37; 18,27). Ohne etwas von ihrem Zukunftscharakter einzubüßen, ging die absolute und geheimnisvolle Zukunft mit dem Menschen eine solche Verbindung ein, daß sie mit ihm zu einer Geschichte wurde. So verwirklichte sie auf absolute Weise den Menschen in Gott. Wenn wir dies behaupten und glauben, bringen wir den Glauben an die Inkarnation Gottes zum Ausdruck. Die Zukunft Jesu Christi, der durch die Auferstehung in der Geschichte präsent wurde, ist die Zukunft der Menschheit. Wie die Urgemeinde rufen wir Christen ihn deshalb als unsere Hoffnung an (Kol 1,27). Meisterhaft sagt Augustinus: »Christus verwirklichte, was für uns noch Hoffnung ist. Was wir erhoffen, sehen wir nicht. Aber wir sind der Leib jenes Hauptes, in dem Wirklichkeit wurde, was wir erwarten« (Sermones 157,3).

Dies war auch tragende Perspektive des gesamten Alten und Neuen Testaments. Selbst das Paradies ist für die Verfasser von Genesis 2–3 keine Situation, die wir verloren haben und an die wir uns nur melancholisch erinnern können. Das Paradies ist die neue Welt, zu der wir – bewegt von der Heiterkeit über die Treue Gottes – unterwegs sind. »Das Paradies ist so etwas wie das Modell der Welt oder die Zeichnung eines Hauses, das der Bauherr – sprich: der Mensch – errichten will. Es ist ein Projekt, das den Menschen mit seinem Glauben und seinem Mut ständig herausfordert. Vom Paradies ist zu Beginn der Bibel die Rede, weil man, ehe man ans Werk geht, wissen muß, was man will, und einen machbaren Plan davon haben muß. Die volle Verwirklichung wird antizipierend in der Schilderung des Paradieses beschrieben, mit Bildern und Symbolen aus der Lebenswirklichkeit der damaligen Menschen, und soll ihnen Anleitung und Anregung für ihr Handeln sein. Deshalb kann man sagen, das Paradies sei eine in die Vergangenheit projizierte Prophetie« (Frei Carlos Mesters, Paraíso Terrestre, Saudade ou Esperanca?, 47– 48).

Diese Prophetie verspricht dem Menschen: Im Reich Gottes wird es unter Eheleuten keine Beherrschung der Frau durch den Mann mehr geben; die Schmerzen des Gebärens werden ein Ende haben; Dürre, entfremdende Arbeit, Feindschaft zwischen Mensch und wildem Tier, Tod und Verfluchung werden nicht mehr sein. Der Baum des göttlichen Lebens wird alle Nationen ernähren (Offb 22, 2–3). Das Leben wird sich in überströmender Freigebigkeit zeigen (vgl. Joh 10,10). Alles wird neu sein (Offb 21,5). In seiner Unruhe sagt Abélard: »Das Ziel ist die Gemeinschaft, in der die Sehnsucht eher gestillt ist, als sie überhaupt aufbricht, in der der Gegenstand ihrer Befriedigung nicht hinter der Sehnsucht selbst zurückbleibt.« »Die wirkliche Genesis ist nicht am Anfang, sondern am Ende« (Ernst Bloch, Das Prinzip Hoffnung, 1628). Jesus Sirach kommt zum selben Schluß: »Ist der Mensch am Ende angelangt, steht er noch am Anfang« (18,7).

6. *Die Religion der heiteren Gelassenheit: »Er mag mich töten, ich harre auf ihn.«*

Mit der Gewißheit der Auferstehung kam heitere Gelassenheit in die Welt. Gelassenheit und Heiterkeit besagen, daß man sich inmitten der Zweifelhaftigkeit der gegenwärtigen rückschrittlichen und fortschrittlichen, gewalttätigen und friedlichen Situation an den Triumph des Lebens über den Tod, an den Sieg des Ja über das Nein erinnern kann. Heiter und gelassen sein meint, sehen zu können, wie die Zukunft die Gegenwart durchdringt, und imstande zu sein, ihre Vorwegnahme im Leben Jesu Christi zu feiern. Der Sisyphus-Mythos ist nicht mehr wahr. Ein Mensch hat es vermocht, den Stein bis auf den Gipfel des Berges zu rollen. Prometheus ist befreit. Wir können jetzt sagen: »Tod, wo ist dein Sieg? Tod, wo ist der Popanz, mit dem du die Menschen in Schrecken versetztest? Der Tod wurde vom Sieg überwunden!« (vgl. 1 Kor 15,55).

Die Gewißheit, daß die Utopie Topie werden wird, gibt dem Prozeß, der mit seiner latenten Tendenz noch der eigentlichen Genesis harrt, eine neue Dynamik. Die Tragik des Lebens schwindet. Eine universale Tragödie kann es nicht mehr geben. Es gibt nur noch das Drama des Lebens, in dem Entfremdung und Integration sich bekämpfen und abwechseln. Hier liegt der kapitale Unterschied zwischen der griechischen Tragödie eines Sophokles, Euripides oder Aischylos, in der meisterhaft die Ausweglosigkeit der Existenz geschildert wird, und dem jüdisch-christlichen Drama des ungerecht Leidenden, in dem an der äußersten Grenze zum Absurden noch ein Hoffnungsstrahl aufleuchtet. Schon beinahe im Todeskampf kann Ijob sagen: »Er mag mich töten, ich harre auf ihn« (13,15). Damit bekennt er, daß die Zukunft des Menschen in Gott liegt. Nichts von dem, was geschieht, geschieht ohne ihn: Leben und Tod, Gut und Böse, Gewalt und Versöhnung.

Das Leben ist dramatisch, aber nicht tragisch, weil es einen Ausweg kennt, den wir auch in den Schatten der Gegenwart erfahren. In der griechischen Tragödie fühlt sich der Mensch der Moira ausgeliefert, dem Fatum, dem unerbittlichen Schicksal, das noch über den Göttern, vor allem über der *Dike*, der Gerechtigkeit, steht.

Seitdem Christus auferstanden ist, hat die Sonne den Zenit erreicht. Das Licht erleuchtet die dunkelsten Ecken des Hauses unseres Lebens und läßt uns in dem, was schon ist, erahnen, was noch nicht ist, und darum flehen, daß es volle Wirklichkeit wird.

7. Eschatologie: Aus der Gegenwart in Funktion der Zukunft sprechen

Zurück zu der eingangs angedeuteten Frage: Woher weiß der christliche Glaube von der Zukunft von Mensch und Welt, vom Himmel, Fegefeuer, Hölle und Gericht? Unsere Antwort: Wer die dem menschlichen Leben innewohnende Dynamik betrachtet, stößt auf das Prinzip Hoffnung, auf Prospektive und Streben nach Zukunft.

Der Mensch träumt von einer Situation, in der er sich mit allen Elementen und Dimensionen der Existenz versöhnen kann, mit der Welt, den Mitmenschen und dem Absoluten. Er sehnt sich nach einer radikalen Aufhebung seiner Entfremdung und existentiellen Zerrissenheit. Aber er erfährt Krisen und Kritik, hat sich mit dem Urteil über sich selbst und das ihn umgebende Umfeld auseinanderzusetzen und erahnt die reale Möglichkeit eines totalen Scheiterns, wenn er seine Freiheit in einer entpersönlichenden Weise mißbraucht. Wenn man solche Erfahrungen radikalisiert, aus ihren begrenzten und unzulänglichen Ausdrucksformen herausholt, in denen sie sich hier darstellen, und in der Weise der Fülle und der absoluten Realisierung in die Zukunft projiziert, dann hat man ein verantwortetes Modell, nach dem man von der Zukunft sprechen kann.

Eschatologie ist einer Formulierung Karl Rahners zufolge keine vorweggenommene Reportage über Ereignisse in der Zukunft, sondern die Übertragung dessen, was wir hier als unzureichend erleben, in den Modus der vollen Verwirklichung. Himmel und Hölle, Fegefeuer und Gericht sind also keine Realitäten, die erst nach dem Tode beginnen. Wenn auch in unvollständiger Gestalt, können wir sie schon jetzt erleben und erfahren. Sie beginnen bereits hier auf der Erde und wachsen, bis sie sich im Tod voll entfalten – entweder zum Scheitern für den, der sich negativ orientiert und dem Licht des Sinns verschlossen hat, oder zur vollen Realisierung für den, der sich durchgängig für alles, insbesondere aber für Gott, offengehalten hat.

8. Warum die Erde, wenn der Himmel zählt?

Diese Sicht unterscheidet sich sowohl von den volkstümlichen Vorstellungen hinsichtlich der letzten Dinge als auch von den Ausführungen in den klassischen Handbüchern der Dogmatik. Dort ging es nicht um Hoffnung, sondern eben um die letzten Ziele des Menschen, die dann begannen, wenn das Leben endete. Folglich wurde behauptet, wahres Leben gäbe es nur im Himmel. Erst dort fänden wir die wahren Werte. Warum bedarf es dann noch der Erde, wenn allein der Himmel zählt?

So wurde das gegenwärtige Leben abschätzig als Zeit der Prüfung und der Versuchung angesehen. Die kleinen und großen Freuden des Daseins wurden als gefährliche *Hybris* des Menschen diffamiert. Alles, was dem Verlangen des menschlichen Herzens entgegenkam, wurde mit einem beinahe neurotischen Verzichtsgebot belegt. Hier und da ging man so weit, der Religion die Funktion beizumessen, dem Menschen alle Freuden, insbesondere im Bereich des Gefühlslebens, zu verbieten, ihn sozusagen zu kastrieren. Nicht wenige Menschen entwickelten ein negatives Selbstverständnis, das seinerseits zu einem noch negativeren Gottesbild führte. Viele Christen erfuhren Gott als ein Wesen, das ihr Verlangen nach menschlichem Glück vereitelte. Gott war nicht die Freiheit des Menschen, sondern ihre Grenze. Dieses Leben wurde entleert, weil nur das andere voll galt und den Namen »Leben« verdiente.

Vom Reich Gottes redete die Theologie dieses Zuschnitts in entfremdenden Begriffen. Es wurde pro-jiziert und erst in der Zukunft erwartet. Im Warten auf den Anbruch der Himmel, das heißt auf die heilschaffende Erneuerung aller Dinge, gaben Christen alles dran. Zahlreiche charismatische Bewegungen innerhalb und außerhalb der Kirche propagierten und propagieren, gestern und heute, diese endzeitliche Radikalisierung. Anfällig dafür waren vor allem die Massen des einfachen Volkes in Zeiten von Not, Umwälzung und Krieg. Bekannte Bewegungen dieser Art waren die Waldenser, Albingenser, Hussiten, Joachim von Fiore und Savonarola. In der jüngeren Geschichte Brasiliens ist zu verweisen auf den Sebastianismus[3] und auf die apokalyptischen Gestalten aus dem einfachen Volk im ausgedörrten Nordosten und im Süden dieses Landes. Sie alle riefen zur Flucht aus der Welt und zu Absonderheiten beim Aufbau der irdischen Stadt auf.

In dieser Sicht wird die Kirche ihres theologischen Gehalts entleert, insofern sie doch – wenn auch in unvollkommener Form – die endgültige Wirklichkeit des Reiches Gottes bereits vergegenwärtigt und in sich trägt. Hier aber gilt sie als die letzte Stufe der Jakobsleiter, die zu Gott führt, bei dem allein die Gerechten sich ausruhen und Frieden finden können. Übersehen werden jedoch dabei die Beziehung und die Dynamik, die das Reich Gottes und die Kirche miteinander verbinden. In diesem Verständnis sind Kirche und Reich rein äußerlich zugeordnete Wirklichkeiten. Erst die Parusie eröffnet das Reich Gottes. Dieses Bild eines Gottes ohne Welt trug sicherlich dazu bei, daß in der Moderne die Sicht einer Welt ohne Gott entstehen konnte (Y. Congar).

9. Warum der Himmel, wenn die Erde zählt?

Aber auch die umgekehrte Strömung, die im allgemeinen mit der vorhergehenden einherging, war immer zu spüren. Nicht der Himmel zählt, sondern die Erde. Mit den unvergleichlichen Worten Friedrich Nietzsches heißt das: »Ich beschwöre euch, meine Brüder, *bleibt der Erde* treu und glaubt denen nicht, welche euch von überirdischen Hoffnungen reden! Giftmischer sind es, ob sie es wissen oder nicht.

Verächter des Lebens sind es, Absterbende und selber Vergiftete, deren die Erde müde ist: so mögen sie dahinfahren! (Also sprach Zarathustra, Vorrede 3). Das Zweite Vatikanische Konzil kommt zu der Feststellung: »Unter den Formen des heutigen Atheismus darf jene nicht übergangen werden, die die Befreiung des Menschen vor allem von seiner wirtschaftlichen und gesellschaftlichen Befreiung erwartet. Er behauptet, daß dieser Befreiung des Menschen die Religion ihrer Natur nach im Wege stehe, insofern sie die Hoffnung des Menschen auf ein künftiges und trügerisches Leben richte und ihn dadurch vom Aufbau der irdischen Gesellschaft abschrecke« (*Gaudium et Spes* 20).

Diese Konzeption, die den Himmel im Namen der Erde verneint, gab gewiß einen schöpferischen Impuls zur Veränderung des Antlitzes der Erde. Aber zugleich stürzte sie den Menschen in eine schreckliche Frustration. Der Himmel ist eine lebendige Transzendenz, die mit nichts zu befriedigen ist, und schon gar nicht mit irdischen Dingen. Die Erde schreit nach dem Himmel als ihrer Erfüllung.

In der Theologie löste diese irdische Perspektive ihrerseits einen bemerkenswerten Prozeß der Verkirchlichung des Reiches Gottes und der Institutionalisierung der christlichen Hoffnung aus. Auf der Erde ist das Reich Gottes – so heißt es – die Kirche. Die Sakramente verkörpern die Kräfte der Zukunft und lassen die Parusie gegenwärtig werden. Die Kirchenväter Lactantius, Eusebius, Caesarius von Arles und andere sahen im Anbruch des christlichen Reiches unter Konstantin den Beginn der Fülle der Zeiten. Das Reich Gottes wird auf der Linie der Schöpfung gedacht. Es bildet sich allmählich im Laufe der Geschichte. Mit Christus, der Kirche und dem Heiligen Römischen Reich fand es zu seiner vollständigen Gestalt. Kritik an der Kirche und Rebellion gegen Akte des Heiligen Römischen Reiches sind Sünde gegen Gott und sein Reich.

Die Gleichung von Kirche und Reich Gottes wurde bis zu einem solchen Extrem getrieben, daß der bekannte Theologe Fulgentius – in einem unerhört kühnen Ansinnen, die Urteile Gottes kennen zu wollen – folgende Regel formulierte: »Halte mit festem und unerschütterlichem Glauben daran fest, daß nicht nur alle Heiden, sondern auch alle Juden, alle Häretiker und Schismatiker, die außerhalb der katholischen Kirche sterben, in das ewige Feuer kommen, das für den Teufel mit all seinen Engeln bereitet ist« (De fide, regula 35: PL 65,704).

Gegensätze berühren einander! Wenn vorhin ein Gott ohne Welt zur Entstehung einer Welt ohne Gott beitrug, dann führt jetzt eine gar zu enge Verbindung zwischen Gott, Welt und Kirche erneut dazu, daß Gott negiert wird. Aber Gott läßt sich nicht nach Maßgaben menschlicher, kirchlicher und profaner Interessen manipulieren. Als der Absolute ist er die fortwährende Krise für alle Geschichtsprojekte.

10. Weder zuviel für den Himmel noch zuviel für die Erde: Der Himmel beginnt auf der Erde

Recht verstandene Eschatologie lehrt uns, daß wir weder den Himmel noch die Erde überbewerten dürfen, weil der Himmel auf der Erde beginnt. Das Reich Gottes ist keine völlig andere, sondern eine völlig neue Welt. Wenn es eine ganz andere Welt wäre, wie könnte es uns da überhaupt etwas angehen? In welcher Kontinuität stände es dann zu unserem gegenwärtigen Leben? Gott aber hat die Macht, Altes neu zu machen. Die letzten Ziele bestehen in der vollen Potenzierung dessen, was in diesem Leben nach und nach wächst. Deshalb kann das Zweite Vatikanische Konzil betonen: »Die Kirche lehrt, daß durch die eschatologische Hoffnung die Bedeutung der irdischen Aufgaben nicht gemindert wird, daß vielmehr ihre Erfüllung durch neue Motive unterbaut wird« (*Gaudium et Spes* 21). Unzweideutig äußert sich das Konzil auch in einem anderen Punkt: »Die Wahrheit verfehlen die, die, im Bewußtsein, hier keine bleibende Stätte zu haben, sondern die künftige zu suchen, darum meinen, sie könnten ihre irdischen Pflichten vernachlässigen und so verkennen, daß sie nach Maßgabe der jedem zuteil gewordenen Berufung, gerade durch den Glauben selbst, um so mehr zu deren Erfüllung verpflichtet sind« (*Gaudium et Spes* 43).

Es ist wahr, daß die klassische Theologie, deren Erben wir sind, sich den Verständnishorizont der griechischen Philosophie zueigen machte. Für griechisches Denken aber war die eigentliche Welt die andere, übernatürliche Welt. Diese Welt hier unten war der Ort der Zweideutigkeit und der reinen Natur. Die Seele sehnte sich danach, endlich von der Materie befreit zu werden, um sich frei in der geistigen Sphäre Gottes zu verwirklichen.

Dagegen ist die Mentalität der Bibel der modernen Anthropologie beträchtlich näher. Auf der Erde und im Fleisch lobt der Mensch Gott und freut sich über ihn. Die ganze Perspektive des Alten Testaments ist sehr irdisch. Allzu oft vergessen wir, daß es erst im Frühjudentum, insbesondere in der Weisheitsliteratur, unter dem Einfluß des griechischen Wesensdenken zu den ersten Spekulationen über die andere Welt und das Los der Verstorbenen kam. Israel sah im Tod etwas Natürliches, das sich aus dem Leben selbstverständlich ergibt. Das zukünftige Schicksal blieb ihm über Jahrhunderte hinweg ein ungelöstes Rätsel. Nichtsdestoweniger ließ es nicht davon ab, Gott zu loben und in Treue zu Gottes Offenbarung zu sterben.

Später entstand als literarische Gattung die Apokalypse. Die Apokalyptiker, wie Daniel im Alten und Johannes im Neuen Testament, sprechen aus der Perspektive der Zukunft in Funktion der Gegenwart. Damit bedienten sie sich eines literarischen Mittels, mit dem sie – durch die Beschreibung einer glücklichen Zukunft – die Christen in den Verfolgungen der Gegenwart trösten und ermutigen wollten. Die Apokalyptik ist klar von der Eschatologie zu unterscheiden: Diese spricht von der Gegenwart in Funktion der Zukunft, jene von der Zukunft in Funktion der Gegenwart. Die Apokalyptik ist eine literarische Gattung wie die Poesie, der Brief usf., die Eschatologie ist eine theologische Reflexion, die sich in viele literarische Formen kleiden kann, einschließlich der Apokalyptik, wie das auch im Neuen Testament geschieht. Die Eschatologie behauptet eine Kontinuität zwischen diesem zeitlichen Leben und dem ewigen Leben, zwar nicht im *Modus,* der variabel ist, wohl aber in der Substanz.

Das Glück, das wir auf der Erde genießen, das Gute, das wir heute tun, und die Freuden, die wir im Alltag unserer Existenz erfahren, sind schon das Erleben des Himmels, wenn auch in mißverständlicher und unzulänglicher Gestalt. Die Schmerzen, die wir ertragen, können den Läuterungsprozeß bedeuten, der uns mehr und mehr in Richtung auf Gott wachsen und für ihn öffnen läßt, und sind womöglich die Vorwegnahme des Fegefeuers. Das Verschließen in sich selbst und das Abweisen der Mitmenschen können einem die Erfahrung der Hölle vermitteln, die sich der Böse und der Egoist bereits hier schaffen und die im Tod ihre definitive und volle Intensität erreicht. Der Christ weiß also von seinen letzten Zielen, weil er das Leben voller Dynamik und Möglichkeiten kennt. Er weiß um das höchste Glück für die guten Menschen und für den Kosmos, weil er diese Utopie schon in Jesus Christus verwirklicht sieht. Im Glauben weiß er sich in das neue Sein, in das *milieu divin* hineingenommen.

Wenn der Mensch ein Bündel zahlloser Beziehungen in alle Richtungen ist und wenn er hier auf der Erde sie nicht alle, sondern höchstens einige von ihnen realisieren kann, gibt es dann einen Ort, an dem er sie allesamt verwirklichen kann? Hat er eine Chance, zu der Fülle zu finden, nach der er sich mit seinem ganzen Wesen sehnt? Diesen Fragen wollen wir im nächsten Kapitel nachgehen.

2. Kapitel

DER TOD ALS ORT DER WAHREN GEBURT DES MENSCHEN

Der Mensch ist ein Bündel von Beziehungen und dynamischen Impulsen, die – in alle Richtungen gewandt – sämtliche Grenzen übersteigen und nach umfassender Realisierung und voller Entfaltung in einem letzten Sinn verlangen. In der irdischen Verfassung kann der Mensch von den unbegrenzten Möglichkeiten, die sich in ihm verbergen, jedoch nur einige wenige konkretisieren. Wir hatten unsere vorige Überlegung deshalb mit der angstvollen Frage beschlossen, ob es eine Situation geben werde, in der der Mensch ganz er selbst sein könne, im Sinne einer Verwirklichung des in ihm steckenden Prinzips Hoffnung, und einer vollen Offenbarwerdung aller latent in ihm vorhandenen Potenzen? Kann der *homo absconditus* am Ende zum *homo revelatus* werden?

Der christliche Glaube, in dem ein unbesiegbarer Optimismus steckt, beantwortet die Frage mit einem eindeutigen Ja. Das Leben des Menschen kennt eine einzigartige Chance, endlich zum erstenmal ganz geboren zu werden: den Tod.

1. Der Tod als erfülltes Ende des Lebens

Unsere Antwort mag vielen zutiefst frustrierend erscheinen. Versteht man den Tod gemeinhin doch als Ende des Lebens, das uns alles Positive nimmt. Er zerreißt unsere Verbindung zur Welt, nimmt uns unsere Lieben und trennt uns von unserem Körper, den wir lieben. Der Tod ist schmerzlich und traurig wie das Ende eines Festes oder das letzte Winken nach einer Begegnung. Wie anders wäre unser Schmerz, wenn wir begriffen, daß das Ende nicht unbedingt etwas Negatives, sondern auch etwas Positives bedeutet! So sagt zum Beispiel ein Student am Ende des Studiums triumphierend: »End-lich! Ich hab's geschafft. Jetzt bin ich Arzt.« Oder eine Frau, die voller Angst und Hoffnung gerade noch schwanger war, hält ihr neugeborenes Kind im Arm und flüstert: »End-lich! Es ist da. End-lich! Ich bin Mutter.«

Gewiß, der Tod ist das Ende des Lebens. Ende aber verstanden als Ziel, an das man gekommen ist, als Fülle, nach der man sich gesehnt hat, als Ort des eigentlichen Geborenwerdens. Der Tod schafft einen Einschnitt zwischen Zeit und Ewigkeit. Mit diesem Hinweis jedoch ist nur ein Aspekt von Mensch und Tod erfaßt, das heißt die biologische und zeitliche Seite. Der Mensch aber ist mehr als sein Bios, weil er mehr als das Tier ist, und er ist mehr als die Zeit, weil es ihn nach Ewigkeit im Lieben und im Leben drängt. Der Mensch ist Person und innere Gestalt. Deshalb ist der Tod für ihn nicht einfach nacktes Ende, sondern erfülltes Ende, Ende als erreichtes Ziel. Wie ist das zu verstehen?

2. *Die zwei Kurven der Existenz*

Der Mensch wird geboren, wächst, entwickelt sich, reift, altert und stirbt. Wenn er ins Leben tritt, trägt er ein enormes Potential an Möglichkeiten in sich, die jedoch im Maße seines Alterns nach und nach schwinden. Dies ist die biologische Kurve. Sie ist durch einen fortschreitenden Verlust unwiederbringbarer Energien gekennzeichnet. Schon das Kind ist alt genug, um zu sterben. Der Tod kommt nicht von außen oder erst am Ende des biologischen Lebens, sondern im Verlauf des ganzen Lebens. Der Mensch stirbt auf Raten. Jede Sekunde, jeder Augenblick bedeuten verbrauchtes Leben. Das Leben des Menschen ist sterbliches Leben wie auch lebendiges Sterben. Dabei ist das Leben bestrebt zu überleben und behauptet fortwährend sein biologisches Ich. Dessen ungeachtet muß es erfahren, daß ihm permanent von seinem *Haben* genommen wird, bis die Lebensenergie es schließlich ganz verlassen hat. Der Tod tritt ein. Die biologische Kurve des äußeren Menschen ist zu Ende.

Jedoch: Der Mensch erschöpft sich nicht in diesen Koordinaten. Ganz im Gegenteil. Sein Leben beschreibt noch eine andere, persönliche Kurve. Diese verläuft im Vergleich zur vorherigen im umgekehrten Sinn. Wie ein Keim fängt sie ganz bescheiden an, steigt aber in einem fort. Der Mensch beginnt innerlich zu wachsen: Der Verstand entwickelt sich, der Wille erwacht, Horizonte tun sich auf, und das Herz öffnet sich für die Begegnung mit einem Du und mit der Welt. Wenn sich der Mensch mit seiner biologischen Kurve egoistisch auf sich selbst konzentriert (indem er sich gegen Krankheiten verteidigt und ums Leben kämpft), dann öffnet er sich mit der persönlichen und inneren Kurve für die Gemeinschaft und für das Verschenken seiner selbst. Indem der Mensch sein Zentrum nach außerhalb seiner selbst verlagert und auf die Mitmenschen zugeht, entfaltet er seine Persönlichkeit. Je größer die Fähigkeit in ihm wird, in den anderen zu sein, desto mehr findet er zu sich selbst, wird er eine Persönlichkeit, und es wächst in ihm der innere Mensch. Der erste, biologische Bogen senkt sich mehr und mehr, bis er im Tod verschwindet, wohingegen die zweite, persönliche Linie unbegrenzt steigt, bis der Mensch schließlich ganz geboren wird.

Für diese Aufwärtslinie können alle Situationen als Sprungbrett dienen: die Krisen, die das Wachstum hinterfragen und läutern, so daß die Tiefen des Lebens besser ausgelotet werden, berufliche Mißerfolge, die als eine Lektion für das Leben verstanden und aufgearbeitet werden, moralische Fehltritte, in denen die Schwäche des Menschen deutlich, falsche Sicherheit entlarvt und heimliche Heuchelei aufgedeckt wird, Krankheiten, die von innen her am Menschen nagen ... Alles dies kann den Menschen stärken, seinen inneren Personenkern, seine wahre Identität aufzubauen. In diesem Rahmen macht es keinen großen Unterschied, was jemand tut oder ist, ob Ordenspriester, Journalist, Maurer, erfolgreicher Unternehmer oder Millionär. Entscheidend ist, ob er es unter diesen oder jenen Bedingungen vermocht hat, in das Geheimnis des Lebens hinabzusteigen, sein Ich aufzubauen und eine verantwortungsbewußte, in Auseinandersetzung mit der Herausforderung seiner besonderen Lage profilierte Person zu werden. Wirtschaftlich und kulturell gesehen, mag sein Leben sogar ein Mißerfolg gewesen sein. Aber wenn er innerhalb dieses Rahmens wirklich in das eigentlich Wichtige einzutauchen imstande war und es ihm gelang, das zum Tragen kommen zu lassen, was weder Motten noch Rost verzehren können, dann wurde in ihm das wahre menschliche Leben geboren, das der Sinn des biologischen Lebens ist und das dem todbringenden Hauch des Endes nicht erliegt.

Das biologische Leben wurde nach und nach verbraucht. In ihm bildete sich jedoch allmählich eine andere Art von Leben, das der Person und der inneren bewußten Gestalt, das mit dem biologischen Leben nicht zugrunde geht. Im Gegenteil, es strebt danach, sich mehr und mehr zu entwickeln und sich immer weiter für neue Horizonte zu öffnen. Paulus hatte ein feines Gespür für diese Dinge; deshalb konnte er schreiben: »Wenn auch unser äußerer Mensch aufgerieben wird, der innere wird Tag für Tag erneuert« (2 Kor 4,16).

Im Werdegang des Menschen geschieht etwas Ähnliches wie in der Entwicklung des Kosmos. Die Materie hat eine beinahe unbegrenzte Ausdehnung. In dem Maße jedoch, in dem sie sich ausweitet, konzentriert sie sich mehr und mehr auf sich selbst. Es gibt eine Verinnerlichung der Materie, die wir Leben nennen. Und es gibt eine Verinnerlichung des Lebens, das wir Bewußtsein nennen. Je mehr sich die aufsteigende Spirale der Evolution verjüngt, desto mehr konzentriert sie sich auf sich selbst. Je mehr sie sich konzentriert, desto mehr verinnerlicht sie sich, und desto bewußter wird sie. Je bewußter sie wird, desto weiter öffnet sie sich für neue Dimensionen, desto mehr streckt sie sich nach neuen Horizonten aus, und desto deutlicher polarisiert sie sich in Richtung eines Unendlichen und Absoluten. Sowohl im Kosmos als auch im Menschen ist also dieselbe oder zumindest eine ähnliche Struktur angelegt.

3. Was ist denn eigentlich der Mensch?

Der konkrete Mensch, der ja jeder von uns ist – so sagten wir und wiederholen es hier noch einmal –, ist die gespannte und dialektische Einheit zweier Existenzkurven, der biologischen und der persönlichen. Auf der einen Seite konzentriert er sich auf sich selbst und krallt sich an sein biologisches Leben. Auf der anderen Seite ent-zentriert er sich von sich, sucht nach einem Du und möchte den verschiedenen übrigen Realitäten begegnen. Unter dem einen Gesichtspunkt ist er eine totale Offenheit, unter dem anderen eine nur begrenzt realisierte Offenheit, in der einen Hinsicht eine unbändige Dynamik von Möglichkeiten, in der anderen die prekäre Verwirklichung höchstens einiger dieser Möglichkeiten. In der philosophischen Überlieferung des Abendlandes wird diese Verfaßtheit des Menschen mit Leib und Seele bezeichnet. Der Mensch ist ein Gesamt von Leib und Seele. Damit soll freilich nicht gesagt werden, im Menschen existierten zwei Dinge, Leib plus Seele, die in der Summe den Menschen ergäben. Vielmehr ist der Leib der ganze Mensch (mit Leib und Seele), insofern er begrenzt und an die Enge der irdischen Situation gebunden ist. Seele ist der ganze Mensch (mit Leib und Seele), insofern er sich in die Dimension des Unendlichen ausstreckt und einen Tropismus mit einem unersättlichen

Hunger nach voller Realisierung darstellt. Der konkrete Mensch ist die gespannte und dialektische Einheit dieser beiden Polaritäten. Der Leib ist weder etwas im noch vom Menschen, sondern der ganze Mensch als eine Form des Zugangs zur Welt und des Seins in der Welt. Der Philosoph Troisfontaines sagt dazu: Der Leib »ist das hierarchisierte Gesamt der konkreten Bedingungen, aufgrund derer ich wahrnehme und mich realisiere« (60). Der Leib ist der Modus, in dem der in der Materie fleischgewordene Geist in der Welt lebt.

Obwohl ich den Körper als *meinen* Körper erfahre, ist mir doch auch klar, daß ich nicht völlig identisch bin mit meinem Körper. Weder fühle ich mich total anders als mein Körper, noch identifiziere ich mich voll mit ihm. Ich bin mehr als mein Körper, insofern ich über ihn hinaus Beziehungen aufnehmen kann. Aber der Körper ist ein Element meines Seins. Aus diesem Grund gibt es keinen Geist ohne Fleisch. Es gehört zum Wesen des menschlichen Geistes, mit der Welt Kontakt aufzunehmen. In-der-Welt-Sein ist für den Menschen kein Akzidenz, sondern In-seinem-Element-Sein. Der Mensch ist der Punkt, an dem die Welt am schönsten aufblüht. Aus diesem Grund kann er seine irdischen Wurzeln nie verleugnen, obgleich er sie übersteigt. Durch den Menschen findet die Welt zu ihrem Ziel und gelangt zum Bewußtsein ihrer selbst. Die Verbindung zur Welt gehört also wesentlich zum Menschen dazu, und zwar auch insofern er Geistmensch ist. Selbst wenn er eines Tages dieses Stückchen Welt, das sein Leib ist, verlassen muß, verliert er dennoch seine Wurzeln in der Mutter Erde nicht.

4. Der Tod als Einschnitt und Übergang

Was bedeutet in diesem Menschenverständnis dann aber der Tod? Wer den Tod als Trennung von Leib und Seele definiert, bezieht ihn nur auf die biologische Dimension des Menschen: Nur der Körper sterbe, während die Seele, die ja unsterblich sei, davon unberührt bleibe. Eine solche Definition ist, anthropologisch gesehen, allerdings höchst unzulänglich. Denn betrifft der Tod den Menschen nicht als ganzen? Oder gibt es eine Seele ohne Bezug zu Materie und Welt? Wir hatten vorhin gesehen, daß der Mensch eine plurale Einheit von Geist und Welt (Körper) ist. Der Geist ist immer in-karniert, und auch der Körper ist immer vergeistigt. Andernfalls wäre er kein menschlicher

Körper. Also: Man kann den Tod nicht einfach als Trennung zwischen Seele und Leib beschreiben, denn es gibt nichts, was sich trennen könnte. Leib und Seele sind keine nebeneinander bestehenden *Dinge*, die – obwohl man sie voneinander unterscheiden kann und muß – man voneinander trennen könnte. In der Anthropologie, die wir zuvor besprachen, ist der Tod ein Einschnitt zwischen einer begrenzten biologischen und auf ein Stück Welt, das heißt auf unseren »Körper«, bezogenen Art von Körperlichkeit und einer anderen Art von Körperlichkeit, die im Hinblick auf die Materie unbegrenzt, offen und pankosmisch ist und der neuen Seinsweise entspricht, in die der Mensch nach dem Tod eintritt: die Ewigkeit. Der Tod ist der Einschnitt zwischen dem Modus des Zeitlich-Seins und dem Modus des Ewig-Seins, in den der Mensch jetzt eingeht. Durch den Tod verliert der Mensch als Seele seine Körperlichkeit nicht. Diese ist konstitutiv für ihn. Die Welt verläßt er nicht, sondern dringt in radikaler und universaler Weise in sie ein. Seine Beziehungen sind nicht mehr auf einige wenige Gegenstände beschränkt wie zuvor, als er in den Koordinaten von Raum und Zeit durch die Welt irrte, sondern umfassen jetzt das Gesamt des Kosmos mit Räumen und Zeiten.

Der Tod ist, wie wir an anderer Stelle schon schrieben, wie die Geburt. Wenn das Kind geboren wird, verläßt es den bis dahin nährenden Mutterschoß, der es jetzt aber, am Ende der neun Monate, allmählich zu ersticken droht, weil die Möglichkeiten des intrauterinen Lebens erschöpft sind. Das Kind gerät in eine gewaltige Krise, wird von allen Seiten gedrückt und gepreßt und schließlich in die Welt geworfen. Freilich weiß es nicht, daß eine Welt es erwartet, die weiter ist, als der Mutterschoß es war, eine Welt mit ausgedehnten Horizonten und grenzenlosen Möglichkeiten der Kommunikation. Im Tod muß der Mensch durch eine ähnliche Krise. Er wird schwächer, das Atmen fällt ihm schwerer, der Todeskampf überkommt ihn, und schließlich wird er wie aus der Welt gerissen. Allerdings weiß er wenig davon, daß er in eine wesentliche weitere Welt hineinkommt, als die es war, die er gerade verlassen hat, und daß sich seine Relationsfähigkeit jetzt bis ins Unendliche erstreckt. Der Mutterkuchen des im Tod Neugeborenen ist nicht mehr der eng umgrenzte Körpermensch, sondern das Gesamt des Universums.

5. *Der Tod als die wahre Geburt des Menschen*

Wenn der Tod eine anthropologische Vervollkommnung bedeutet, in dem Sinn, daß er den Menschen aus seiner Situation des In-der-Welt-Seins heraus- und zu den Dimensionen der umfassenden Wirklichkeit zurückführt, dann kann man sagen, der Tod sei der *vere dies natalis* des Menschen. Jetzt haben wir die Situation, nach der wir zuvor fragten und in der dem Menschen die Möglichkeit zuteil wird, ganz er selbst zu sein, mit der Fülle seiner dynamischen Möglichkeiten, die bisher in ihm verborgen waren. Das Bündel von Beziehungen in alle Richtungen kann sich jetzt frei entfalten, nachdem im Tod alle Schranken seines biologischen In-der-Welt-Seins gefallen sind. Im Übergang von der Zeit in die Ewigkeit, im *Tod* (weder vorher noch nachher), also in der dichtesten Konzentration der Zeit, findet der Mensch ganz zu sich. Der Verstand, der auf der Erde von einem unstillbaren Sehens- und Wissensdurst verschlungen wurde, sich aber immer in die Schranken verwiesen fühlte und nur die Oberfläche der Dinge erreichte, kann jetzt das Fest seines vollen Lichtes feiern, nachdem er von jedem Hindernis befreit wurde. Alles liegt vor ihm und tut sich ihm in seinem Kern auf, Dinge und Welt offenbaren ihm ihr Herz. Der Wille, der von einem unbändigen Entscheidungsdrang getrieben wurde, aber bisher immer seine Grenzen erfahren mußte, erwacht nunmehr zu seiner wahren Eigentlichkeit. Jetzt kann er die radikale Güte und die alles befruchtende Liebe leben. Der Bezug zur Welt wird nicht mehr als dunkel und als durch das Fleisch des Körpers vermittelt erfahren.

Im Tod wird der Körper nicht mehr als Barriere empfunden, die uns von den Mitmenschen und von Gott trennt, sondern als radikaler Ausdruck unserer Gemeinschaft mit den Dingen und mit dem Kosmos insgesamt. Die volle Entwicklung des inneren Menschen kennt keine Grenzen mehr. Wie ein Keim hatte er begonnen und konnte Knospen bilden, jetzt aber blüht er in einem Frühling auf, den kein Kälteeinbruch mehr beendet. »Sterbend« – sagt Franklin – »werden wir geboren.«

Deshalb wäre es ein Fluch für den Menschen, ewig dieses biologische Leben zu leben. Ein Mensch, der nicht stirbt, wäre – wie schon Epiktet wußte – wie eine Ähre, die nie reif und nie geerntet wird, um Weizen Gottes zu werden.

6. *Die Auferstehung als Schlußakkord der Menschwerdung*

Auferstehung ist im christlichen Verständnis keine Wiederbelebung eines Toten, sondern die absolute Verwirklichung aller Fähigkeiten des Menschen als Leib und Seele. Der bekannte ungarische Theologe L. Boros sagt dazu: Auferstehung »besagt restlos verwirklichte menschliche Existenz. Alles wird für den Menschen ›unmittelbar‹ sein: Die Leiblichkeit entfaltet sich zur Person, das Wissen zum Sehen, das Erkennen zum Berühren, das Verstehen zum Hören. Die Grenzen des Raumes fallen weg: Der Mensch wird unmittelbar dort existieren, wohin ihn seine Liebe, seine Sehnsucht und sein Glück hinziehen. Im auferstandenen Christus wurde sichtbar, was Überwindung irdischer Grenzen bedeutet: Er ist eingegangen in die Unbegrenztheit des Lebens, des Raumes, der Zeit, der Kraft und des Lichtes« (Concilium 1970, 676f). Die Auferstehung bedeutet also das Finale des Prozesses der Menschwerdung, der in den dunklen Ursprüngen der aufsteigenden und konvergierenden Evolution begann. Sie ist die Verwirklichung der menschlichen Utopie und das Erblühen des offenbarten Menschen, den das Prinzip Hoffnung latent in sich trug.

7. *Die Auferstehung des Menschen in Tod und Vollendung der Welt*

Wenn der Tod der Augenblick der totalen Redimensionalisierung aller in der menschlichen Natur enthaltenen Möglichkeiten ist, dann ist nichts natürlicher als zu sagen, gerade hier fände die Auferstehung statt. Der Tod bedeutet für den Menschen das Ende der Welt. Mit dem Tod tritt er in eine Seinsweise ein, in der die Koordinaten der Welt aufgehoben sind. Allein schon von diesem Gesichtspunkt her kann man sagen, ein »Warten« auf eine vermeintliche Auferstehung am chronologischen Ende der Zeiten sei nicht vorstellbar. Dies ist ein anthropomorphes Bild, das der neuen Existenzweise nicht entspricht. Deshalb beschreiben Paulus und Johannes die Auferstehung als ein Geschehen, das schon heute im Menschen wächst. Der Tod verleiht ihm Fülle, weil derselbe Geist, der Jesus auferweckt hat, auch unseren sterblichen Leibern Leben geben wird (1 Kor 6,14). Gleichwohl ist die Auferstehung im Tod noch nicht die absolute Fülle, insofern der Mensch nur in seinem Personkern an der Verherrlichung teilhat. Der Mensch hat aber eine wesensmäßige Verbindung mit dem Kosmos.

Solange dieser nicht auch erfüllt ist und das Ziel seiner Verherrlichung erreicht hat, kann man sagen, der Mensch sei noch nicht zur Gänze auferstanden. Erst dann wird die Welt seine wahre Heimat sein, in der er sich geborgen weiß und dem Mitmenschen unmittelbar begegnet.

8. Die Gestalt des Auferweckungsleibes

Schon Paulus hatte sich mit der Frage auseinanderzusetzen, wie denn der Auferweckungsleib aussehe (1 Kor 15,35). Aus unseren Überlegungen ergibt sich, daß das *persönliche Ich* (das immer den Bezug zur Welt mit beinhaltet) auferweckt und umgestaltet werden wird. Im Tod erhält jeder den Leib, der ihm gebührt und der ohne die unserem gegenwärtigen fleischlichen Körper innewohnenden Zwänge sein menschliches Inneres voll zum Ausdruck bringt. Der verherrlichte Körper wird die Merkmale des geistigen Menschen tragen: Universalität und Allgegenwart. Schon Aristoteles sagt, daß wir durch den Geist in gewisser Weise alle Dinge sind. Der verwandelte Leib wird das in Fülle sein, was er in seiner zeitlichen Existenz schon in unzulänglicher Form realisiert: Gemeinschaft, Gegenwart und Bezug zum ganzen Universum (»Unser Körper reicht bis an die Sterne«). In der Auferweckung bleibt also die persönliche Identität unseres Körpers erhalten. Allerdings nicht seine materielle Identität, die sich alle sieben Jahre ändert. Wenn es sich um die materielle Selbigkeit handelte, wie sähe dann der Körper eines Fötus aus, der im dritten Schwangerschaftsmonat starb, oder der eines Greises oder Behinderten? Die Auferweckung gibt jedem die ihm eigene körperliche Gestalt, die seinem inneren Menschen entspricht.

9. Schluß: Der Leib als Ziel der Wege Gottes

Bisher haben wir fast ausschließlich den positiven Aspekt des Todes als volle Entfaltung des *homo absconditus* bedacht. Anliegen war es dabei, uns den Tod als persönliches und nicht nur biologisches Geschehen zu vergegenwärtigen.

Jedoch: Es gibt auch einen Tod, der kein Erblühen und keine Verklärung ist. Für die, die sich in sich selbst abkapseln und dem Licht verweigern, ist das der zweite Tod. In diesem Fall ist der Tod die end-

und vollgültige Entfaltung der bösen Neigungen, die der Mensch in sich nährte und denen er in seinem Leben freien Lauf ließ. So wird deutlich, daß der Tod nicht nur eine Scheidung zwischen Zeit und Ewigkeit ist, sondern auch eine radikale und definitive Ent-scheidung für die erfüllende Verwirklichung oder für das absolute Scheitern des Menschen.

Am Ende seines irdischen Lebens hinterläßt der Mensch eine Leiche. Diese ist wie der Kokon, der es der Puppe und dem Schmetterling ermöglicht, farbenprächtig zu erblühen, jetzt frei im grenzenlosen Horizont Gottes. Was ist die Bestimmung des Menschen? Christlicher Glaube antwortet mit größter und gelassener Heiterkeit: das auferweckte Leben des Menschen in seiner Leib-Seele-Einheit. Das Ziel der Wege Gottes ist der jugendliche Körper in innigster Gemeinschaft mit Gott selbst, den Mitmenschen und dem ganzen Kosmos.

Je mehr Mozart – der Musikgenius, von dem Karl Barth sagte, er habe himmlische Musik gehört und geschrieben – sich dem Tode näherte, desto mehr erlebte er den Tod als etwas Heiteres, als Ziel und Fülle. Diese heitere Gelassenheit klingt auch in seinen letzten Werken an: »Hochzeit des Figaro« (1786), »Cosi fan tutte« (1790), »Zauberflöte« (1791) und in seinem Requiem, bei dem ihn Bruder Tod heimsuchte. Seinem Vater schrieb er: »Da der Tod ... der wahre Endzweck unseres Lebens ist, so habe ich mich seit ein paar Jahren mit diesem wahren, besten Freund des Menschen so bekannt gemacht, daß sein Bild nicht allein nichts Schreckendes für mich hat, sondern recht viel Beruhigendes und Tröstendes.«

Ehe der Mensch jedoch seinen anthropologischen Höhepunkt erreicht, muß er durch eine letzte und unaufschiebbare Krise hindurch, eine Krise, die Gericht, Entscheidung und Läuterung ist. Darum soll es im nächsten Kapitel gehen.

3. Kapitel

LETZTE ENTSCHEIDUNG UND GERICHT – IM TOD

Der Tod ist die einzigartige privilegierte Situation im Leben des Menschen: Der Mensch gelangt zur vollen geistigen Reife, so daß er Verstand und Willen, Sensibilität und Freiheit zum erstenmal mit ganzer Spontaneität gebrauchen kann, ohne Hindernisse von außen und ohne die unserer Existenz in der Welt innewohnenden Grenzen. Jetzt erst hat er – auch dieses zum erstenmal – die Möglichkeit einer total freien Entscheidung, in der er sich gegenüber Gott, gegenüber dem Mitmenschen und der Welt ganz zum Ausdruck bringen kann.

1. Der Tod als radikale Krise, Ent-scheidung und Gericht

Durch seine Ent-scheidung im Augenblick der Scheidung zwischen Zeit und Ewigkeit bestimmt der Mensch für immer sein Geschick. Bis jetzt, das heißt im Leben, existierte er in der unumgänglichen Doppeldeutigkeit des menschlichen Daseins. Widersprüchliche Leidenschaften, Gut und Böse waren in ihm am Werk. Bei Paulus heißt es: »Nicht das Gute, das ich will, tue ich, sondern das Böse, das ich nicht will« (Röm 7,19). Einschränkungen wurden ihm von verschiedenster Seite auferlegt: Erbfaktoren, Psyche, Familie, Erziehung, Frustrationen, Unwissenheit, Fehlen einer ausreichend tiefen Erfahrung von Gott und seiner Gnade, von Jesus Christus, vom sakramentalen Wert der Kirche und – wer weiß – Gefühle der Ablehnung durch Angehörige oder Kollegen im Zusammenleben. Alles dies waren Grenzen und Verhinderungen seiner Entscheidungsfreiheit. Niemals konnte er bisher für eine glückliche bzw. unglückliche Ewigkeit optieren.

Auf der anderen Seite wird niemand in den Himmel befördert bzw. in die Hölle gejagt, weil er entweder im christlichen Abendland und in der Kirche oder aber in einer heidnischen Umwelt und unter atheistischen Ideologien geboren wurde, weil er entweder erfahren hat, was Lieben und Geliebtwerden, Verzeihung und Angenommenwerden durch Gott bedeuten oder weil er nicht einmal die Worte der

Verheißung und Hinweise der Hoffnung auf die Utopien des Herzens gehört hat.

Das ewige Geschick des Menschen hängt von einer so radikalen Entscheidung ab, daß es nicht ohne Ewigkeit und Endgültigkeit geht. Jeder Mensch hat in seinem Leben eine Chance, ganz er selbst zu sein: im Tod, wie wir schon zuvor dargetan haben. Nicht nur der erwachsene Mensch, der sein Leben gut oder schlecht genutzt und Gott und seine Mitteilung an uns in Jesus Christus gekannt hat. Jeder Mensch wird eines Tages Gott und dem Auferweckten von Angesicht zu Angesicht begegnen, und zwar auch dann, wenn er zeit seines irdischen Daseins nichts von ihnen gehört hat. Für einen Augenblick wird allen die Chance geboten, Christ zu werden und sich für Gott und Christus zu entscheiden. Dies gilt nicht nur für Heiden, sondern auch für geistig Behinderte, die nie die Schwelle zu Bewußtsein und Freiheit überschreiten konnten. Auch für die Millionen und Abermillionen, die – aus natürlichen Gründen oder wegen des endlosen Abtreibens auf der ganzen Erde – starben, ehe sie zur Welt kamen. Auch für die Opfer der modernen, technisierten Gesellschaft mit ihren unvorhergesehenen Todesfällen, bei denen in Bruchteilen von Sekunden menschliches Leben ohne jede Möglichkeit der Vorbereitung beendet wird.

Kann man sagen, mit dem biologischen, zufälligen und unpersönlichen Tod entscheide sich das ewige Schicksal des Menschen? Wenn dem so wäre, dann wäre das ewige Los ein Zufallstreffer. Gottes Gerechtigkeit wäre skandalös. Wie sollte das sündige Leben eines Menschen, der aber in der Tiefe seines Herzens Gott niemals ausdrücklich und definitiv abgelehnt hat, endgültig und unwiderruflich sein?

Gott lockt den Menschen nicht in den Hinterhalt, indem er ihn elend sterben läßt, um sich für die ihm zugefügten Beleidigungen zu rächen. Es ist Dogma des christlichen Glaubens, daß Gott allen konkret ausreichende Gnade zum Heil gibt. Das gilt auch für ungetaufte Kinder, die einen Großteil der Menschheit ausmachen. Die Unzulänglichkeit der von Augustin stammenden Hypothese der Vorhölle ist mit Händen zu greifen, und die ganze Theorie ist theologisch überflüssig.

Wenn man hingegen den Tod nicht nur als biologisches, sondern auch als personales Geschehen betrachtet, in dem das zur vollen Entfaltung kommt, woraufhin sich der Mensch in seinem Leben öffnete und was er während der Zeit zu realisieren suchte, und wenn man den Tod fernerhin als volle Aktualisierung der von Gott in die menschliche Natur eingeschriebenen Dynamik versteht, dann gewinnt alles eine neue Perspektive: *Im Tod* (im Augenblick des Übergangs von der Zeit in die Ewigkeit) wird der Mensch vor eine radikale Entscheidung gestellt.

Ent-scheidung heißt im Griechischen *Krisis,* Krise, Gericht, Bruch.

2. *Und dann werden alle Masken fallen . . .*

Im Tod gerät der Mensch in die entscheidendste Krise seines Lebens. Er muß sich entscheiden. Bisher konnte er die Dinge verzögern und sich hinter halb-herzigen Maßnahmen verstecken. Jetzt aber hat seine Biologie ihr Ende. Der äußere Mensch zerfällt, um kristallklar bzw. dunkel und schwer den inneren Menschen erstehen zu lassen, der jetzt geboren wird. Der Mensch befindet sich in der privilegierten Lage eines Neugeborenen mit der morgendlichen Frische und Kraft aller seiner Potenzen. In einem Nu sieht er sich selbst, was er war und was er nicht war. Und indem sich der Mensch sieht, spricht er über sich selbst das Urteil und begibt sich an den Ort, der ihm gebührt. Jede Faser seines Lebens leuchtet auf, und alle Falten seiner persönlichen Geschichte werden durchsichtig. Wie nie zuvor hat er sich in der Hand.

Das Licht seines Bewußtseins dringt bis in die letzten Tiefen seines persönlichen und kollektiven Unbewußten vor. Er spürt eine tiefe Solidarität mit dem Kosmos, mit dem Leben und mit den Menschen. Die wahre Tragweite alles Guten und Bösen, das er bewußt getan hat, geht ihm auf. Betroffen ist nicht nur sein bewußtes Ich. Es werden vielmehr alle angesteckt, entweder wie von einer Epidemie oder wie von einem Segen.

Mit der tiefen Intuition des von der Gnade Gottes getränkten Verstandes gewahrt er sich in der Nähe des Geheimnisses Gottes, das ihn bis in die Wurzeln seiner Existenz durchdringt. Er begegnet dem auferstandenen, kosmischen Christus, der die Schöpfung erfüllt, und spürt seine liebevolle und heilende Hand. Der Mensch sieht sein Geheimnis und das Geheimnis des Absoluten. Jetzt fallen alle Masken, die bis jetzt unsere Authentizität verhüllten. Die Ideologien, mit denen wir unser Verhalten und das Grundprojekt unseres Lebens bisher rechtfertigten, entgleiten uns. Die zweite Natur, die uns die Sünde möglicherweise überstülpte und die unser Gewissen besänftigt hielt, offenbart in diesem Augenblick, wie grundlegend falsch sie ist.

Hier erweist sich das irrende Gewissen als irrig. Guter Wille allein tut's nicht, und mit Appellen ans Gewissen ist es auch nicht getan. Niemals tun wir das Böse, wenn wir es in guter Absicht und in der Illusion tun, den Befehlen unseres Herzens zu folgen, in absolut perfekter Weise. Wenn wir zeit unseres Lebens nicht kritisch sind, dann zwingt uns das göttliche Gericht dazu, es zu sein. Alles kommt ans Licht: Der Verleumder sieht die Wahrheit. Der Blinde, der sich niemals selbst hinterfragte und – zur Verteidigung des Glaubens und der überlieferten Werte, wie er sagt – immer so tat, als hätte er recht, sieht jetzt endlich das Licht. Seine bewußt gewollte Sklerose, seine Herzenshärte, sein fehlender Wille, die Mitmenschen zu verstehen, und seine Heuchelei, mit der er sich selbst zum Maß des Glaubens, der Rechtgläubigkeit und der Treue zum Geist machte, werden hier entlarvt. Schließlich erkennt der Mensch mit der Treffsicherheit des göttlichen Lichtes, wie weit er sich gegenüber den wesensmäßigen Wurzeln des Lebens treu bzw. untreu verhielt, das heißt gegenüber der humanitären Liebe zum Mitmenschen, Bedürftigen und An-den-Rand-Gedrängten, mit dem Christus sich identifiziert (vgl. Mt 25,31–46). Im Jakobusbrief heißt es: »Das Gericht ist erbarmungslos gegen den, der kein Erbarmen gezeigt hat. Barmherzigkeit aber triumphiert über das Gericht« (2,13). Schrecklich ist es, in die Hände des lebendigen Gottes zu fallen (Hebr 10,31), denn auf den Sünder wartet ein furchtbares Gericht (Hebr 10,27). Wer aber glaubt, hat schon »das ewige Leben; er kommt nicht ins Gericht, sondern ist aus dem Tod ins Leben hinübergegangen« (Joh 5,24).

In diesem Augenblick, in dem alle Masken der Selbsttäuschung fallen, kann der Mensch zu einer totalen Um-kehr finden. Noch einmal hat er die Chance, sich ganz dem Absoluten und der Totalität der geschaffenen Wirklichkeit zu öffnen. Mit Sicherheit kann man sagen: In diesem Moment sind Himmel und Erde, Gott und seine Heiligen, die Kirche und der mystische Leib Christi mit ihrem Licht und ihrer Fürsprache zugegen. Nicht, um den Menschen seiner Entscheidung zu entheben, sondern damit er sich mit der Spontaneität seiner Person für Gott entscheidet.

Einerseits steht der Mensch vor einer absoluten Entscheidung. Alles hängt an ihm selbst. Andererseits kann er sich von Himmel und Erde getragen wissen, die dafür beten und darum flehen, daß die Krise, in der er steckt, ein gutes Ende findet. Durch diese Entscheidung findet die Schöpfung entweder an ihr Ziel, oder sie scheitert. Auf diesen Augenblick steuerte die ganze Geschichte zu, und bis zu diesem Punkt stieg die bewußte Entwicklung mühevoll empor: damit sie durch den Menschen in das unauslotbare Geheimnis Gottes eintauchen könnten.

3. Das Gericht beginnt schon im Leben

Schon während seines Lebens ist es dem Menschen dann und wann gegeben, die Situation von Krise und Gericht zu erfahren. Immer wenn er sich entscheiden muß und das Ganze keinen Aufschub zuläßt, spürt er in sich eine Spannung, die ihn ganz in Beschlag nimmt und seinen weiteren Weg festlegt. Ein andermal wird eine Geschichte von Sünde und Untreue, die schon »selbstverständlich« geworden ist und zu der das schuldhaft zum Schweigen gebrachte Gewissen nichts mehr zu sagen hat, von irgendwelchen Leuten in einer kritischen Situation entlarvt, die ihn überraschte und den Horizont seiner existentiellen Plausibilitäten zerstörte. Dann geht der Mensch in sich und entdeckt sich in der Unmittelbarkeit seiner Entfremdung. Er richtet sich selbst. Eine so gewaltige Krise überkommt ihn, die ihn nicht nur moralisch, sondern auch physisch zerstören kann.

Es gibt Menschen, die sich in solchen Situationen für unwürdig halten weiterzuleben und Selbstmord begehen. Aber es gibt auch Menschen, die ja sagen zu einer solchen Krise und sie als Läuterung verstehen. Sie lassen sie wie ein läuterndes Feuer auf sich wirken. Bekehrt stehen sie dann wieder auf und fühlen sich neu-geboren. Das Endgericht im Tod ist die bis zur Fülle gesteigerte Potenzierung der Erfahrung von Gericht und Krise, die wir schon in diesem Leben machen können. In diesem kritischen und kathartischen Gericht findet der Mensch zur Mündigkeit. Selbst der kleine Fötus, der stirbt, ohne je eine konkrete Tat getan zu haben, für die er sich vor Gott verantworten könnte, wird durch die Ent-scheidung, die er trifft, mündig und reif, in die Ewigkeit einzugehen. Wie seine Option ausfällt, wissen wir nicht. Trotzdem glauben wir, daß er sich für Gott entscheidet. Denn für Gott werden wir geboren. Nur aufgrund eigener Schuld entfernen wir uns von ihm. Von dieser ist ein unschuldiges Kind jedoch persönlich frei. Die Erbsünde, von der es gekennzeichnet ist, wird ihm aufgrund der liebevollen Entscheidung für Gott verziehen.

Auf jeden Fall werden die, an denen Gott Vater die Züge seines Sohnes und unseres Bruders Jesus entdeckt, die unendlich gütigen Worte hören: »Kommt her, Gesegnete, nehmt das Reich in Besitz, das seit Erschaffung der Welt für euch bestimmt ist« (vgl. Mt 25,34).

4. *»Seid nüchtern und wachsam!«*

Vielleicht ist nun der Eindruck entstanden, die hier gebotene Deutung des Gerichtes bagatellisiere unsere Entscheidung zu Lebzeiten. Entleert die letzte Entscheidung, die für das Heil eigentlich ausschlaggebend sein und noch *in extremis* eine Umkehr ermöglichen soll, nicht das Bemühen um Bekehrung unser ganzes irdisches Leben lang? Wenn der entfremdete und sündige Mensch mit einer solchen Möglichkeit rechnen kann, kann er dann nicht sein von der *diritta via* abgekommenes Leben bis zum Tod fortführen? Um diese Fragen zu beantworten, müssen wir folgende Gedankenschritte entwickeln:

Das Gericht im Tod ist keine mathematische Abrechnung über das zu Ende gegangene Leben, in der Gott Soll und Haben, die Aktiv- und Passivposten gegeneinander aufrechnen würde. Vielmehr eignet ihm eine besondere Dimension im Sinne einer letzten und vollen Bestimmung der Menschen vor Gott, mit der Möglichkeit einer Umkehr für den Sünder. Wenn dem so ist, dann ergibt sich daraus, daß der Augenblick des Todes in engem Bezug zur Vergangenheit des Menschen steht. Die Entscheidungen, die jemand im Laufe seines Lebens getroffen hat, fließen in seine Endoption mit ein, insofern sie dem Geistmenschen eine Orientierung gaben und Gewohnheiten (als zweite Natur) sich bei ihm einschliffen. Die Option im Augenblick des Todes ist keine anfängliche, sondern eine abschließende Entscheidung: In ihr wird, in einem letzten Akt, die ganze Geschichte der zuvor gefaßten Entschlüsse zusammengefaßt und zum Ausdruck gebracht.

Die Endoption ist das Aufblühen dessen, was der Mensch in seinem Leben säte und wachsen ließ. Die Teilentscheidungen sind eine Vorbereitung und Erziehung für die letzte Entscheidung.

Gleichwohl möchten wir noch einmal betonen: Wie der Mensch im Laufe seines Lebens einen anderen Weg einschlagen und sich bekehren konnte, so wird ihm diese Chance im Tod nicht genommen. Ganz im

Gegenteil, sie wird ihm als eine letzte Chance noch einmal voll gegeben. Man darf sich also die End-entscheidung in ihrem Verhältnis zu den Teilentscheidungen im Leben nicht als Option, sondern als Höhepunkt und Erfüllung vorstellen. In der Regel wird es so sein, daß sich der Mensch in seinem Tod ganz für das öffnet oder verschließt, für das er sich im Leben öffnete oder verschloß. Deshalb haben die Ermahnungen Jesu zur Wachsamkeit (Mk 13,33; Mt 24,42; 25,13; 26,41; Lk 12,35; 21,36; 22,46) und die mütterlichen Ratschläge der Kirche, immer vorbereitet zu sein, nach wie vor ihre bleibende Gültigkeit.

Im Laufe seines Lebens gestaltet der Mensch nach und nach auch seinen Tod, sei es als erfülltes Ziel, sei es als definitives Ende und zweiten Tod. Die Ermahnungen des Evangeliums zur Wachsamkeit dürfen nicht ausschließlich und vorrangig im Sinne der Ungewißheit hinsichtlich des Zeitpunktes des Todes gedeutet werden, so daß das Fatale, Zufällige und Unvorhergesehene an ihm herausgestellt würde. Vielmehr wollen sie in uns die ständige Bereitschaft zur Liebesbegegnung mit dem Herrn wecken, der gekommen ist und kommen wird. Die Liebesakte, die zugegebenermaßen unzulänglich sind, haben einen vorbereitenden Charakter und erziehen uns zur vollen Bekundung unserer Freiheit in dem Augenblick, in dem dies zum erstenmal möglich wird, im Tod.

Zusammenfassend können wir festhalten: Die letzten Ziele sind keine bare Zukunft. Jedesmal wenn wir uns entscheiden und in Krisensituationen stecken, leben wir schon heute, wenn auch erst anfangshaft und unvollkommen, im Gericht. Wenn wir glauben, das heißt: wenn wir uns für den grenzenlosen Horizont Gottes öffnen, können wir die Gewißheit haben, daß wir in der Zukunft von dem negativen Gericht und von der frustrierenden Krise verschont bleiben werden (vgl. 1 Thess 1,10).

4. Kapitel

FEGEFEUER – PROZESS VOLLEN REIFENS IM ANGESICHT GOTTES

Der Tod ist der Übergang des Menschen in die Ewigkeit. Im Tod wird der Mensch ganz geboren. Wenn er zum Guten geboren wird, sagen wir, er gehe in den Himmel ein, in die göttliche und menschliche Fülle an Liebe, Freundschaft und Begegnung, in die Teilhabe an Gott.

Das ganze Leben des Menschen ist ein Streben, ein Abzielen und Sich-Erziehen auf dieses Ereignis hin: ein Prozeß personalen Reifens, das sich im Tod voll entfalten muß. Dies gilt für alle Menschen, ob Heiden oder Christen, Kinder oder Erwachsene.

Biologisch gesehen, baut der Mensch nach und nach ab. Personal betrachtet, muß er hingegen in umgekehrtem Sinn wachsen und reifen, bis er schließlich in die Sphäre Gottes eingeht.

1. Der Prozeß vollen Reifens des Menschen im Angesicht Gottes

Jedoch – und darin liegt das Fatale der menschlichen Existenz – kann der Mensch diesen Auftrag nur annäherungsweise verwirklichen. Im Prozeß der persönlichen Integration und der Entwicklung der Persönlichkeit gibt es Stufen und Grade. Der Mensch erfährt sich als entfremdet und in sich gespalten. Es gibt nur verhältnismäßig wenige Menschen – in unserer Zeit etwa der gute Papst Johannes XXIII., Charles de Foucauld, Mahatma Gandhi oder C.G. Jung und in der Vergangenheit vielleicht Don Bosco, Franz von Sales, Bonaventura, Franz von Assisi und viele andere bekannte und unbekannte Heilige und Mystiker –, die in vorbildlicher und epochaler Weise zu dieser inneren Reife fanden und den Gipfel der menschlich-göttlichen Vollkommenheit erreichten. Die Mehrheit der Menschen jedoch kommt nicht als fertiges Denkmal, sondern als unvollendeter Torso ans Ende ihres Lebens. Nur wenige lassen sich mit dem Mose oder der Pietà von Michelangelo vergleichen. Die meisten sind wie die Tausende von Entwürfen eines Goya oder wie die Pietà von Michelangelo im Sforzesco-Museum in Mailand.

Was geschieht mit dem Menschen, wenn er an das Ende seines Lebens kommt und in die Sphäre des Absoluten, Vollkommenen und Heiligen eingehen muß, dabei aber ein unvollkommener Sünder ist? Mit Gott kann niemand zusammenleben, wenn er nicht ganz zu Gott gehört. Hier ist der theologische Ort des Fegefeuers. Dem unreifen Menschen mangelt es an Reife und dem Sünder an göttlicher Heiligkeit.

Das Purgatorium bzw. Fegefeuer ist die gnadenhafte Möglichkeit, die Gott dem Menschen einräumt, im Tod radikal reifen zu können und reifen zu müssen. Das Fegefeuer ist – wie alle erhebenden und erziehenden Entwicklungen – ein schmerzlicher Prozeß: Der Mensch aktualisiert im Tod alle seine Möglichkeiten, wird von jeglichem Makel geläutert, der sein Leben befleckte, und von der sündigen Entfremdung befreit, in die ihn die Geschichte der Sünde einschließlich ihrer Folgen (und zwar auch nach Vergebung der Sünden) wie auch die Mechanismen der schlechten Gewohnheiten brachten, die er sich im Laufe des Lebens aneignete.

2. *Das Fegefeuer im Fegefeuer*

Bevor wir das Thema Fegefeuer theologisch erörtern, bedarf es – wie Y. Congar sagt – eines Fegefeuers für das Fegefeuer (Que savons-nous du Purgatoire?, op. cit., 76). Wie in der Frage der Hölle sammelten sich in Predigttradition und Volksfrömmigkeit auch hinsichtlich des Fegefeuers (auch philosophisch) absurde Bilder an, die der befreienden Hoffnung des Christentums unwürdig sind. So erschien das Fegefeuer nicht als eine Gnade, die Gott dem Menschen zu seiner Läuterung und im Blick auf eine Zukunft bei Gott gab, sondern als göttliche Strafe und Rache im Blick auf die Vergangenheit. Man stellte das Fegefeuer nicht als einen Vorraum des Himmels dar, sondern als eine Art Vorhölle, so daß J. Rosanas, ein argentinischer Theologe, unter Berufung auf die Salmantizenser (eine berühmte theologische Schule der Jesuiten in Salamanca im 17. Jahrhundert) noch 1949 behaupten konnte, im Fegefeuer gebe es Seelen, die eine schrecklichere Sinnenstrafe erlitten als gewisse Verurteilte in der Hölle einer oder zweier Todsünden wegen (El Purgatorio, op. cit., 96).

Nicht die Freude derer, die sich im Fegefeuer schon gerettet fühlen, wurde betont, sondern die Schmerzen derer, die in einer kosmischen

Folterkammer stecken, wo es Abteilungen mit eisiger Kälte, mit flüssigem Blei oder mit einem See von siedendem Öl gibt.

Mit vielen anderen Theologen vertritt der genannte Autor polemisch folgende These: »Das Feuer im Purgatorium ist *körperlich*, aber der vom Feuer verursachte Schmerz ist geistig. Dieses Feuer ist *wahr*, insofern es etwas ist, was in der Wirklichkeit existiert und nicht bloß in der Wahrnehmung der Seelen. Es ist körperhaft, insoweit es etwas Materielles ist, unabhängig davon, ob es fest, flüssig oder gasförmig ist« (79).

Auch Thomas von Aquin behauptet, das Purgatorium stehe mit der Hölle in Verbindung, so daß dasselbe Feuer die einen peinige und die anderen läutere (IV Dist. 21, q.1 a.1 sol.2). Einige Theologen sind der Ansicht, Engel besuchten die Seelen in ihrem Leiden, während andere die Meinung vertreten, Dämonen quälten – mit Erlaubnis Gottes – sie mit den unterschiedlichsten Strafen (reiches Belegmaterial bei Bartmann, B., Das Fegefeuer, op. cit., 113–127).

Hier mischen sich theologische Eseleien mit philosophischen Böcken. Die Kategorien von Zeit und Ewigkeit werden durcheinandergeworfen, als ob die Ewigkeit eine vervollkommnete Zeit wäre mit räumlich-zeitlicher Materie. Von den Spekulationen über den *Ort* des Fegefeuers, dem dem jesuitischen Meistertheologen Suárez zufolge eine *sententia certa* entspricht und *de fide* ist (Disp. 45,5.1,n.3), soll hier erst gar nicht die Rede sein.

Y. Congar erwähnt, in Rom habe sogar ein Museum existiert, in dem Zeichen gesammelt worden wären, die aus dem Fegefeuer erschienene Seelen auf Wänden oder Teppichen hinterlassen hätten, so daß sich Mystiker und fromme Seelen (mit labiler Psyche) Rechenschaft geben konnten von den Qualen des Fegefeuers. Allem Anschein nach hat das aufgelöste Heilige Offizium in einem lichten Augenblick dieses Museum für makabre Geschichten schließen lassen. In diesem Punkt folgte es übrigens den Bestimmungen des Konzils von Trient, das sich bezüglich des Fegefeuers einer Mäßigung befleißigte, die von späteren Theologen und geistlichen Schriftstellern in einem fort verletzt wurde. Dort heißt es: *»Es gibt ein Purgatorium, und die darin festgehaltenen Seelen erlangen durch Fürbitten der Gläubigen, vor allem durch das Gott wohlgefällige Opfer des Altares Hilfe. Die heilige Synode schreibt den Bischöfen vor, dafür Sorge zu tragen, daß die Christgläubigen die gesunde Lehre über das Fegefeuer, die von den heiligen Vätern und heiligen Konzilien überliefert wird, glauben und* *bewahren, und daß diese Lehre überall gelehrt und sorgfältig gepredigt wird ... Alles was bloß der Neugier entspricht ..., sollen sie als skandalös und anstößig für die Gläubigen verbieten ...«* (DS 1820).

Wie man sieht, ist hier von Feuer oder sonstigen Foltern nirgends die Rede. Wohl aber wird an die Gemeinschaft der Heiligen appelliert.

3. Das Fegefeuer: Eine theologische Reflexion auf der Grundlage der Bibel

Die biblische Begründung für das Purgatorium war in der Geschichte zwischen Katholiken und Protestanten immer ein Streitpunkt. So kommen wir an einer hermeneutischen Überlegung nicht vorbei. Es wäre unnütz, in der Bibel eine Passage zu suchen, in der formell vom Fegefeuer die Rede wäre. Diese Tatsache besagt freilich nicht, daß jede biblische Grundlage fehlte. Wir gehen nicht wie ein Atheist an die Schrift, der sich ausschließlich philologischer und historiographischer Methoden bedient. Die Texte müssen in dem Klima, in dem sie geschrieben wurden, gelesen und immer wieder gelesen werden, das heißt in den religiösen und glaubensmäßigen Koordinaten, die sie widerspiegeln.

Die Tendenz, welche die diesbezüglichen Texte bekunden, besteht darin, daß Gott will, daß wir uns der Toten erinnern und für sie beten. Obwohl unseren Augen verborgen, sind die Verstorbenen dennoch nicht abwesend. Zusammen bilden wir eine große Familie von Lebenden, die einen auf der Pilgerschaft, die anderen in der Heimat, alle aber loben wir Gott. Die Theologie verwendet eine andere Begrifflichkeit und spricht vom Mystischen Leib Christi und von der Gemeinschaft der Heiligen. Genau dies meint auch der wohl deutlichste Text (2 Makk 12,39–46): Als Judas der Makkabäer die in einer Schlacht gefallenen Soldaten begraben lassen wollte (160 v. Chr.), entdeckte man unter ihrer Kleidung Amulette, was von Gesetzes wegen verboten war. »Da veranstaltete er eine Sammlung, an der sich alle beteiligten, und schickte etwa zweitausend Silberdrachmen nach Jerusalem, damit man dort ein Sündopfer darbringe. Damit handelte er sehr schön und edel; denn er dachte an die Auferstehung. Hätte er nicht erwartet, daß die Gefallenen auferstehen werden, wäre es nämlich überflüssig und sinnlos gewesen, für die Toten zu beten. Auch hielt er sich den herrlichen Lohn vor Augen, der für die hinterlegt ist, die in Frömmigkeit sterben. Ein heiliger und frommer Gedanke! Darum ließ er die Toten entsühnen, damit sie von der Sünde befreit werden.«

Der Text spricht nirgends vom Fegefeuer, sondern bezieht sich formell auf die Auferstehung der Toten. Jedoch bezeugt er die Solidarität zwischen den Lebenden und den Toten sowie die Verantwortung jener für diese, so daß die Lebenden Opfer für die zukünftige Auferstehung der Toten darbringen können.

Dieser selbe Geist der Gemeinschaft mit den Verstorbenen klingt auch 1 Kor 15,29 an, wo es darum geht, daß sich die Korinther für die Verstorbenen taufen lassen, die zu Lebzeiten nicht getauft werden konnten.

Die synoptischen Texte Mt 5,25.26; 12,31.32; Lk 12,59: »Du kommst aus dem Gefängnis nicht heraus, bis du den letzten Pfennig bezahlt hast«, befinden sich im Zusammenhang von Parabeln. Ihr Anliegen ist allgemeiner und umfassender als das Fegefeuer: Bevor wir den Herrn sehen, müssen wir geläutert werden bis zum Schluß.

Auch der Text 1 Kor 3,11–15 spricht nicht direkt vom Fegefeuer, obwohl das Thema Feuer anklingt. Der Sinn ist vielmehr, daß auch weniger eifrige Gläubige gerettet werden können. Allerdings müssen sie sich einer Prüfung unterziehen, wie man Gold, Silber, kostbares Gestein, Holz, Heu und Stroh auf seine Beständigkeit prüft, indem man es der Feuerprobe unterzieht. Wer das Feuer aushält und nicht umkommt, der wird gerettet werden. Das Feuer ist hier reines Symbol. Der Text lautet: »Einen anderen Grund kann niemand legen als den, der gelegt ist: Jesus Christus. Ob aber jemand auf dem Grund mit Gold, Silber, kostbaren Steinen, mit Holz, Heu oder Stroh weiterbaut: das Werk eines jeden wird offenbar werden; jeder Tag wird es sichtbar machen, weil es im Feuer offenbart wird. Das Feuer wird prüfen, was das Werk eines jeden taugt. Hält das stand, was er aufgebaut hat, so empfängt er Lohn. Brennt es nieder, dann muß er den Verlust tragen. Er selbst aber wird gerettet werden, doch so wie durch Feuer hindurch.«

Statt vom Fegefeuer zu reden, zieht Paulus es vor, von einem Wachstumsprozeß in der Vollkommenheit zu sprechen, die er auch selbst anstrebt, ohne sie schon erreicht zu haben (Phil 3,12–16). An anderer Stelle schreibt er: »Ich vertraue darauf, daß er, der bei euch das gute Werk begonnen hat, es auch vollenden wird bis zum Tag Christi Jesu« (Phil 1,6), der der Tag der großen Krise ist. Diese Vollkommenheit heißt dann später »der vollkommene Mensch« und »volles Maß des Alters Christi« (Eph 4,13).

Auf der Grundlage solcher Texte kann man über das Fegefeuer theologisch reflektieren und verantwortlich reden – im Sinne einer vollendeten Reifung, zu der der Mensch finden muß, um Gottes und Jesu Christi teilhaftig zu werden.

4. Das Fegefeuer als Krise und Läuterung im Tod

Das Fegefeuer ist kein Ort, an den man gehen könnte. Die Ewigkeit ist eine andere Seinsweise, in der Raum und Zeit aufgehoben sind. Das Fegefeuer ist eine Situation des Menschen. Wir hatten schon den Tod als Moment der Scheidung zwischen Zeit und Ewigkeit und zugleich als privilegierte Stelle der letzten und endgültigen Ent-scheidung des Menschen beschrieben. Der Tod führt den Menschen in die tiefste Krise seines Lebens. *Krise* bedeutet – wie wir schon früher dargestellt haben – Entscheidung und Gericht. In seinem ursprünglichen sanskritischen Sinn (kir oder kri) besagt das Wort *Krise* allerdings säubern, läutern, reinigen. Im Portugiesischen ist der ursprüngliche Sinn von Krise noch in dem Wort *crisol* (Schmelztiegel, Kresol) und *acrisolar* (läutern) erhalten geblieben. Kresol ist ein chemisches Element, das man dazu verwendet, Gold von seinen Schlacken abzugießen oder sonst ein Metall von Fremdkörpern zu reinigen.

Nun muß der Mensch im Tod durch eine Krisensituation hindurch, aus der er entweder völlig geläutert hervorgeht und sodann in den Genuß Gottes gelangt, oder er verhärtet sich total und fixiert sich in absoluter menschlicher Frustration, die dann Hölle heißt. Für den Gerechten, der sich im Frieden mit seinem Herrn befindet, umgeben und durchdrungen von seiner Gnade, zugleich aber in den Nischen seiner Existenz noch mit Spuren von Sünde und menschlichen Unvollkommenheiten behaftet, ist läuternde Krise dann synonym für Fegefeuer.

Im Tod begegnet der Mensch Gott und dem auferweckten Herrn. Es freut ihn, sich angenommen und geliebt zu wissen. Er bricht in Jubel aus, weil er an der Schwelle der absoluten Verwirklichung steht. Dessenungeachtet nimmt er Falten, dunkle Flecken und Verzerrungen in seinem Wesen wahr. Das Gegenüber mit Gott läßt ihn durch alles hindurchblicken. Er muß sich losreißen, von sich wegkommen und das

Bündel von Beziehungen entflechten, das er selbst ist, verhaspelt in seine läßlichen Sünden und entstellt von den Malen, die die Geschichte der (wenn auch verziehenen) Sünde und der schlechten Gewohnheiten in seiner Persönlichkeit hinterließen. Vom *homo incurvatus* muß er jetzt ganz zum *homo erectus* werden, der Gott ins Antlitz schauen und sich ihm in einer ewigen Umarmung hingeben kann. Es ist schmerzlich für den Menschen, sich loszureißen und in einem Nu das alles zu widerrufen, was er zeit seines Lebens an Verzerrungen und Verstrikkungen zuwege gebracht hat. Jetzt muß er sich ganz öffnen, ganz aufblühen und sich ganz entäußern, um voll zum Gefäß der Mitteilung Gottes und des auferweckten Jesus Christus zu werden. In diesem Augenblick muß sich der Mensch bedingungslos hingeben. Der Tod bedeutet ja gerade die volle Hingabe und Entäußerung des Menschen. Alle Sicherheit zerbricht. Er muß sich Gott überlassen. So gesehen, ist der Tod das größte Geschenk, das der Mensch anzubieten hat. Deshalb ist er die erhabenste Form der Liebe, ganz und vollkommen. In diesem Sich-Verlieren besteht das Gerettet-Werden. »Wer sein Leben zu bewahren sucht, wird es verlieren; wer es dagegen verliert, wird es gewinnen« (Lk 17,33). Wenn das Samenkorn nicht stirbt, kann es nicht leben und bringt keine Frucht (vgl. Joh 12,24).

Indem der Mensch sich kindlich und liebevoll hingibt, nimmt er den Kampf gegen seinen eigenen Egoismus und gegen die Sicherheitskonstruktionen auf, die er sich im Leben aufgebaut hat. Aus diesem Grund kann das Purgatorium je nach Person länger oder kürzer sein.

Wer schließlich gereift ist, erfährt das Schicksal der großmütigen Ähren des guten Weizens: Er wird geerntet und in die Scheune des Herrn eingeholt. Das Fegefeuer ist vorüber. Ihm gelten die strahlenden Worte: »Sehr gut, du bist ein tüchtiger und treuer Diener . . . Komm, nimm teil an der Freude deines Herrn!« (Mt 25,21). Und: »Kommt her, die ihr von meinem Vater gesegnet seid, nehmt das Reich in Besitz, das seit Erschaffung der Welt für euch bestimmt ist« (Mt 25,34).

5. *Die glücklichen Seelen im Fegefeuer*

Aus der Darlegung ergibt sich nach unserer Einschätzung eine deutliche Entdramatisierung des Purgatoriumereignisses. Der Gedanke an das Fegefeuer sollte uns weniger schrecken als vielmehr trösten. Die Leiden während des Läuterungsvorganges wiegen weit weniger als die unsägliche Freude, die der Mensch im Fegefeuer an dem Wissen findet, gerettet und beinahe schon zu einer totalen Personalisierung in Gott gelangt zu sein. So konnte die Theologin, die sich am intensivsten mit dem Fegefeuer befaßt hat, die heilige Katharina von Genua (1447–1510) schreiben: »Ich glaube nicht, daß es nach dem Glück des Himmels ein anderes Glück geben kann ... Diesen Status müßten wir eigentlich mehr herbeisehnen als fürchten; denn die Flammen dort sind Flammen unsagbarer Sehnsucht und Liebe« (45–46). Wenn wir die Seelen im Fegefeuer »arme Seelen« nennen, dann bringen wir damit womöglich unsere Sorge um sie zum Ausdruck, ihren wahren Status erfassen wir damit jedoch keineswegs. Die Wendung bringt vielmehr unsere Verfaßtheit als Pilger auf den Irrwegen des Lebens zum Ausdruck.

6. *Unsere Gebete für die Menschen im Läuterungsstand*

Wenn wir das Fegefeuer in den Tod, in den Augenblick der Entscheidung und der radikal läuternden Krise verlegen, könnte jemand fragen, ob es dann noch Sinn und Wert habe, für die Verstorbenen zu beten. Etwa nach sechs Wochen oder zum Jahresgedächtnis? Sind sie denn nicht schon durch den Läuterungsstand gegangen, wenn sich das Fegefeuer im Moment des Übergangs von dieser in die neue Welt ereignet. Die Antwort ist einfach: Ja, es hat Sinn, für die Toten im Fegefeuer zu beten. Nicht als ob wir Macht über sie hätten in der Weise, daß wir sie aus dem Läuterungsprozeß befreien könnten. Wir können Gott darum bitten, daß er das Reifungsgeschehen beschleunigt, daß er den Menschen veranlaßt, sich von der göttlichen Gnade durchdringen zu lassen, bis daß er zu der vergöttlichenden Hominisierung findet, die ihm gebührt. Außerdem ist Gott in der Ewigkeit und sieht unser zukünftiges oder selbst vergangenes Gebet als gegenwärtig. Deshalb kann er sich – bewegt durch unsere Fürbitte – liebevoll dem Menschen in der Krisensituation mitteilen.

Daß der Mensch sich ganz offenbart und die letzten Reste von Entfremdung überwindet, hängt nicht allein an seinem Bemühen. Vielmehr wird ihm die Öffnung durch das gnadenvolle Werk Gottes und die Hilfe des ganzen mystischen Leibes Christi ermöglicht. Mit Recht sagt Y. Congar: »Im Fegefeuer werden wir alle Mystiker sein«, das heißt: Wir werden alle von der glühenden und reinigenden Liebe Gottes durchdrungen werden, der unsere Liebe für die letzte Begegnung entflammen wird. Wie die persönliche Sünde Teil einer sündigen Welt ist, in der die Menschen durch Bande der Sünde miteinander verbunden sind, so ähnlich werden alle Gerechten an der Erlösung und Reinigung jedes einzelnen Menschen teilhaben. Himmel und Erde stehen dem Menschen bei, damit er in der letzten Krise obsiege und den ewigen Frühling und die Jugend Gottes in sich erblühen lassen kann.

7. Schon hier auf der Erde können vir das Fegefeuer vorwegnehmen

Wenn das Fegefeuer der Abschluß eines langen Prozesses läuternden Wachsens und Reifens ist, dann beginnt es schon hier auf der Erde. Die Schmerzen, Frustrationen und existentiellen Auseinandersetzungen, durch die wir nicht selten hindurch müssen, weiß ein kluger Mensch als hohen Wert der Verinnerlichung und Reinigung zu verbuchen. Dann kann er sich öffnen und Hemmnisse von sich fernhalten, die ihn daran hindern könnten, sich in das Herz des Lebens zu versenken. Die Masken fallen, und es herrscht die sonnenklare Authentizität des Gewissens.

Es gibt Situationen, die den Menschen in tiefe Krisen verwickeln, so daß seine Verstehenswelt zusammenbricht und sich die Leitsterne am Horizont seines Lebens verfinstern. Der Sinn schwindet. Die Einsamkeit wird makaber. Der Boden unter den Füßen fängt an zu tanzen. Alle menschlichen Stützen von seiten der Angehörigen und Freunde zerbrechen. Vielleicht beginnt der Mensch zu verstehen, was Jesaja aus eigener Erfahrung bezeugt: »Glaubt ihr nicht, so bleibt ihr nicht« (7,9).

In derlei Situationen kann man zugrunde gehen, apathisch werden und verzweifeln! Aber es besteht auch eine Chance, und das Ganze ist eine Herausforderung. Wir können die Krise annehmen und sie als schmerzenden, aber läuternden Schmelztiegel betrachten. Aller Stolz und alle uneingestandene Eitelkeit des Herzens, die wir bisweilen mit schönen Worten und religiösen Aphorismen bewußt oder unbewußt überdecken oder legitimieren, müssen verschwinden. Wir müssen ganz leer werden, ohne Rücksicht auf guten Ruf und Ehre, und ohne uns davon beeindrucken zu lassen, was dies bei den Mitmenschen verursachen könnte. Einfach das leben, was die Krise und das Leben mit sich bringen, auch wenn wir keinen Sinn mehr darin sehen.

Wenn man das alles getan hat und dabei nicht verzweifelt ist, dann ist man durch die Schule und die Klinik Gottes gegangen: Man beginnt zu wachsen, während die Organe verkümmern. Horizonte öffnen sich, wo – funkelnd erst – neue Sterne aufgehen. Aus seinem Nichts kann man neugeschaffen und zu einem reicheren Menschen gestaltet werden, der offen ist für Gemeinschaft, Verstehen und Leben aus dem Geheimnis von Sein und Nichts, von Gnade und Sünde, aus dem Geheimnis Gottes und seiner Selbstmitteilung in Jesus Christus.

Alles hängt davon ab, wie wir uns angesichts der Krisen verhalten, die übrigens zum normalen Ablauf des Lebens gehören. Sie können uns läutern oder verzehren. Sie können uns das Fegefeuer im voraus erleben lassen oder bewirken, daß sich unser Beziehungsbündel mehr und mehr in alle Richtungen öffnet, bis es in die Dimension Gottes hineinreicht. Die Heiligen und Mystiker fanden in ihrem Leben zu einem solchen Grad der Läuterung, daß ihr Tod nur noch die Scheidung der Zeit von der Ewigkeit war. Sie gingen vom Leben in die Fülle hinüber ohne das schmerzliche und läuternde Erlebnis der Endkrise. Über ihre totale Leere und über ihr Nichts sprach Gott sein Schöpfungswort wie am ersten Morgen der Genesis, und es entstanden neue Adame, Bilder und Gleichnisse Gottes und seines Sohnes, unseres Bruders Jesus Christus. Dies ist nun kein Privileg oder Exklusivrecht für Heilige und Mystiker, sondern eine Chance für alle, die glauben wollen.

Wenn wir für die Menschen im Läuterungsstand beten, dann sollten wir weniger Sühnakte tun und Ablässe beten (was damit nicht ausgeschlossen ist), sondern in Einklang mit unseren Überlegungen beten: Herr, gib den Sterbenden, die sich für dich entscheiden, die Gnade eines baldigen menschlichen und göttlichen Reifens, damit sie – geläutert – ganz in dir erblühen können.

5. Kapitel

HIMMEL – ABSOLUTE VERWIRKLICHUNG DES MENSCHEN

Was den Himmel anlangt, müßten wir schweigen. Hier geht es um die absolute Verwirklichung des Menschen. Wir befinden uns nicht mehr an der Schwelle, sondern schon innerhalb des Hauses der Liebe und der Heimat der Identität. Alles, was der Mensch erträumte, was er sich in seiner Utopie entwarf, was seine Natur verborgen in sich trug und was danach strebte, ans Licht zu kommen, alles das bricht jetzt auf und erblüht. Endlich wird der *homo absconditus* ganz zum *homo revelatus.* Das Noch-nie-Erlebte und immer schon Ersehnte, das Noch-nie-Gefundene und immer schon Gesuchte, das fortwährende Ausruhen bei höchster Konzentration aller Tätigkeiten, die letzte Übereinstimmung mit sich selbst im Bund mit dem unaussprechlichen Geheimnis Gottes und die innere Präsenz in allen Dingen ohne jede Spur von Entfremdung, alles dies hat jetzt endlich zu seiner höchsten Konvergenz gefunden. Paulus, dem es gegeben war, die absolute Verwirklichung des Menschen zu erahnen, spricht die Sprache des Schweigens: »Was kein Auge gesehen und kein Ohr gehört hat, was keinem Menschen in den Sinn gekommen ist, das hat Gott denen bereitet, die ihn lieben« (1 Kor 2,9). Himmel ist die Verwirklichung des Prinzips Hoffnung, von dem in unseren Überlegungen immer wieder die Rede ist. Himmel ist die finale und unüberbietbare Konvergenz – in Gott – aller Sehnsüchte des Menschen nach Aufstieg, Verwirklichung und Fülle.

1. Weshalb eigentlich Himmel?

Weshalb haben die Menschen ihre absolute Verwirklichung Himmel genannt? Himmel bedeutet das beinahe unendliche Firmament über uns. Die Himmelsreligionen von Jägern und Nomaden, die die Erfahrung der Grandiosität von Himmel und Sonne thematisierten, sahen darin ein Symbol für die göttliche Dimension. Der Himmel ist der »Wohnort« Gottes. »Dort oben« angesiedelt, darf er dennoch nicht örtlich verstanden werden, sondern bedeutet reine Transzendenz, das heißt jene Dimension der Wirklichkeit, die uns immer wieder entschwindet, wie uns auch die unermeßlichen Ausmaße des himmlischen Firmaments entgleiten. Himmel ist die überirdische Wirklichkeit, die die Atmosphäre Gottes bildet und die in unbegrenztem, vollem und höchstem Maße alles das realisiert, was der Mensch an Großem, Schönem, Versöhnlichem und Erfüllendem erträumen und anstreben kann. Das Wort Himmel will die absolute Realisierung des Menschen als Stillung seines Durstes nach Unendlichem versinnbildlichen. Himmel ist schlicht ein Synonym für Gott und, im Neuen Testament, für den auferstandenen Jesus Christus. Seine Himmelfahrt führte ihn nicht auf die Sterne oder in die unendlichen leeren Räume des Kosmos, sondern in seine absolute Fülle und zum höchsten vorstellbaren Punkt des Eingehens in das Geheimnis Gottes.

Der Himmel ist nicht der unsichtbare Teil der Welt, sondern die Welt selbst, freilich im Modus ihrer totalen Vollkommenheit und ihres Hineingenommenseins in das Geheimnis des Zusammenlebens mit Gott. Wie wir weiter unten noch besser sehen werden, ist der Himmel kein Ort, auf den wir uns alle zubewegten, sondern der Zustand aller, die in der Liebe Gottes und Christi sind. Deshalb ereignet sich der Himmel schon hier auf der Erde (vgl. Lk 10,20; Phil 4,3; Offb 20,15). Seine Fülle steht allerdings noch aus.

2. Der Himmel ist zutiefst menschlich

Wenn wir sagten, der Himmel bestehe in der Konvergenz aller dynamischen Strömungen im Menschen, die nach absoluter Verwirklichung verlangen, dann müssen wir auch behaupten, der Himmel sei zutiefst menschlich. Der Himmel verwirklicht den Menschen in all seinen Dimensionen: die der *Welt* zugewandte Dimension als Gegenwart in allen Dingen und brüderlichem, intimem Umgang mit ihnen, die dem *Mitmenschen* zugekehrte Dimension als Gemeinsamkeit und vollkommene Verbrüderung und insbesondere die auf *Gott* abzielende Dimension als kindliche Gemeinschaft und endgültigen Eingang in eine letzte Liebesbegegnung. Auf der Erde können wir von all diesen Dingen träumen und uns nach ihnen sehnen. Aber niemals sehen wir es in beständiger Weise realisiert.

Das Leben ist dialektisch: Gewalt und Güte liegen dicht beisammen, die Liebe wird von Haß und Neid bedroht, unser Verstehen von Dingen und Menschen ist dunkel und bleibt an Äußerlichkeiten hängen. Das Gute und das Böse sind überall im Spiel und lassen sich niemals radikal besiegen. Auf all ihren Ebenen, vom Biologischen bis hin zum Geistigen, ist die Wirklichkeit konfliktgeladen. Dabei kann man die Konflikte nicht bewältigen, indem man sie von einer Ebene auf die andere befördert. Der Mensch fühlt sich fremd sich selbst gegenüber. Mann und Frau haben das unersättliche Streben, ein Fleisch nur in der Liebe zu werden. Gleichwohl bleiben Bruch und unüberwindliche Einsamkeit. Mit Anstrengungen kommen wir zu Synthesen, in denen wir die Gegensätze ausgleichen und die positiven Seiten mit den negativen leidlich versöhnen. Aber das Bemühen ist dornig und der Ausgleich brüchig und gefährlich. Und dennoch träumt der Mensch noch immer, gestern und heute, von der Versöhnung aller mit allem, vom Offenbarwerden des verborgenen und letzten Sinns aller Dinge, vom Frieden und vom harmonischen Ausruhen nach aller Arbeit. Optimistisch sagt uns der Glaube: Es lohnt sich, zu hoffen, denn wir sind nicht dazu verurteilt, Illusionen anzuhängen und Trugbildern zu folgen. Wohl aber entwerfen wir Utopien und erahnen Bilder, weil das Samenkorn der Hoffnung in uns ruht und der Himmel schon in dieser Welt begonnen hat zu sprießen. In kleinen Raten genießen wir schon im voraus die Kräfte der kommenden Welt (vgl. Hebr 6,5). Wir möchten, daß sie schon bald anbricht. In ungeduldiger und gärender Geduld warten und seufzen wir. Wir sind noch nicht einmal vollkommene Menschen, sondern sind erst dabei, allmählich Menschen zu werden. Ignatius von Antiochien († 107) schreibt schon im 2. Jahrhundert in seinem Brief an die Römer: »Dort [im Himmel] angekommen, werde ich Mensch sein« (6,2). Erst im Himmel werden wir Menschen sein, wie Gott uns seit Ewigkeit wollte: sein vollkommenes Abbild und Gleichnis (Gen 1,26).

Wenn der Himmel zutiefst menschlich ist, dann ist er eine radikale Begegnung. Richtig verstanden, könnte uns diese Kategorie besser als jedes andere Bild die erfüllende und dynamische Wirklichkeit des Himmels erahnen lassen.

Begegnung bedeutet die Fähigkeit des In-den-anderen-Seins ohne Verlust der eigenen Identität. Begegnung setzt die Kraft voraus, den Andersartigen als andersartig zu akzeptieren, ihn aufzunehmen und sich von ihm bereichern zu lassen. Damit bricht man die Welt des eigenen Ich auf und erlaubt sich Überraschung, Abenteuer und Risiko.

Jede Begegnung ist ein Risiko, insofern man sich der Unvorhersehbarkeit und der Freiheit öffnet. Wo Freiheit herrscht, ist alles möglich: Himmel und Hölle. Der Himmel im Sinn von Begegnung bedeutet, daß der Mensch, je mehr er sich für neue göttliche und menschliche Horizonte öffnet, desto mehr sich selbst begegnet und mit dem Begegneten eine lebendige Gemeinschaft bildet.

Paradigmen für Begegnung sind Freundschaft und Liebe. Je mehr sich jemand von einem anderen unterscheidet, desto mehr wird er von ihm bereichert. Begegnen heißt in der Differenz Einheit und Gemeinschaft sehen. Es geht also nicht darum, alle gleich und homogen zu machen. Dann wäre die Welt unglücklich und der Himmel ein ewiges Einerlei. Freunde wissen voneinander. Beide kennen einander und lassen sich gegenseitig an ihrem Leben und Los teilhaben. Nur wer etwas von Freundschaft versteht, kann die Tiefe ausloten, die in den Worten des johanneischen Jesus liegt: »Ich habe euch Freunde genannt; denn ich habe euch alles mitgeteilt, was ich von meinem Vater gehört habe« (Joh 15,15). Freundschaft, die sich bis zur Liebe verdichtet, ist totale gegenseitige Klarheit, in inniger Lebensgemeinschaft auf allen Ebenen.

Eine Begegnung ist niemals fertig. Begegnung ist immer auf ein Mehr hin offen und kann unbegrenzt wachsen. Wenn Gott jedoch die Begegnung des Menschen ist, dann gibt es kein Ende mehr für sie. Eine Kraft bricht auf, die niemals versiegt und an keine Grenze stößt, sondern immer neue und andere Dimensionen des vielfältigen Geheimnisses der Liebe öffnet.

3. Der Himmel als Heimat und Zuhause der Identität

Wenn der Himmel im Zusammenfließen aller dynamischen Ströme besteht, die die Welt verborgen in sich trug und die jetzt in Gott voll aufbrechen, dann darf man sich dieses Aufbrechen nicht als ein magisches Eingreifen Gottes vorstellen, als ob er einen neuen Himmel und eine neue Erde schüfe. Gott schafft keine andere Wirklichkeit, sondern macht die alte neu. Und er macht sie neu, indem er alles, was als Virtualität innerhalb der Geschichte der Welt wie auch jedes einzelnen Menschen angelegt ist, zur Fülle und zum Ziel bringt. Unser eigenes Bemühen um Wachstum ist damit nicht verloren. Vielmehr geben wir mit ihm dem zukünftigen Himmel eine konkrete, wiewohl unvollkommene Form. Gott macht sich unsere Anstrengungen zu eigen und läßt sie in sein Endprojekt mit einfließen. Vielleicht kann uns ein banales Beispiel aus dem Leben verdeutlichen, was wir sagen wollen.

Da ist das Auge, mit seiner Fähigkeit zu sehen. Diese Fähigkeit wird in einer großen Breite unterschiedlicher Möglichkeiten betätigt. Das Neugeborene sieht kaum etwas. Allmählich profiliert sich das Organ: Es macht Gegenstände aus, unterscheidet Personen, und nach und nach nimmt es auch Entfernungen wahr. In dem Maße, in dem der Mensch wächst, entwickelt er seine Sehfähigkeit: Er gewahrt unterschiedliche Farben, sammelt Erfahrungen und differenziert die Gegenstände mit zunehmendem Scharfsinn. Er ist imstande, seine Sehfähigkeit so weit zu entwickeln, daß sie über die physische Wahrnehmung der Dinge hinausgeht. Dann nimmt der Mensch die Symbole wahr und sieht geistige Wirklichkeiten und Werte, die die Symbole darstellen. Der Künstler ahnt Nuancen, macht geheime Formen aus, hört die Botschaft der Steine und nimmt die helle Sprache der Himmel wahr. Unser Auge kann so geschärft werden, daß wir bis in die Seele der Menschen, bis in ihre Gefühle und Geheimnisse hineinsehen können. Trotz dieser ganzen Bandbreite von Möglichkeiten können wir unsere Sehfähigkeit noch unendlich weiterentwickeln.

Himmel ist die totale Verwirklichung der Möglichkeiten zu sehen, und zwar nicht bloß die Oberfläche der Dinge, sondern bis in ihr Herz zu sehen. Himmel ist das Fest der Augen, das so groß ist, daß man die Wahrnehmung des irdischen Auges im Verhältnis zum Sehen in der Situation des Himmels mit dem konfusen Sehen im Spiegel (vgl. 1 Kor 13,12) vergleichen kann. Das soll damit gesagt werden, wenn es heißt, der Himmel sei die Konvergenz aller Möglichkeiten und dynamischen Impulse von Welt und Mensch. Himmel ist die Heimat und das Zuhause der Identität, wo alle Dinge einander begegnen, in ihrer letzten Tiefe und Realisierung.

Der Himmel darf dieser Welt nicht gegenübergestellt, sondern muß als ihre Fülle betrachtet werden, frei von allem, was sie eingrenzt und verletzt, teilt und bindet. Der auferstandene Jesus Christus gibt uns eine Vorstellung davon, was der Himmel ist: In ihm ist alles licht, nichts Menschliches ist an ihm geblieben, alles ist umgestaltet und erfüllt: sein Leib, seine Worte, seine Gegenwart, seine Kommunikationsfähigkeit. Frei von allem, was ihn an die Koordinaten dieser räumlich-zeitlichen Welt band, steht er jetzt im Mittelpunkt von Welt und Mensch, eint und liebt alles. Er ist in der Situation des Himmels, weil er schon am Ziel der ganzen Schöpfung angekommen ist.

4. Die biblischen Bilder für den Himmel

Über die Wirklichkeit des Himmels kann man nicht mit seinen eigenen Worten reden. Unsere Sprache ist immer zweideutig und spiegelt die Welt wider, in der wir leben. Über den Himmel sollten wir eigentlich schweigen. Er ist unbeschreibbar. Da wir aber keine Steine sind, reden wir. Aber unsere Sprache ist immer symbolisch und im übertragenen Sinn zu verstehen.

Die Bibel beschreibt den Himmel mit zahllosen Bildern, die allesamt dem menschlichen Kontext entlehnt sind: Reich Gottes, ewiges Leben, Friede, Freude, Vaterhaus, Tag ohne Sonnenuntergang, himmlischer Ruhm, himmlisches Mahl, Hochzeitsmahl, Befriedigung ohne Reue, seligmachende Gottesschau, Licht, Harmonie usf. Den symbolischen Gehalt einiger dieser Bilder möchten wir verdeutlichen.

a) Der Himmel als Hochzeitsmahl

Im Ausdruck Hochzeitsmahl verbinden sich zwei Grundinstinkte des Menschen: der Nahrungs- und der Geschlechtsinstinkt. Im Mahl hebt der Mensch seinen rein animalischen Instinkt der Nahrungsaufnahme (den Hunger zu stillen) auf die Ebene des Geistigen und Menschlichen des Mahlhaltens. Das Mahl stellt die freundschaftliche Gemeinschaft der Menschen unter sich dar, die gemeinsam die Würde der Dinge genießen. Im Mahl scheint das Leben versöhnt zu sein. Sonst feindlich und hart, zeigt es sich jetzt freudig, mit vollen Händen und mit einer Geste großmütigen Schenkens unerschütterlicher Freude. Das Mahl gehört in den Bereich des Festes, wo wir bewußt oder unbewußt sagen: Alles ist uns willkommen!

Die Hochzeit vertieft die Bedeutung des Mahls. Die Hochzeit ist keine Feier des biologischen Aktes geschlechtlicher Sympathie, sondern der menschliche Akt gegenseitigen Hingebens in Liebe. Bei der Hochzeit wird die wohlwollende Großzügigkeit der Existenz gefeiert, die in der Erfahrung der menschlichen Liebe als kraftvoller Verbindung von Instinkt und Geist, von Materie und Bewußtsein in Ekstase gerät. Die Materie wird umgeben vom Glanz und von der

Helle der Leuchtkraft des Geistes, der ihre Schwere durchdringt und erhellt; der Geist gewinnt Tiefe, mütterliche Wärme und die Kraft des Irdischen und Körperlichen, die sich mit ihm verbinden. Das Hochzeitsmahl deutet die Wirklichkeit des Himmels an.

Jedoch: Ein Hochzeitsmahl ist nie vollkommen. So freudig und schön das Mahl auch sein mag, wir können nicht vergessen, wie traurig der Tisch des armen Hungrigen ist. Das Mahl kann zur Orgie verkommen. Die Hochzeit kann die graue und schreckliche Monotonie des Alltags nicht abschaffen. Der Instinkt kann die Herrschaft über den Geist gewinnen und der Wille die Liebe ersticken. Himmel dagegen ist Hochzeit ohne drohende Gefahr, das Mahl im lächelnden Genuß brüderlicher Gemeinschaft, ohne die Grenzen, die die irdische Geschichte uns auferlegt.

b) Der Himmel als seligmachende Gottesschau

In seiner irdischen Verfaßtheit ist der Mensch außerstande, Gott zu sehen (vgl. Ex 33,20). Im Glauben vermag er lediglich seine Spuren in der Welt zu sehen. Im Himmel sehen wir Gott mit enthülltem Angesicht (2 Kor 3,18). Dieses Gottschauen darf man sich nicht statisch vorstellen. Nicht die Augen sehen, sondern der Mensch sieht. Sehen setzt kennen voraus, fühlen und sich unmittelbar zeigen, ohne jede entpersönlichende Vermittlung. Sehen bedeutet innig lieben. »Wenn ich dir sage: Ich will dich sehen, dann verstehst du: Ich liebe dich über die Maßen.«

Wenn jemand von weither in seine Heimat zurückkommt, besucht er seine Mutter. Dabei sieht er sie nicht allein mit den Augen, sondern mit liebendem Herzen. Jetzt ist er im Elternhaus. In einer Atmosphäre, in der Versöhnung, Vergebung und Annahme herrschen, in der das Böse integriert ist und das Gute ein Klima des gegenseitigen Zueinander schafft. Wenn jemand seine Liebe sieht, dann betätigt er nicht nur seine Augen. Der ganze Mensch ist erfaßt, im Zusammensein, in der Umarmung, in der Intimität, mit allen Interessen und Sorgen. Himmel ist die höchste Potenzierung dieser Erfahrung, die wir – wenn auch in unvollkommener Form – schon hier auf der Erde machen.

c) Der Himmel als ewiges Leben

Dies ist vielleicht der Ausdruck, den die Bibel am häufigsten für Himmel verwendet (Mt 19,16.29; 25,46; Joh 3,16; 6,27; 10,28; 17,3;

Röm 2,7; 6,22; Gal 6,8; Tit 1,2; 3,7; 1 Joh 2,25). Leben ist das größte Geschenk, das dem Menschen zuteil wird. Es gibt ein fortwährendes Wunder, größer als alle anderen: daß ich existiere! Nichts macht meine Existenz notwendig. Ich selbst habe mich nicht für mein Leben entschieden. Und dennoch bin ich. Leben ist bare Ungeschuldetheit, denn nichts spricht dagegen, daß es nicht existiert. Das Leben, das wir leben, ist prekär: ständig bedroht, und ein Tropfen Wasser kann es ertränken. Und trotzdem beschützen wir es sorgfältig und lieben es glühend. Der Traum des Menschen ist, ewig sein zu können.

Die Ewigkeit ist keine unendliche Verlängerung dieses Lebens, das wir gegenwärtig leben und das uns immer älter werden läßt. Vielleicht besteht die Hölle in der Verewigung des Lebens, das wir führen und das sich unwiderruflich und immer mehr abnützt. Wir sehnen uns nach einem Leben in ewiger Jugend, einem Leben ohne Altern und ohne Tod. Wir wollen ein volles Leben.

Ewigkeit bedeutet keine unendliche Zeit, sondern die Fülle und die absolute Vollkommenheit eines Wesens. Aus diesem Grund ist Ewigkeit das Sein Gottes selbst. Der Himmel besteht darin, das Leben Gottes, das heißt ein vollkommenes, erfülltes und total realisiertes Leben leben zu können.

d) Der Himmel als Sieg

Dies ist ein weiteres Bild, das wiederholt in der Heiligen Schrift zu finden ist. Heute würden wir vielleicht von Realisierung sprechen. Paulus sagt: »Lauft so, daß ihr den Siegespreis gewinnt. Jeder Wettkämpfer aber lebt völlig enthaltsam; jene tun dies, um einen vergänglichen, wir aber, um einen unvergänglichen Siegeskranz zu gewinnen« (1 Kor 9,24f). Wer bei den Olympischen Spielen gewann, wurde in seinem Heimatort gekrönt und gefeiert wie heute die Helden des Sports. Dies war für antike Menschen das Symbol für den Himmel, als Sieg und höchste Verwirklichung eines Mannes, der hart an sich gearbeitet hatte.

Das Leben ist wie ein Wettspiel. Jeder gibt, was er kann. Wer ernsthaft kämpft, gewinnt. Der Jakobusbrief will uns trösten: »Glücklich der Mann, der in der Versuchung standhält. Denn wenn er sich bewährt, wird er den Kranz des Lebens erhalten, der denen verheißen ist, die Gott lieben« (1,12).

Die Johannesapokalypse entwickelt das Thema des Sieges: »Wer siegt, dem kann der zweite Tod nichts anhaben« (Offb 2,11). Mit

Macht wird er ausgestattet und mit dem Morgenstern (2,28) belohnt werden. Dabei kann der Morgenstern Jesus Christus selbst bedeuten (22,16) oder auch eine Metapher dafür sein, daß der Sieger am Jüngsten Tag in der neuen Welt Gottes und Jesu Christi Macht und Herrlichkeit bekommt. »Wer siegt«, heißt es ein wenig weiter, »wird mit weißen Gewändern bekleidet werden, und ich werde seinen Namen nie aus dem Buch des Lebens streichen, sondern ich werde mich vor meinem Vater und vor seinen Engeln zu ihm bekennen« (Offb 3,5). Das weiße Gewand verweist auf den Auferstehungsleib. Christus selbst wird den Sieger in seine Gemeinschaft mit dem Vater einführen. Diese ganz enge Beziehung kommt noch stärker zum Ausdruck, wenn Johannes sagt: »Wer siegt, der darf mit mir auf meinem Thron sitzen, so wie auch ich gesiegt habe und mich mit meinem Vater auf seinen Thron gesetzt habe« (Offb 3,21). Größere Innigkeit und einen dichteren Liebesaustausch kann man sich nicht vorstellen. Die Macht Gottes wird im Geschöpf zur Schwäche, um es in der Kraft der Liebe zu erheben.

»Wer siegt, dem werde ich von dem verborgenen Manna geben. Ich werde ihm einen weißen Stein geben, und auf dem Stein steht ein neuer Name, den nur der kennt, der ihn empfängt« (Offb 2,17). Das Bild vom weißen Stein mit dem Namen darauf stammt aus dem griechischen Sport. Der Sieger bei den Spielen erhielt eine kleine weiße Tafel mit seinem Namen. Im Himmel bekommt jeder den Namen, der seinem Geheimnis entspricht. Der Mensch ist ein Geheimnis. In seine letzte Radikalität kann nur Gott eindringen, kein Freund, kein Ehepartner, ja vielleicht nicht einmal er selbst. Im Himmel wird Gott dem Menschen offenbaren, was er ist. Er wird uns mit dem Namen rufen, der uns bis in die letzten Fibern unseres Wesens durchdringt. Es wird der Name seiner Liebe zu uns sein. Wir werden das Wort hören, das Gott seit Ewigkeit her aussprach, als er uns zur ewigen Existenz rief.

e) Der Himmel als umfassende Versöhnung

Himmel bedeutet die Verwirklichung der menschlichen Utopien. Zunächst der Versöhnung des Menschen mit sich selbst, des Bewußten mit dem Unbewußten, der Archäologie des Wissens, die wir in uns tragen, mit den Strukturen, die das Bewußte hervorbringen, und der Schatten unserer Persönlichkeit mit ihren Lichtern, in einer unvergänglichen höheren Synthese. Sodann wird sich der Mensch auch mit dem Kosmos und der Kosmos mit sich selbst versöhnen.

Das Alte Testament spricht die Sprache der Utopie: »Dann wohnt der Wolf beim Lamm, der Panther liegt beim Böcklein. Kalb und Löwe weiden zusammen, ein kleiner Knabe kann sie hüten. Kuh und Bärin freunden sich an, ihre Jungen liegen beieinander. Der Löwe frißt Stroh wie das Rind. Der Säugling spielt vor dem Schlupfloch der Natter, das Kind streckt seine Hand in die Höhle der Schlange« (Jes 11,6–8). Die Apokalypse verspricht einen neuen Himmel und eine neue Erde, in der »der Tod nicht mehr sein wird, keine Trauer, keine Klage, keine Mühsal. Denn was früher war, ist vergangen« (Offb 21,4). Die Stadt Gottes bedarf weder der Sonne noch des Mondes; denn die Herrlichkeit Gottes erhellt sie (Offb 21,23).

Hinter solchen Utopien steckt die Kraft des Prinzips Hoffnung. Im Himmel wird diese Utopie zur Topie werden, die Jesus in seiner Predigt vom Reich der Himmel schon vorausgesagt und in seiner Auferweckung als möglich erwiesen hat. Die Feststellung, Jesus sei gekommen, um uns den Himmel zu zeigen, faßt in einer wenn auch möglicherweise schon abgegriffenen Formel ohne großen Lebenswert die eigentliche Bedeutung Christi zusammen. Er sollte uns nicht nur zeigen, wie die menschliche Existenz auszusehen habe, sondern auch, was das Ziel des Lebens sei (der Himmel), und wie wir es erreichen müßten und könnten. Im Himmel wird eine umfassende Versöhnung stattfinden. Das heißt: Alles wird füreinander transparent werden. Nichts wird mehr der Offenbarung Gottes im Wege stehen. Alle Dinge werden wie zu Spiegeln werden, die aus verschiedenen Winkeln dasselbe freundliche und liebevolle Antlitz Gottes reflektieren. Alles wird wie zu einer herrlichen Symphonie, in der sich die Verschiedenheit von Tönen und Klängen in einer göttlichen und unsagbar harmonischen Musik artikulieren wird.

5. *Der Himmel als Gott: Alles in allem*

Dieser kühne Ausdruck stammt von Paulus (1 Kor 15,28). Er bedeutet keinen Pantheismus, der – wenn man sagen würde: »Alles ist dasselbe, Stein, Tier, ich usf., alles ist Gott« – das Ende jeder Individualität wäre. Mit dem Satz: »Gott wird alles in allem sein«, will der Glaube vielmehr zum Ausdruck bringen, daß wir im Himmel sehen werden, wie Gott der Anfang, das Herz und das Ende aller Dinge ist. Sachen werden Sachen, Tiere werden Tiere und die Menschen werden Menschen bleiben. Trotzdem werden wir spüren, daß der tiefe Sinn aller Dinge Gott selbst ist. Er ist das Licht, in dem wir alles sehen, die Quelle, der alles entspringt, und die Liebe, die alles trägt und an sich zieht.

Wenn jemand uns liebt, ist uns auch alles lieb, was unsere Liebe liebt. Die Stadt, die Steine, die Landschaften, die Farben, die Berge, das Meer und die Straßen, alles steht in Beziehung zu dem Geliebten. Was tut die Liebe? Allen Dingen gibt sie Farbe und der Natur Heiterkeit. Die Straßen bleiben Straßen, das Meer bleibt Meer, und die Stadt bleibt Stadt. Dennoch ist alles irgendwie anders. Wir sehen die Stadt, das Meer und die Straßen von Liebe durchdrungen. In der Situation des Himmels ist nun unsere Liebe Gott. Deshalb sehen, hören und fühlen wir, wie alles von Gott spricht und uns an Gott erinnert: Alles Sein, vom kleinsten bis zum größten, begeistert sich an der liebevollen Wirklichkeit Gottes. Dann wird uns gewahr, daß Gott alles in allem ist.

6. Die Funktion der Brücke als Wesen und Größe der Welt

Wenn Gott alles in allem ist, dann liegt die Bedeutung jedes Seins darin, Gott zu offenbaren und auf Gott zu verweisen. Alles ist Brücke zu ihm. Das Wesen und die Größe der Dinge besteht darin, Brücke zu sein, Vorläufer des Ziels, das Gott ist.

Wenn wir jemanden lieben, dann lieben wir mehr als bloß die betreffende Person. Wir lieben das Geheimnis, das sich in ihm verbirgt und das er zu erkennen gibt. Deshalb transzendiert jede echte Liebe den geliebten Menschen. Der Mensch ist eine Brücke zu dem Geheimnis, das er verkörpert, das ihn aber auch übersteigt. Die Liebe ist erst dann glücklich, wenn sie es schafft, daß die beiden einander Liebenden gemeinsam in dieselbe Richtung gehen, die ihnen die Liebe zeigt: Dann sind sie auf dem Weg zu Gott als dem unaussprechlichen Geheimnis, das latent in jedem uns umgebenden Ding steckt. »Liebt die Tiere, liebt die Pflanzen, liebt jedes Ding. Wenn ihr jedes Ding liebt, werdet ihr das Geheimnis Gottes in den Dingen verstehen«, lehrt uns Dostojewskij in »Die Brüder Karamasow«. Dann werden wir beginnen zu verstehen, wie Gott alles in allem ist.

7. *Im Himmel werden wir Gott sehen, wie er ist*

Die Situation des Himmels ist aber nicht allein durch eine Potenzierung dessen bestimmt, was der Mensch hier auf der Erde erahnen und sich erträumen kann. Himmel ist darüber hinaus eine neue Welt, in der Gott selbst die große Neuigkeit ist. Im Himmel wird es dem Gerechten und Heiligen gegeben, etwas vom göttlichen Prozeß zu genießen: wie der Vater ewig den Sohn zeugt und wie beide zusammen den Heiligen Geist hauchen. Vielleicht besteht das höchste Glück darin, mit allen Fasern des Seins die »Selbstzeugung« Gottes sehen, betrachten und miterleben zu können.

Mehr noch. In Gott werden wir sehen können, wie alle Dinge geschaffen und in ihrer Existenz erhalten werden. Wir dürfen miterleben, was uns bisher total entging und was das Geheimnis aller Wissenschaft ausmacht: wie Gott in seinem Schöpfungsakt alles aus dem Nichts ins Sein führt. Wir werden nicht nur alle existierenden Dinge sehen, sondern auch alle möglichen, die es in anderen Welten gab, gibt und – in anderen göttlichen Plänen – geben wird. Ein Pariser Regionalkonzil erklärte 1528: »Allen Seligen wird gleichermaßen der göttliche Spiegel eröffnet werden. In ihm ist alles zu erkennen, was sie interessiert« (Mansi 32, 1174).

8. *Werden wir im Himmel alle Christus sein?*

Die Menschwerdung der Zweiten Person der Dreifaltigkeit realisierte eine der menschlichen Natur eingeschriebene Möglichkeit. Wenn Gott Mensch wurde, dann deshalb, weil der Mensch von Gott angenommen werden *konnte.* Jesus ist ein Mensch wie wir. Er ist unser Bruder. Das bedeutet, daß sowohl er als auch wir die Möglichkeit haben, von Gott angenommen zu werden. Unsere geistige Natur ist somit eine Struktur, die des Unendlichen fähig ist. Auf der Erde konnte aber allein Jesus von Nazaret diese Möglichkeit verwirklichen, weil nur er der Mensch war, den Gott sich zu eigen machte. Wenn wir zuvor sagten, im Himmel würden sich alle unsere Möglichkeiten voll realisieren, dann müssen wir daraus schließen, daß es auch um die Fähigkeit geht, von Gott angenommen zu werden und zusammen mit ihm eine unveränderliche individuelle Einheit zu bilden.

Schon auf der Erde sind wir in Christus und bilden zusammen mit ihm einen einzigen Leib. Wir sind Kinder Gottes. Im Himmel wird in aller Tiefe sichtbar werden, was das bedeutet. Nach dem Modell Christi werden wir seine vielgeliebten Kinder sein. Gott wird in uns alles sein, so daß er inniger bei uns sein wird, als wir selbst bei uns sind. Ohne daß die Unterschiede zwischen Schöpfer und Geschöpf aufgehoben wären, werden wir eine letzte Liebeseinheit bilden, nach Art der Einheit, die zwischen Jesus von Nazaret und der Zweiten Person der Dreifaltigkeit herrscht.

Dies ist die letzte Berufung und das tiefste Geheimnis des Menschen. Als Mensch werden wir so direkt in das Geheimnis Gottes hineingenommen werden, daß unsere Geschichte eine Artikulation der göttlichen Geschichte sein wird. Die Bedeutung dieser Worte entgleitet uns beinahe. Wir sprechen von einem Geheimnis, vor dem wir schweigen müssen, um es mit Hochachtung besser zu verehren. Wir stammeln lediglich über das Unaussprechliche an Gott und an unserer Berufung, um uns dann wieder in das Haus des Schweigens zurückzuziehen.

9. Wenn der Himmel Ruhe wäre . . .

Gibt es Wachstum und eine Trans-historie im Himmel? Das Leben bei Gott wurde gewöhnlich als Rast und seligmachende Gottesschau geschildert. Solche Bilder führten zu der Vorstellung von Monotonie und Langeweile. Daraufhin prägte der Volksmund den einfallsreichen, theologisch aber tiefsinnigen Aphorismus: »Wenn im Himmel bloß Ruhe herrschte, wäre es besser, unausgeruht zu leben.« Offensichtlich soll der Spruch zu verstehen geben, daß es im Himmel auch eine wirklich schöpferische und erfüllende Tätigkeit gibt. In der Tat: Im Himmel geht die Geschichte weiter. Zwar nicht in der Doppeldeutigkeit der irdischen Zeit, in der Gut und Böse immer zusammen auftreten. Aber es wird die Geschichte des Menschen mit Gott sein, eine Geschichte der Liebe und der unbegrenzten Vergöttlichung des Geschöpfs. Deshalb gibt es ein Wachstum im Himmel, grenzenlos . . .

Gott wird nicht wachsen, wohl aber die Teilhabe des Geschöpfes an Gott. Gott ist ein unauslotbares Geheimnis und nicht ein Rätsel, das gelöst ist, wenn man es erkannt hat. In das Geheimnis Gottes dringt der Mensch mehr und mehr ein. Gott offenbart sich mit seinen unendlich vielen Facetten und verwundert den Menschen mit seiner immer wieder überraschenden Neuigkeit. Und das alle Ewigkeit hindurch. Da der Mensch ein endliches Geschöpf ist, kann er die unendlichen Dimensionen des Geheimnisses Gottes bzw. des Gottes des Geheimnisses nicht in einem einzigen Akt erfassen. Nur in einer Reihe von Akten kann ihm das gelingen. Der Grund liegt nicht in unserer irdischen Befindlichkeit als Pilger, sondern in unserer geschöpflichen Verfaßtheit. Niemals werden wir wie Gott sein. Aber wir können ihm zunehmend ähnlicher werden, in dem Maße, in dem wir in sein Geheimnis eindringen und in dem uns die unermeßliche Tiefe seiner Liebe aufgeht.

Im Himmel werden alle Paradoxe miteinander versöhnt sein: Dynamik in der Muße, Ruhe in der Aktivität, Frieden in der Turbulenz der Neuheiten, Wachstum ohne Verlust der Vergangenheit. »Dort werden wir ausruhen und sehen, sehen und lieben, lieben und loben. Das ist das Wesen des Endes ohne Ende. Denn welches Ende entspräche uns mehr als in das Reich zu kommen, das kein Ende kennt?« (Augustinus, De Civitate Dei)

10. Der Himmel beginnt auf der Erde

Der Himmel ist nicht das Ergebnis mühevoller Spekulationen von Verstand und Phantasie, sondern die Potenzierung dessen, was wir schon auf der Erde erfahren. Jedesmal wenn wir auf der Erde etwas Gutes, etwas Glück, Freundschaft, Frieden und Liebe erfahren, erleben wir schon – wenn auch in unzulänglicher, nichtsdestoweniger jedoch realer Weise – die Wirklichkeit des Himmels. Es gibt im Leben Momente tiefer Ruhe und Transparenz. Wie in einem Zauber erscheinen die großen und kleinen Dinge in den gebührenden Proportionen. Wir erleben die Welt in einer letzten Versöhnung und in einem Geborgenheit spendenden Sinn. Solche Augenblicke können in einem Nu verflogen sein. In ihnen haben wir aber schon auf der Erde einen Keim des Himmels gesehen. Jedesmal wenn wir etwas tief Menschlichem begegnen, machen wir zugleich die Erfahrung des Unendlichen und erleben etwas von dem »Mehr«, das alle Dinge umgibt. Das ist der Advent und die Parusie des Himmels. In einem Lied von P. Duval heißt es treffend:

Als ich dich sah, mein Gott,
in den Dingen,
war der Himmel nicht weit, überhaupt nicht weit!
Als ich dich sah, mein Gott,
in den Dingen,
hatte unsere Freundschaft schon begonnen.

(Monsieur mon frère, Ed. L'Epi, Paris 1960, 16).

6. Kapitel

DIE HÖLLE – ABSOLUTES SCHEITERN DES MENSCHEN

1. Das Christentum als Religion der Liebe, des Gottmenschen, des neuen Menschen und der absoluten Zukunft

Das Christentum trat in die Welt als eine Religion der absoluten Liebe. Gott schuf alles aus Liebe. Er wollte Teilhaber an seiner Liebe: Welt und Mensch. Gott will Wesen, die sich gegenseitig lieben, wie er sie liebt, und sich zu dem einen Grunddogma der Liebe bekennen. Die Bewegung Gottes auf die Welt hin ist Liebe. Die Bewegung der Welt auf Gott hin muß von Liebe geprägt sein. Und die Bewegung der Menschen in der Welt aufeinander zu hat gleichfalls das Merkmal der Liebe zu tragen. Um nichts anderes geht es dem Christentum. Deshalb kann es auch das Versprechen geben: Wer Liebe hat, hat alles; denn »Gott ist die Liebe, und wer in der Liebe bleibt, bleibt in Gott, und Gott bleibt in ihm« (1 Joh 4,16).

Als Jesus in Galiläa auftrat, verkündete er als erstes, er bringe eine gute Nachricht (Evangelium): das Reich Gottes. Dies bedeutet soviel, daß er verkündigte, alle Entfremdung des Menschen sei überwunden, alle Hoffnungen des Herzens seien verwirklicht und alle Feinde des Menschen – wie Krankheit, Leiden, Haß, Tod, mit einem Wort: die Sünde – seien besiegt. Er brachte, wie Irenäus gegen 180 nach Christus sagt, eine absolute Neuheit. Er predigte nicht nur das Reich Gottes, sondern realisierte es auch in seiner Person: Er war der offenbarte Mensch, der erste in der Geschichte wirklich freie Mensch, ganz offen für alle, der es vermochte, alle, Freunde und Feinde, bis ans Ende zu lieben. Selbst die, die ihn am Kreuz quälten und ihm die gräßlichsten Schmerzen verursachten. Die Liebe ist stärker als der Tod. Nach seinem Tod wuchs kein Gras über sein Grab. Er stand von den Toten auf. Damit waren in seiner Person das Reich Gottes und die Hoffnung aller Völker verwirklicht. Wenn er auferstand, dann werden wir ihm folgen. Er ist nur der erste unter den Toten. Die Apostel erkannten bald, daß nur Gott so menschlich sein konnte. Dieser Jesus von Nazaret war der menschgewordene Gott selbst, der unter uns lebte.

Mit Jesus trat also der neue Mensch auf, der Mensch, der diese Welt voller Schmerz und Tod, Haß und Trennung schon überwunden hat. Mit diesem Jesus begannen schon der neue Himmel und die neue Erde (Offb 21,5). Die ersten Christen erkannten in der Tat die außerordentliche Tragweite der von Jesus gebrachten Neuheit und verstanden sich deshalb als »neue Menschen«. Paulus sagt: »Wenn jemand in Christus ist, dann ist er eine neue Schöpfung: Das Alte ist vergangen, Neues ist geworden« (2 Kor 5,17). Christus setzte aller Trennung, die die Menschen untereinander geschaffen hatten, ein Ende und schuf einen »neuen Menschen« (Eph 2,15). Er will, daß wir diesen »neuen Menschen anziehen« (Eph 4,24).

Die Heiden, besonders der große Philosoph Celsus im 2. Jahrhundert, sagten, die Christen bildeten das dritte menschliche Geschlecht: Das erste seien die Griechen und Römer gewesen, das zweite die Barbaren und das dritte Geschlecht, das die anderen übertreffe, weil es an einen neuen Menschen glaube, seien die Christen. Und Origenes – vielleicht der größte christliche Denker aller Zeiten – bedient sich gegenüber Celsus genau dieses Argumentes, um zu zeigen, was das Christentum ausmache: Das Christentum sei die Religion des neuen Menschen, der von den Strukturen dieser alten Welt ebenso wie von den von Menschen geschaffenen Konventionen befreit sei.

Mit dieser Lehre eröffnete das Christentum den Menschen eine absolute Zukunft. Unsere Zukunft steht einem noch intensiveren und reicheren Leben offen als das, das wir hier leben. Christus gibt uns die Gewißheit, daß die Welt ein glückliches Ende haben wird. Am Ende stehen nicht Scheitern und ein Nichts, sondern Fülle und höchste Selbstverwirklichung des neuen Menschen, mit seinem nach dem Vorbild Christi auferweckten Leib. Das Böse wird besiegt sein, und triumphieren werden Liebe, Brüderlichkeit, die Stadt Gottes, die Gemeinschaft aller mit allen und mit Gott und das Leben, das von nun an ewig sein wird.

2. *Das Christentum als eine Religion, die den Menschen absolut ernst nimmt*

Wenn das Christentum eine Religion der Liebe ist, dann ist es auch eine Religion der Freiheit. Es gibt keine Liebe ohne Freiheit. Liebe kann man weder bestellen noch kaufen. Die Liebe ist ein freies Geschenk. Liebe heißt einem anderen Du Ja und Amen sagen und ihm mit Verant-wort-ung eine Ant-wort geben und einen Vorschlag machen.

Gott macht uns den Liebesvorschlag, neue Menschen zu werden, bei ihm zu leben und an seinem Projekt teilzuhaben, eine Ewigkeit bei ihm zu sein. Aber er zwingt uns nicht. Er lädt uns ein und erwartet eine Antwort auf seinen Vorschlag. Unsere Antwort kann positiv oder negativ sein. Der Liebe kann man mit Liebe, aber auch mit Gleichgültigkeit begegnen. Man kann sagen: Ich führe mein existentielles Projekt allein durch. Für meine Selbstverwirklichung genügt mir der andere, den großen Anderen (Gott) brauche ich nicht. Ich kann Gott *nein* sagen. Gott nimmt den Menschen absolut ernst, so ernst wie die Liebe und die freie Entscheidung sind. Gott achtet so sehr den Menschen, daß er, als sein Sohn zum Tode verurteilt wurde, nicht eingriff. Vielmehr zog er es vor, seinen Sohn, der doch nur Gutes getan hatte, als Übeltäter sterben zu lassen, statt die freie Entscheidung von Juden und Römern zu beeinträchtigen.

3. Der Mensch hat eine absolute Würde: Er kann mit Gott konkurrieren und ihm nein sagen

Der Mensch hat eine absolute Würde: Er kann Gott *nein* sagen. Er kann sich seine Geschichte allein machen, auf sein Ich und seinen Nabel hin zentriert. Gott respektiert den Menschen, obgleich er weiß, daß er, wenn er losgelassen und sich selbst überlassen wird, in der Sprache Nietzsches »das unmenschlichste aller Tiere« ist. Der Mensch ist kein Tier, kann aber zu einem Tier werden. Wer sonst könnte sich gegen Gott, gegen den Schöpfer aller Dinge und des ganzen Kosmos erheben? Der Mensch, dieses denkende Rohr, wie Pascal sagte. Er ist frei, kann wählen und kann sich für Gott oder für sich selbst entscheiden.

4. Der relative Mensch kann etwas Absolutes schaffen

Wenn der Mensch eine negative Antwort auf den Liebesvorschlag Gottes gibt, braucht er nicht zu sterben. Er schafft sich eine Welt für sich. Dabei bringt er tatsächlich etwas Neues zuwege, so wie Gott Himmel und Erde schuf. Mit einem einzigen Unterschied. Von Gott konnte der Autor der Genesis sagen: »Er sah, daß alles gut war.« Vom Menschen dagegen wird sich so etwas nicht sagen lassen. Denn kann dort etwas Gutes zustande kommen, wo keine Liebe herrscht, wo Gott keine Chance hat, Gott, der sich als Liebe zu erkennen gab und dessen Name Liebe ist?

Ein Ding jedoch gibt es, das Gott nicht schuf, weil er es nicht wollte. Dennoch existiert es, weil der Mensch es schuf. Als der Mensch seinen Bruder haßte, ausbeutete und tötete, als er sich vom Armen, Unterdrückten und Hungrigen abwandte, als er sich selbst mehr liebte als seinen Nächsten, als er sich als Mittelpunkt des Lebens aufbaute, als er anfing, sich seine Stadt zu bauen, und Gott dabei vergaß, als er zu diesem Leben ja sagte und nein zu einem reicheren, brüderlicheren und ewigen Leben, als der Mensch all dieses tat, da entstand das, was wir Hölle nennen. Die Hölle ist kein Werk Gottes, sondern des Menschen. Weil es den schlechten, egoistischen und in sich selbst verschlossenen Menschen gibt, deshalb existiert die Hölle, die der Mensch sich selbst schuf. Bei Paul Claudel heißt es treffend: »Die Hölle stammt nicht von Gott. Sie stammt von einem Hindernis, das der Sünder Gott in den Weg legte.« Als vergängliches und begrenztes Geschöpf kann sich der Mensch etwas Absolutes und Definitives schaffen.

5. Die Hölle existiert, allerdings ohne gehörnte Teufelchen

Wenn ich es könnte, würde ich gern die Neuheit verkünden: »Die Hölle ist eine Erfindung der Pfaffen, die sich damit das Volk untertan halten wollen. Die Hölle ist ein Instrument aus den Lehrstuben der Religionen, die sich mit ihrer Hilfe die eigenen Privilegien und die von ihnen geschaffenen Situationen der Gewalt erhalten wollen.« Wenn ich es könnte, würde ich das verkünden und die ganze Menschheit damit gewiß ein Stück weit befreien. Aber ich kann es nicht. Denn niemand kann das Böse, die Bosheit, den bösen Willen, das kalkulierte und genau gewollte Verbrechen leugnen und die Freiheit des Menschen bestreiten. Weil alles dies existiert, deshalb existiert auch die Hölle. Allerdings ist sie nicht – wie Y. Congar sagt – jene Hölle der gehörnten Teufelchen, die vielmehr das Produkt einer ausschweifenden religiösen Phantasie ist und mit der glühende Prediger tausende in Schrecken versetzten. Gemeint ist vielmehr die Hölle, die sich der Verdammte selbst schafft.

Hölle ist die Verhärtung des Menschen im Bösen. Sie ist also ein Zustand des Menschen und kein Ort, wohin die Sünder kämen und wo ein Feuer brennen würde, in dem Teufelchen mit riesigen Gabeln die Verdammten auf Rosten brieten. Derartige Bilder entstammen schlechtem Geschmack und religiöser Krankhaftigkeit. Hölle ist der Zustand eines Menschen, der sich mit seiner egoistischen Verfaßtheit identifizierte und in seiner Entscheidung versteinerte, nur an sich und seine Belange, nicht aber an die Mitmenschen und an Gott zu denken. Es geht um Menschen, die ein so entschiedenes *Nein* sagten, daß sie kein *Ja* mehr sagen können und wollen.

6. *Was die Heilige Schrift über die Hölle sagt*

Was sagt die Heilige Schrift über die Hölle? Der Hintergrund aller auf die Hölle anspielender Texte besteht in der traurigen Realität des Menschen, der mit seinem Lebensprojekt scheitern, das heißt sich in sich selbst wie in einen Kokon einschließen kann. Christus kam, um die Befreiung zu predigen, um dem Kokon die Chance zu bieten, eine Larve und über die Larve ein bunter Schmetterling zu werden. Christus weiß um diese Möglichkeit des Menschen, sich die Hölle zu schaffen. Deshalb ist das Hauptanliegen seiner Predigt die *Umkehr*. Umkehr bedeutet Rückkehr auf den rechten Weg, Hinwendung zum Mitmenschen und Revolutionierung in der Art zu denken und zu handeln, im Sinne Gottes und seines göttlichen Vorschlags. Wenn der Mensch in seiner Bösartigkeit versteinert und so stirbt, dann kommt er in einen definitiven Zustand absoluten Scheiterns seiner Existenz. Paul Claudel beschreibt das ausgezeichnet: »Jeder Mensch, der nicht in Christus stirbt, stirbt in sein eigenes Bild hinein. Das Zeichen seiner selbst, das sich in allen Augenblicken seines Lebens nach und nach zu ewiger Substanz bildete, kann er nicht mehr verändern. Solange das Wort nicht beendet ist, kann seine Hand zurücklangen und es mit einem Kreuz wieder aufheben. Wenn aber das Wort beendet ist, dann wird es unzerstörbar wie die Materie, die es aufnahm. Quod scripsi scripsi« (J. Guitton, L'inferno e la mentalità contemporanea, op. cit., 247).

Hölle ist das größte Unglück, das der Mensch sich zufügen kann. Für diesen Zustand verwendet die Bibel verschiedene Bezeichnungen:

a) Die Hölle als nie erlöschendes Feuer

(Mk 9,43; Mt 18,8; 25,41; Lk 3,17), wütendes Feuer (Hebr 10,27), Feuerofen (Mt 13,42.50) und als See von brennendem Schwefel (Offb 19,20). Im Endgericht wird Christus den Bösen sagen: »Weg von mir, ihr Verfluchten, in das ewige Feuer!« (Mt 25,41). Trotz aller Dispute der Theologen ist das Feuer hier ein Bild, ein Symbol, wie auch der Satz Christi bildhaft zu verstehen ist, wir müßten uns die Hand abhauen und das Auge ausreißen, wenn sie uns Anlaß zur Sünde seien (Mt 5,29–30). Als Symbol kann das Wort sogar ambivalent sein: Die Schrift selbst spricht vom Feuer, das reinigt, und vom Feuer der Liebe. Hier ist das Feuer, im Blick auf den alten Menschen, Symbol für alles, was es an Schmerzhaftem und Zerstörerischem in ihm gibt. Es will die Trostlosigkeit des Menschen zum Ausdruck bringen, der sich endgültig von seinem Grundprojekt und vom Glück, das Gott ist, entfernt hat. Diese Situation ist so niederschmetternd und beängstigend, daß sie mit dem Schmerz und den Qualen verglichen werden kann, die das Feuer unseren Sinnen bereitet. Aber das Feuer der Hölle, von dem die Schrift spricht, ist kein physisches Feuer. Wäre es das, könnte es sich nicht auf den Geist auswirken. Es ist Bild, vielleicht eines der ausdrucksstärksten Bilder, um uns eine Vorstellung des totalen Scheiterns des Menschen fern von Gott zu vermitteln. In den Mulamuli, einer Schrift des Buddhismus, heißt es richtig: »Wenn der Mensch das Böse tut, zündet er das Feuer der Hölle an und verbrennt sich in seinem eigenen Feuer« (Michel Carrouges, Immagini dell'inferno nella letteratura, op. cit., 47).

b) Die Hölle als Heulen und Zähneknirschen

(Mt 8,12; Lk 13,28 usw.). Der Mensch weint, wenn ihn ein heftiger Schmerz trifft, und er knirscht mit den Zähnen, wenn ihn die Wut packt, weil er etwas nicht ändern kann. Weinen, Heulen und Zähneknirschen sind hier Bilder und Metapher für eine menschliche Situation ohnmächtigen und sinnlosen Rebellierens, aus der es keinen Ausweg und keinen Blick in Richtung Glück gibt.

c) Die Hölle als äußere Finsternis

(Mt 8,12; 22,13 usw.). Als Menschen strecken wir uns nach Licht aus und sind dazu berufen, die Welt und die Wunder der Schöpfung zu betrachten. Wir möchten drinnen sein, das heißt im Vaterhaus, geborgen und geschützt vor den Gefahren der dunklen Nacht. In der

Hölle hingegen, in der Situation, die der Mensch selbst gewollt hat, findet er nicht, was er in den tiefsten Sehnsüchten seines Herzens suchte. Er lebt in der äußeren Finsternis, in der Verbannung, außerhalb des Vaterhauses.

d) Die Hölle als Gefängnis

(1 Petr 3,19). Der Mensch ist dazu berufen, in Freiheit zu leben und die Welt, die ihn umgibt, zu verändern. Jetzt ist er sozusagen angebunden und gefangen. Er ist ein Gefangener seiner kleinen Welt, die er sich geschaffen hat und in der er allein dasteht, sich nicht bewegen und nichts tun kann.

e) Die Hölle als Wurm, der nicht stirbt

(Mk 9,48). Dieses Bild kann zweierlei bedeuten. Die Lage des Verdammten ist wie die einer Leiche, die von einem unersättlichen Wurm zerfressen wird. Es kann aber auch auf den Wurm des schlechten Gewissens verweisen, der immerzu nagt und einem keinen inneren Frieden gibt.

f) Die Hölle als Tod, zweiter Tod und Verdammung

Der Evangelist Johannes versteht den Himmel als ewiges Leben. Die Hölle nennt er Tod (Joh 8,51) oder auch zweiten Tod (Offb 2,11; 20,6). Wenn Gott Leben ist, dann ist die Abwesenheit Gottes Tod. Matthäus spricht von einer ewigen Verbannung (7,13), das heißt der böse Mensch kommt mit dem Tod definitiv in einen Zustand, aus dem er sich niemals mehr wird befreien können. Paulus sagt, er werde das Reich nicht erben, was heißen soll, daß er die Wünsche seines Herzens nicht erfüllt sehen und für immer wie ein Wesen sein wird, das Hunger und Durst hat und dennoch niemals Brot und Wasser findet (1 Kor 6,9f; Gal 5,19–21).

g) Bedeutung dieser Bilder

Alle diese Figuren sind der menschlichen Erfahrung entlehnt: Schmerz, Verzweiflung, Scheitern. Die Hölle verstümmelt den Menschen in seinem wesensmäßigen Wert als Mensch. Zur Freiheit berufen, lebt er in einem Gefängnis. Für das Licht geschaffen, haust er im Dunkeln. Eingeladen, im Vaterhaus bei Gott zu wohnen, bleibt er draußen, in der äußersten Finsternis. Zur Fülle berufen, lebt er ohne Selbstverwirklichung, ewig unterwegs, mit der Sicherheit und der

Verzweiflung, niemals am Ziel seiner Wünsche anzukommen. Die Bedeutung dieser Figuren besteht darin, daß sie Bilder sind. Sie sollen uns zeigen, daß die Situation des Verdammten unumkehrbar und hoffnungslos ist.

7. Die Hölle als absurdes Dasein

Aus der Betrachtung der Bibelstellen ergibt sich der eine sichere Schluß: Die Hölle ist ein absurdes Dasein, das im Absurden versteinert ist. Jeder Mensch ist ein Bündel von Möglichkeiten, Fähigkeiten, Plänen und Wünschen. Er träumt von Realisierungen und von der Verwirklichung der in ihm steckenden Tendenzen. Voller Zuversicht geht er an seine Arbeit. Tag um Tag schafft er. Schrecklich ist dann der Tag, an dem er feststellen muß, daß alles umsonst war und daß er niemals sein Ziel erreichen wird. Er leidet. Es ist ihm, als wäre ihm ein Stück von seinem Leben, von seinem eigenen Körper abgeschnitten worden.

Ohne Sinn kann niemand leben. Man kann neu anfangen oder seine Ziele ändern, sofern sie in Reichweite liegen. Hölle jedoch bedeutet, keine Zukunft mehr haben, keinen Ausweg mehr sehen und nichts tun können von dem, was man will und sich wünscht.

Der Vergleich mit einem Menschen, dem man seine Organe amputiert hat, kann uns vielleicht eine Idee vermitteln. Jemand, der weder Augen noch Ohren noch Gefühl noch Geruchssinn hat, kann weder etwas aufnehmen noch etwas mitteilen. Er lebt in totaler Einsamkeit. Einsamkeit ist die Hölle. Wir wurden geschaffen, um zu lieben. Lieben ist geben und nehmen. Wir wurden geschaffen, um zusammen zu sein, uns gegenseitig auszutauschen und die Freude an Gott und an der Schöpfung zu genießen. Davon aber wurden wir abgeschnitten oder haben uns selbst davon abgeschnitten.

Die größte Frustration indessen besteht in der Abwesenheit von Gott. Unser ganzes Sein sehnt sich nach Gott als dem Mittelpunkt unseres Mittelpunktes, dem radikalen Du, das unser Ich erst erfüllt. Jetzt aber gähnt in ihm eine absolute Leere. Es fühlt sich an sich selbst und an die Dinge verloren. Obwohl es weiß, daß alles in einem radikalen Bezug zu dem Geheimnis steht, sieht es ihn dennoch nicht und kann sich nicht an ihm freuen. Sein Schmerz ist um so größer, als es weiß, daß es durch seine Existenz und durch die Tatsache, nicht in ein Nichts aufgelöst zu sein, Gott die Ehre gibt und ein Zeugnis für die Liebe ist, die »alles durchdringt und zum Strahlen bringt« (Dante). Es möchte, daß Gott ihm ein Ende setzt. Aber es ist sich dessen bewußt, daß es aus der Kraft Gottes diese immer wieder zum Scheitern verurteilten Wünsche hat.

Sein Dasein ist völlig absurd. Absurd deshalb, weil es von einem radikalen Sinn getragen wird: der Ehre Gottes, die auch die Hölle gegen den Willen der von ihr Betroffenen betreibt. Das Ganze ist, wie wenn jemand in einem Zug, der mit hoher Geschwindigkeit fährt, gegen die Fahrtrichtung liefe und dabei der Illusion nachhinge, sich im entgegengesetzten Sinn zu bewegen. So schnell er auch innerhalb des Zuges in die Gegenrichtung laufen mag, wird er dennoch immer im Fahrtsinn – das heißt in der Richtung Gottes – befördert.

8. Kann sich der Mensch eine Hölle schaffen und nein zum Glück sagen?

Da könnte jemand sofort sagen: Keiner entscheidet sich dazu, sich selbst die Hölle zu schaffen. Niemand kann vorsätzlich Unglück und totale Einsamkeit wollen. Der Mensch sucht immer das Glück. Natürlich irrt man sich gelegentlich. Wenn man verstünde, was Gott bedeutet, würde man ihn niemals leugnen. Das Matthäusevangelium (Kap. 25) gibt uns eine Antwort auf diesen Einwand. Man braucht Gott nicht zu identifizieren, um ihn zu leugnen oder zu lieben. Gott zeigt sich nie von Angesicht zu Angesicht, sondern kommt uns in den Dingen dieser Welt entgegen. Im Jüngsten Gericht werden die Verurteilten voller Schrecken zu Gott sagen: »Herr, wann haben wir dich hungrig oder durstig oder obdachlos oder nackt oder krank oder im Gefängnis gesehen und haben dir nicht geholfen?« (Mt 25,44). Sie werden protestieren und sagen, sie hätten Gott niemals getroffen und Partei gegen ihn ergriffen. Doch die Antwort des Richters wird lauten: »Amen, ich sage euch: ›Was ihr für einen dieser Geringsten nicht getan habt, das habt ihr auch mir nicht getan.‹ Und sie werden weggehen und die ewige Strafe erhalten« (Mt 25,45–46). In der Gestalt des Bedürftigen trat ihnen Gott inkognito entgegen, und sie erkannten ihn auch nicht. Der Mensch, der nur daran gewöhnt ist, dem anderen Böses zu wollen, ihn auszubeuten, kein Erbarmen mit ihm zu haben und auch sonst nicht an seine Mitmenschen zu denken, sondern nur an sich, der

Mensch, der allen seinen Leidenschaften freien Lauf läßt, dieser entwickelt eine Art Verhaltens- und Entscheidungsmechanismus, der ihn nur in dem etabliert und strukturiert sein läßt, was er immer schon tat. Wenn er stirbt, wird sich sein Verhalten fixieren, und dann wird die Hölle eintreffen. Die Hölle ist damit sein eigenes Werk. Der Tod besiegelt nur, was das Leben geprägt hat. Dann wird es kein Zurück und keine Umkehr mehr geben.

»Wenn der Mensch die Hölle nicht versteht, dann liegt der Grund darin, daß er sein Herz noch nicht verstanden hat« (M. Jouhandeau, Algèbre des valeurs morales, Paris 1940, 229). Der Mensch kann alles. Er kann ein Judas sein, aber auch Jesus von Nazaret ähnlich werden. Er kann sich nach Auschwitz, Dachau und Mostar ausrichten. Der Mensch kann ein Heiliger, aber auch ein Dämon werden. Wenn man Himmel sagt oder von der Hölle spricht, bezieht man sich immer auf etwas, dessen der Mensch fähig ist. Wer die Existenz der Hölle bestreitet, leugnet nicht Gott und seine Gerechtigkeit, sondern den Menschen oder nimmt ihn zumindest nicht ernst. Die Freiheit des Menschen ist keine Spielerei, sondern ein Risiko und ein Geheimnis, die das absolute Scheitern im Haß oder die radikale Selbstverwirklichung in der Liebe einschließen. Mit der Freiheit ist alles möglich, der Himmel, aber auch die Hölle.

Solange der Mensch unterwegs ist, sind seine Tage immer Zeit der Umkehr. Umkehr ist das, was die Sonnenblume tut. Sie wendet sich stets nach dem Licht und begleitet die Sonne auf ihrem Weg. Die Sonne ist Gott, der sich in dieser Welt bescheiden und unerkannt in der Gestalt eines jeden Menschen manifestiert, dem wir begegnen. Wenn wir ständig bereit sind, die anderen anzunehmen, wenn wir uns unentwegt bemühen, uns für ein Du offenzuhalten, wer es auch sei, dann sind wir auf dem Weg des Heils, und der Tod kann uns nichts anhaben. Dann ist der Tod nur eine Möglichkeit, fernab von unserem Leben. Aber eine reale Möglichkeit.

9. Kommt man nur wegen einer Todsünde in die Hölle?

Die Frage ist, so formuliert, falsch gestellt. Die Hölle ist eine Entscheidung des ganzen Lebens und aller unserer Taten. Niemand wird einfach zur Hölle verurteilt. In die Hölle kommt nur, wer sie sich selbst schafft, wer sich für sie entscheidet. Im Hebräerbrief heißt es:

»Wenn wir vorsätzlich sündigen, . . . gibt es für diese Sünden . . . ein wütendes Feuer« (10,26–27). Wie schon einige Kirchenväter (Augustinus, Theophylakt) treffend bemerkten, heißt es nicht: »Wenn wir gesündigt haben . . .«, sondern: »Wenn wir sündigen . . .«, das heißt, wenn wir in unserer Sünde fortfahren, ohne eine Umkehr zu wollen. Es geht also nicht um eine einzelne Tat, sondern um die Disposition unserer Person.

Unsere Befindlichkeit als Pilger – mit Versuchungen, psychologischen Schwierigkeiten, Fehlern in der Erziehung und Schwächen jeder Art – erlaubt es uns, solange wir leben, nicht, einen Akt zu setzen, der ein für allemal unser zukünftiges Schicksal bestimmt. Unser Leben ist eine Kette fortlaufender Taten, die in der Mehrzahl doppeldeutig sind, weil der Mensch zugleich gut und böse, gerecht und sündig ist. Unser Leben als ganzes definiert unser zukünftiges Geschick, nicht aber diese oder jene Tat.

Die Taten geben unser Grundprojekt zu erkennen. Wenn wir unsere Taten immerzu wiederholen und uns nie bemühen, sie zu korrigieren, sondern sie sorglos geschehen lassen, dann können sie nach und nach unsere Grundrichtung festlegen. Wenn wir indes unser Grundprojekt auf Gott ausgerichtet haben, unsere Lage von Zeit zu Zeit überprüfen und jedesmal wenn wir entdecken, daß wir auf Abwege geraten, uns zu beherrschen versuchen, dann haben die einzelnen Taten ein geringeres Gewicht. Sie können schwere Sünden sein, aber keine Todsünden (die zum zweiten Tod führen). Wegen einer »Tod«-sünde, die nicht das Ergebnis eines ganzen Lebens und seiner Ausrichtung ist, wird niemand in die äußerste Finsternis geworfen. Seine fundamentale und definitive Entscheidung trifft der Mensch – wie wir zuvor sahen – im *Tod.* Hier überblickt der Mensch noch einmal sein ganzes Leben, versteht Gott, und was er bedeutet, begegnet ein weiteres Mal Christus in seiner kosmischen Funktion und kann auf der Schiene seines früheren Lebens völlig frei Gott ein endgültiges Ja oder ein letztes Nein sagen.

Menschen, die sich ehrlich um Wahrheit und Gerechtigkeit bemühen, obwohl sie Sünder waren und aus Gründen – wer weiß – von Erziehung, schlechten Vorbildern und psychologischen Komplexen fern von Gott lebten, können ihn jetzt sehen und ihm ein definitives Ja sagen. Denn sie dienten ja Gott, als sie Gutes taten und allen mit Achtung begegneten. Das Projekt ihres Lebens ist jetzt realisiert, und sie werden in Gott leben.

Der Christ ist äußerst realistisch. Er kennt die Dialektik der menschlichen Existenz, die eingespannt ist zwischen Gut und Böse, Sünde und Gnade, Hoffnung und Verzweiflung, Liebe und Haß, Mitteilung und Einsamkeit. In diesen beiden Dimensionen lebt er. Er weiß, daß, solange er unterwegs ist, er mehr der einen als der anderen Seite zuneigen kann. Als Christ hat er sich für Liebe, Gemeinschaft, Hoffnung und Gnade entschieden. Christus hat uns gezeigt, wie wir in dieser Dimension leben müssen. Wenn wir uns daran halten, werden wir schon hier und für immer glücklich sein. Damit soll aber der dramatische Charakter der menschlichen Existenz nicht bagatellisiert werden. Trotzdem haben wir Hoffnung: »Habt Mut: Ich habe die Welt besiegt« (Joh 16,33). Christus sagte uns dies, ehe er uns verließ. Nach Christus kann es kein Drama mehr geben, sondern nur noch wie in der Welt des Mittelalters das allegorisch-symbolische Schauspiel des »Auto Sacramental«. Der Grund ist der, daß mit Christus die Hoffnung, die Gewißheit des Sieges und die sichere Überzeugung, daß die Liebe stärker ist als der Tod, in die Welt gekommen sind.

Wenn wir uns für alle offen halten, für die Mitmenschen und für Gott, und uns bemühen, das Zentrum unserer selbst nach außerhalb unseres Herzens zu verlagern, dann können wir sicher sein: Der Tod kann uns nichts anhaben, und es wird keinen zweiten Tod geben. Schon in dieser Welt beginnen wir, den Himmel zu erleben, unter Gefahren vielleicht, aber der Tatsache sicher, daß wir auf dem rechten Weg und bereits im Haus des Vaters sind.

7. Kapitel

DER ANTICHRIST IST IN DER GESCHICHTE AM WERK

Um das Thema Antichrist hinreichend gründlich zu verstehen, darf man sich nicht damit zufrieden geben, die entsprechenden biblischen Texte zu zitieren oder die makabre Geschichte des Gebrauchs der Vokabel Antichrist aufzurollen, mit der Christen gegeneinander polemisierten, Päpste gegen Kaiser, verwirrte Mystiker gegen verkommene Hierarchen, Luther gegen Rom, das christliche Abendland gegen das mohammedanische Morgenland usf.

1. »Historia bi-frons«: Christus und der Antichrist

Das Thema Antichrist wird entmythologisiert, wenn man es im Gesamtzusammenhang der Heilsgeschichte betrachtet, die sich über die ganze Geschichte erstreckt. Die gesamte kosmische und menschliche Wirklichkeit trägt das Stigma einer tiefen Zwiespältigkeit. Sie ist die Geschichte des Guten und des Bösen, der Lüge und der Wahrheit, der Entfremdung und der Selbstverwirklichung. Diese Doppeldeutigkeit greift so tief, daß sie auch die innerste Struktur eines jeden Wesens durchdringt. Der Januskopf der römischen Mythologie, ein Kopf mit zwei Gesichtern, ist ein gutes Bild dafür. Das eine Gesicht lächelt und drückt Tugend, Charme und Heiterkeit aus, während das andere zynisch scheint, insofern es Laster, Egoismus und Stolz widerspiegelt. Diese Paradoxie bildet die Geschichte vom Unkraut und vom Weizen, von denen Jesus spricht (Mt 13,24–43). So wird es bis zur Vollendung der Zeiten bleiben. »Historia anceps, historia bi-frons«, Geschichte mit zwei Seiten, sagt Augustinus: die der *civitas Dei* und die der *civitas terrena* oder *civitas diaboli.* »Perplexae quippe sunt istae duae civitates invicemque permixtae«, lautet eine seiner genialen Formulierungen (De civ. Dei 1,35; 11,1; 19,26): Die beiden Reiche sind verschieden, überlappen einander aber. Das Geheimnis des Bösen (2 Thess 2,7) wächst zusammen mit dem Geheimnis der Frömmigkeit (1 Tim 3,16). Der Ablauf der Geschichte besteht im Aufeinanderprallen dieser beiden Dimensionen der einen Wirklichkeit, in der Konfrontation zwischen Christus und dem Antichrist.

Um das genau zu verstehen, dürfen wir Christus und den Antichrist nicht gleich personalisieren oder hypostasieren. Christus ist eine Dimension, ein Titel, ein Name zur Bezeichnung einer historischen Wirklichkeit. Er bedeutet die Geschichte der Liebe in der Welt, angefangen von ihren ersten Ursprüngen bis hin zur endzeitlichen und endgültigen Aufgipfelung in Jesus von Nazaret.

Die Christusdimension kommt immer dann zum Tragen, wenn Menschen Liebe und Selbsthingabe üben, Gerechtigkeit praktizieren, der Wahrheit zum Sieg verhelfen und Gemeinschaft mit Gott herstellen, wann und wo es auch sei. Jesus von Nazaret war die geschichtliche Gestalt, die die Christusdimension in einer solchen Radikalität lebte, daß er sich mit ihr identifizierte. So wurde sie ein Element seines Namens. Deshalb bekennen wir, daß Jesus von Nazaret der Christus ist.

Dieses Christusverständnis läßt uns begreifen, was der Antichrist bedeutet. Dabei geht es vorrangig nicht um eine Person, sondern um eine Atmosphäre, die der Christusatmosphäre entgegengesetzt ist. Es ist die Geschichte des Hasses in der Welt. Jedesmal wenn sich Machtwille ausbreitet, Trennung betrieben wird und Egoismus herrscht, kommt die Dimension des Antichristen zum Tragen, in der weiten Ausdehnung des Gestern und Heute, des Hier und Dort. Die Dimension des Antichristen kann in bösen Menschen konkret werden, in ungerechten Strukturen und unmenschlichen Systemen. Solange wir unter den Bedingungen des *simul iustus et peccator* unterwegs sind, sind wir alle mehr oder weniger Christus und Antichrist.

2. *Das Geheimnis des Bösen: der Antichrist*

Der Antichrist ist die Artikulation des Bösen in der Geschichte. Die Bibel spricht einfach vom Geheimnis des Bösen (2 Thess 2,7). Die Sünde durchdringt alle Dimensionen der Wirklichkeit. Sie besteht weniger im Genuß des unerlaubten Vergnügens und in der Übertretung von Gesetzen oder Geboten. Vielmehr wurzelt sie im Machtwillen des Menschen, der sich selbst behaupten und aufbauen will. Die ontologische und geschöpfliche Verfaßtheit des Menschen ist gekennzeichnet durch seinen ständigen Bezug zu Gott. Deshalb kann sich der Mensch nicht selbst einen Ort aussuchen und sich selbst zum

Bezugspunkt seiner Beziehungen machen. Er ist Gesandter des Geheimnisses Gottes. Er lebt im Gültigkeitsraum der Kraft Gottes, die es ihm ermöglicht, Wissenswertes zu wissen, sich etwas untertan zu machen, zu sprechen und die Wirklichkeit zum Ausdruck zu bringen. Aber über die Kompetenz, kraft derer er all die Dinge vermag, verfügt er nicht. Sogar das Böse, das er tut, tut er in der Kraft, die ihm das Geheimnis Gottes vermittelt.

Die Dimension des Antichristen resultiert aus dem Willen des Menschen, mit Gott zu konkurrieren und zu sagen: Aus eigener Kraft engagiere ich mich, lebe und baue mir mein Leben auf; ich werde wie Gott sein. In dem Augenblick, in dem die Wirklichkeit vom Menschen abhängig wird und sich der Mensch zum Mittelpunkt aller Dinge macht, treten Hybris und Stolz auf den Plan. Der Machtwille bringt Sicherheitsstreben hervor, das Sicherheitsstreben führt zur Repression, die Repression verursacht Ungerechtigkeit, und die Ungerechtigkeit gebiert alle nur möglichen Formen von Spaltung und Gewalttätigkeit, von Revolte und Unmenschlichkeit. Diese Selbstbehauptung des Menschen – der sein Verflochtensein mit Gott vergißt, das auch dann noch gilt, wenn er Gott leugnet – kann sich auf persönlicher Ebene artikulieren. Dann kommt es auf seiten derer, die meinen, die Kriterien zur Beurteilung der anderen zu besitzen, zu Egoismus, Neid, Stolz und Fanatismus und zu Pharisäertum (im abschätzigen Sinn) bei denen, die sich über die Unstimmigkeiten der Welt empören, weil sie nicht wahrnehmen, daß diese Unstimmigkeiten in ihnen selbst stecken und eine Dimension ihrer eigenen Wirklichkeit ausmachen, die sie freilich verdrängt und weder akzeptiert noch integriert haben. Die Selbstbehauptung des Menschen kann auch gesellschaftlich konkret werden. In diesem Fall brechen heftige totalitäre Ideologien aus. Die Rasse wird als ein Absolutum verkündet. Der Gewinn als das eigentlich Bestimmende genannt. Die Technik als Heilsbringerin gefeiert. Das Proletariat als Messias mißbraucht. Die Lust als umfassende Erklärung für die psychische Dynamik inthronisiert. Die Macht des Stärkeren als Kriterium für die Beziehungen unter den Völkern etabliert. Und die Sicherheit als Preis für Entwicklung jedermann aufgezwungen. Derlei Ideologien haben ihre Priester und Propheten. Sie werden von historischen Gestalten verkörpert, die sie sich zu eigen machen und predigen. Sie sind imstande, eine ganze gesellschaftliche Struktur aufzubauen und eine eigene Geschichte zu begründen.

Dieses selbe Sich-versichern-Wollen geschieht auch in der Religion. Menschen, die so denken, geht es nicht darum, die Wahrheit Gottes zu suchen, sondern die Sicherheit, die jedoch in der Vergötzung eines Systems von dogmatischen und kanonischen Sätzen besteht. Sie vergessen dabei, daß man das Geheimnis nicht einfangen kann. Es entzieht sich allen Formeln und ver-birgt sich in jeder Offen-barung. Aus diesem Grund kann man es auch nicht für religiöse oder kirchliche Interessen manipulieren. Wenn die Religion einerseits das beste Gut schafft und der Ort ist, an dem sich das Geheimnis am deutlichsten zu erkennen gibt, gebiert sie andererseits, wenn sie manipuliert und zum Instrument der Macht entstellt wird, doch das ärgste Übel, den tyrannischsten Fanatismus und den giftigsten Haß.

Alles dies bildet die Atmosphäre des Antichristen in der Geschichte. Sie steht in radikalem Widerspruch zur Christusdimension. Beide wachsen zusammen. In jedem Menschen und in jeder gesellschaftlichen und sozialen Lage koexistieren sie. Sogar die Kirche ist in der Sprache des Donatisten Ticonius, der ein Zeitgenosse Augustins war und dessen Begrifflichkeit von anderen Kirchenvätern übernommen wurde, ein *corpus bipertitum* (ein zweigeteiltes Gebilde), ein *corpus mixtum*. Wie jedes Gebilde hat auch sie zwei Seiten, eine rechte und eine linke. Sie ist Christus und Antichrist, das reine Jerusalem und das ehebrecherische Babylon, *casta meretrix*, eine keusche Dirne, wie Augustin in einem drastischen Ausdruck formuliert, oder schwarz *und* schön, wie es in einem Vers des Hohenliedes (1,5) heißt, den wir hier auf die Kirche beziehen. Sie ist Christus, weil in ihr die Gnade wohnt, das Heil herrscht und der Auferstandene zugegen ist. Aber sie trägt auch die Züge des Antichristen, insofern in ihr Sünder leben, Strukturen, die eigentlich dienen sollten, zu Machtstrukturen erstarren, und sich ein dogmatisches Verständnis der Dogmen ausbreitet. Das bedeutet, daß in der Kirche auch der Antichrist wächst, bis zur großen *discessio* (Scheidung oder Trennung), wenn es zur endgültigen *revelatio* und Parusie Christi kommt. Nicht einmal das Papsttum entgeht diesem tiefen Paradox, das schon Petrus anhaftet. Einmal ist er der Fels Gottes, auf dem die Kirche errichtet wird (Mt 16,18), und zum anderen Stein des Anstoßes, »Satan« (Mk 8,33), der sich den Plänen Gottes widersetzt. Diesen Aspekt brachte schon vor einigen Jahren der große katholische Theologe Joseph Ratzinger mit ungewöhnlicher Deutlichkeit in Erinnerung (Das Neue Volk Gottes, Düsseldorf ²1977, 80).

Ein realistischer und starker Glaube hält diese Spannung zwischen Christus und Antichrist aus. Sie begleitet den *homo viator* bis ans Ende seines Weges. Diese unumgängliche Zwiespältigkeit macht ihn demütig, so daß er alles von der Gnade Gottes erwartet und die Kräfte, die sich in der gegenwärtigen gefallenen Geschichte zeigen, einer ständigen Kritik unterzieht. Es gilt, das Unkraut und den Antichrist, die auf das Feld Christi mit dem guten Getreide Christi gesät sind, konkret zu erkennen.

3. Der Antichrist im Neuen Testament: »Er kam aus unserer Mitte, aber gehörte nicht zu uns«

Wenn der Antichrist eine sich in der Geschichte ausbreitende Atmosphäre des Stolzes und der Selbstbehauptung des Menschen gegen Gott konstituiert, dann verhärtet sich dieses Klima umso mehr, je näher das Ende der Welt kommt. So dachte zumindest die Urkirche. Es wird zu einem großen Glaubensabfall kommen, und die Liebe wird verhängnisvoll erkalten (Mt 24,12; Lk 18,8; 2 Thess 2,3). Das Endzeitklima wird seine Vertreter haben, die sich als Messias und Propheten aufspielen. Sie werden große Zeichen tun (Mk 13,22; Mt 24,24). Viele werden sich verführen lassen. Johannes spricht nicht nur von einem, sondern von vielen Antichristussen: »Meine Kinder, es ist die letzte Stunde ... Jetzt sind viele Antichriste gekommen. Daran erkennen wir, daß es die letzte Stunde ist. Sie sind aus unserer Mitte gekommen, aber sie gehörten nicht zu uns« (1 Joh 2,18–19). In der Schule des Paulus sieht der Autor des Zweiten Thessalonicherbriefs das Geheimnis des Bösen auf dem Höhepunkt, wenn »der Mensch der Gesetzeswidrigkeit, der Sohn des Verderbens, der Widersacher« (2 Thess 2,3–4) seine *Parusie* hat (2 Thess 2,9). Johannes nennt ihn kurz und bündig den Antichrist (1 Joh 2,18.22; 4,3; 2 Joh 7). Das Merkmal, das ihn zum Antichrist macht, ist der Wille, »sich über alles, was Gott oder Heiligtum heißt, so sehr zu erheben, daß er sich sogar in den Tempel Gottes setzt und sich als Gott ausgibt« (2 Thess 2,4). Der Wille zur Macht und zur Selbsterhöhung bis hin zur Selbstvergöttlichung bilden also das Eigentliche des Antichristen.

Diese Perspektive beschreibt Johannes mit furchterregenden Bildern in seiner Offenbarung. Unter Verwendung vorchristlicher mythischer Überlieferungen, Anspielungen auf die Zeitgeschichte der römischen

Kaiser und die Zahlenmystik des alten Orients schildert er im 13. Kapitel, wie zwei Bestien auf den Plan treten, eine aus dem Meer (Offb 13,1–8) und die andere vom Land kommend (13,11–18). Das Tier, das aus dem Meer emporsteigt (das römische Reich), versinnbildlicht die bestialische und tyrannische politische Macht, die sich selbst als Gott verkündet. Dabei geht es nicht um den Staat als solchen, insofern er eine Macht im Dienst an der Ordnung dieser Welt ist, sondern um die mißbräuchliche und absolute Form politischer Macht, die sich wie das römische Reich selbst vergöttlicht. Die Kaiser nannten sich selbst *divus, dominus ac deus,* ließen sich *potens terrarum dominus* nennen und wurden als *terrarum gloria* und *salus* gegrüßt. Macht will Anbetung und bedingungslose Unterwerfung. Deshalb erfreut sie sich an Blut und Krieg, trägt Triumphe zusammen und baut sich als Retter auf. Alle Bewohner der Erde beten sie an (Offb 13,8).

Das zweite Tier, das aus der Erde heraufsteigt, steht im Dienst der politischen Macht. Es ist der Statthalter, Propagandachef und Theologe des Antichristen. Sein Kennzeichen besteht in magisch-kultisch-religiöser Macht. Es bedient sich religiöser Sprache, verkleidet sich als der auferweckte Christus und tut großartige Wunder. Wladimir Solowjow (1853–1900), der seine letzten Jahre *sub specie antichristi venturi* lebte, nennt ihn in seiner »Erzählung vom Antichrist« (Übermensch und Antichrist, Freiburg 1958, 100–133) *Doctor honoris causa* der Theologie. Mit seiner glänzenden Beredsamkeit vermag er es, die Menschen zu verführen, damit sie die politische Macht anbeten (Offb 13,14).

Ist der Antichrist nun eine Einzelperson oder eine Institution? Die Texte des Neuen Testaments machen beide Deutungen möglich. Die Atmosphäre des Bösen und der Auflehnung gegen Gott erzeugt einen Geist des Antichristen, der sich in Kollektiverscheinungen artikuliert, gegen die sich das Individuum kaum noch schützen kann. Dennoch ist die Geschichte kein unpersönlicher Prozeß. Kollektivkräfte und Ideologien nehmen in individuellen und geschichtlich ausmachbaren Personen Gestalt an. So kann der Antichrist beides sein: Atmosphäre und Einzelperson, wobei letztere erstere verkörpert und erstere in letzterer konkret wird.

4. Der Antichrist ist in der Geschichte am Werk: Seid wachsam!

Der Antichrist hat seinen Platz nicht in einer fernen Zukunft, sondern ist eine Tatsache der Gegenwart. Er ist am Werk in der Manipulation politischer und religiöser Macht. Sein Geist lebt in den weltweiten strukturellen Ungerechtigkeiten und schleicht sich in die besten Vorhaben der Menschen mit Egoismus, Willen zum eigenen Fortkommen und dem Hang sich zu unterscheiden ein. Der Antichrist ist in jedem Menschen am Werk, weil jedermann zugleich sündig und von Gott begnadet, von Gott ent-zentriert und auf sich selbst konzentriert, Theist und Atheist ist. So müssen wir wachsam sein und uns nicht vom Bösen, das sich als Gutes tarnt, täuschen lassen. Das Thema Antichrist erinnert uns daran, daß nicht alles, was glänzt, Gold ist und nicht alles, was sich religiös gibt, von Gott und aus seiner Gnade stammt.

Die Auseinandersetzung zwischen Christus und dem Antichristen ist nicht einfach der Kampf zwischen Religion und Religionslosigkeit. Dem Neuen Testament ist zu entnehmen, daß Religiosität eines der Kennzeichen des Antichristen ist: Er kam aus unserer Mitte, obwohl er nicht zu uns gehörte (vgl. 1 Joh 2,19). Der Kampf zwischen Christus und dem Antichristen spielt sich ab zwischen der Demut dessen, der sich unentwegt vom Geheimnis Gottes getragen weiß und deshalb niemals stolz sein, sich selbst behaupten und zum Maßstab für die anderen erheben kann, *und* dem Machtwillen dessen, der sich gegen Gott auflehnt, indem er seinen Ursprung in Gott vergißt, sich in sich selbst verschließt und sich eine Welt herrichtet, die auf den Kriterien seines eigenen Willens nach Macht gründet. Dann dämmert eine Menschheit, in der man Gott ertränkt und den Glauben unter Narkose gesetzt hat. Die Folgen daraus zeigen sich im Erlöschen von Heiterkeit und Gelassenheit und in der Tragödie des Todes Gottes im Herzen des Menschen. Wenn die Erde als die letzte Wirklichkeit verkündet und die Macht des Menschen als entscheidender und ein für allemal bestimmender Faktor besungen wird, dann entstehen Utopien, die den Himmel versprechen, aber die Hölle bringen, *Solidarität verheißen, aber Solitarität produzieren,* eine neue Ordnung und eine neue Welt ansagen, aber dem Alten seinen bitteren Geschmack nicht nehmen und uns von der Illusion der Ordnung in der Unordnung nicht befreien. Der Glaube tröstet uns. In der Heiligen Schrift steht: »Habt Mut: Ich habe die Welt besiegt« (Joh 16,33). Und: »Wenn der gesetzwidrige

Mensch allen sichtbar werden wird, wird Jesus, der Herr, ihn durch den Hauch seines Mundes töten und durch seine Ankunft und Erscheinung vernichten« (2 Thess 2,8).

8. Kapitel

DIE ZUKUNFT DER WELT – VOLLE CHRISTIFIZIERUNG UND VERGÖTTLICHUNG

Was mit dem Leben des Menschen geschieht, geschieht auch mit dem Kosmos. Auch dieser läuft nicht einfach einem Ende entgegen im Sinne von Auflösung oder Rückkehr zu primitiven Formen von Energie und Materie. Der ganze Kosmos ist – nach christlichem Glauben – zu einer vollen Christifizierung und Vergöttlichung berufen. Er ist Teil der »Geschichte« Gottes. Aus diesem Grund ist er letzten Endes auch unvergänglich. Dabei wird jedoch die gegenwärtige Existenzweise des Kosmos, die eine Geschichte von Millionen und aber Millionen von Jahren hat, so wie sie begann, auch zu Ende gehen. Das Ende ist ihr sicher. Gleichwohl ist dieses Ende kein bedingungsloser Schlußpunkt, sondern ein Ende im Sinne eines Ziels, Ziel verstanden als Fülle und Erreichen des Höhepunktes. Das heißt: Alle Dynamik, die die Welt, die Materie und das Leben latent in sich tragen, alle Kräfte des Aufstiegs, der Organisation und des Ausdrucks, derer die Welt fähig ist, werden eines Tages dazu kommen, vollendet zu erblühen.

Die Welt ist noch nicht richtig geboren. Sie ist erst im Entstehen. Der Kosmos geht noch schwanger mit der zukünftigen Gestalt von Materie und Welt. Gott hat sein Schöpfungswort noch nicht ganz beendet, er ist noch dabei, es zu sagen. Der Satz aus der Genesis: ». . . und Gott sah, daß alles gut war«, darf nicht protologisch, sondern muß eschatologisch verstanden werden. Mit anderen Worten: »und Gott sah, daß alles gut war«, ist kein Prädikat der Schöpfung in der Vergangenheit, sondern der Schöpfung in der Zukunft, wenn sie an ihrem Ziel angekommen sein wird. Dann wird die Welt das sein, was Gott seit immer und endgültig wollte.

Das irdische Paradies ist – wie Carlos Mesters im Rückgriff auf gründliche exegetische und dogmatische Untersuchungen der biblischen Texte zeigt (Paraíso Terrestre: Saudade ou Esperança?, Petrópolis [7]1979) – keine Sehnsucht nach einer verlorenen Vergangenheit, sondern Verheißung einer noch ausstehenden Zukunft. Mit seinem Refrain: »und Gott sah, daß alles gut war«, lädt uns der Verfasser der Genesis ein, die Welt mit den Augen zu betrachten, mit denen Gott selbst sie sieht. Gott schaut auf die Welt von der Warte der Fülle aus, von dem Stadium, in dem sie ihr Ziel voll erreicht hat.

Wenn wir uns daran gewöhnen, die Welt mit den Augen Gottes zu betrachten, üben wir uns in Hoffnung ein und beginnen, eine große Hoffnung zu leben. Dann sind wir imstande, uns zu vergegenwärtigen, daß der Schöpfungsakt Gottes nicht in der Vergangenheit abgeschlossen ist, sondern noch heute in Gang ist. Wir dürfen dem Wunder des Seins beiwohnen und dabei sein, wenn Gott alle Dinge schafft, erhält und sich entwickeln läßt. Wir wissen uns auf dem Weg und – wer weiß – noch weit vom Ziel entfernt. Dennoch können wir das Ziel schon erahnen und es uns in der Hoffnung vergegenwärtigen. Aus diesem Grund bekennt der christliche Glaube einen unbesiegbaren Optimismus; denn er pflegt die Welt nicht nur unter dem Aspekt ihrer Vergangenheit und Gegenwart zu betrachten, die in der Tat wenig ermutigen können, sondern vor allem unter dem Gesichtspunkt ihres Endes und Ziels in Gott.

1. Das Ende steckt bereits im Anfang und ist immer schon da

Der radikale Sinn, den der christliche Glaube der Welt beimißt, wird nicht erst am Ende sichtbar. Am Ende zeigt er sich in seiner vollen Dichte. Während der langen Werdegeschichte der Welt jedoch manifestiert er sich in geschichtlichen Formen, die immer begrenzt und unvollkommen sind.

Wenn man den Weg betrachtet, den die Evolution gegangen ist, dann wird man unmittelbar feststellen, daß es sich um eine aufsteigende Linie handelt. Zwar geht das alles nicht ohne Auf und Ab, ohne Nebenwege, die von der Evolutionslinie abzweigen, sich zurückentwickeln oder ins Leere führen. Aber dennoch setzte sich eine aufsteigende Linie durch: Die Kosmogenese führte zur Biogenese, aus der Biogenese entstand die Anthropogenese, und die Anthropogenese mündete nach christlichem Glauben in der Christogenese. Der Mensch ist ohne Zweifel der lächelnde Erfolg eines langen Weges über Milliarden und Abermilliarden Jahre hinweg, während deren Kräfte am Werk waren, die nach oben und nach Triumph strebten. Im Menschen gelangte die Materie zu ihrem Selbstbewußtsein, und das Selbstbewußtsein erwachte für das Bewußtsein vom Absoluten. In einem Menschen identifizierte sich das Selbstbewußtsein mit dem

Absoluten. Dieser Mensch heißt Jesus Christus. Damit können wir – wenigstens im Blick auf die Vergangenheit – sagen: Bis zu diesem Punkt hatte das konfuse Durcheinander aufwallender Kräfte einen Sinn. An der Erklärung *dieser* unleugbaren *Tatsache* spalten sich die Geister. Ohne Glauben geht es im Grunde nicht. Jacques Monod mag in alledem das Ergebnis des reinsten Zufalls und absoluter Notwendigkeit sehen. Aber die Tatsache kann er nicht leugnen. Teilhard de Chardin und die gesamte christliche Tradition erkennen hier mit mehr Grund einen geheimnisvollen, göttlichen Plan, der unter schneidenden Geburtswehen durch die Äonen hindurch allmählich greifbar wird und zu seinem eigentlichen Ziel in Gott emporsteigt. Zwar kommt es zu Verwirrungen, die die analytische Vernunft nicht zu deuten vermag, und zu derben Mißverständlichkeiten, für die der Mensch am Steuer des weiteren Evolutionsprozesses und mit seiner freien Leitung verantwortlich ist. Aber das Ziel ist gut, verkündet laut der christliche Glaube, und seit der Auferweckung Jesu Christi von den Toten ist es allem, was ist, gewiß.

Das Ende steckte schon im Anfang, als das erste geschaffene Atom zu vibrieren begann. Seine Bewegung war nicht ohne Sinn. Alles ist nämlich in Bewegung und auf dem Weg. Ein Himmel ist im Entstehen, der schon hier unten beginnt, wächst und sich weitet, bis er schließlich in der Vollendung der Zeiten voll geboren wird. Anstatt vom Ende der Welt zu sprechen, sollten wir vielmehr von der Zukunft der Welt sprechen.

2. *Was ist die Zukunft des Kosmos?*

Als wir vom Himmel als absoluter Selbstverwirklichung des Menschen sprachen, hatten wir schon über die Zukunft des Menschen nachgedacht. Dabei sahen wir, daß der Mensch nicht einfach dazu berufen ist, daß sein Fleisch auferweckt wird und er ein glückliches Leben bei Gott führt. Der Mensch ist zu etwas Größerem berufen, das heißt dazu, von Gott in einer solchen Weise angenommen zu werden, daß nach dem Vorbild Jesu Christi, des Gottmenschen, Gott alles in allem wird und zusammen mit dem Menschen eine unverwechselbare, unveränderliche, unauflösliche und untrennbare Einheit bildet.

Der Kosmos ist dazu bestimmt, an dieser Vergöttlichung und Christifizierung teilzuhaben. Vor allem ist er, das heißt die Materie und das untermenschliche Leben, Ausdruck des Schöpfergottes. Insofern er Ausdruck Gottes ist, stellt er auch seine Offenbarung dar. Deshalb sagten wir mit Recht, daß der Kosmos zur »Geschichte« Gottes gehört.

In kurzen Worten: Gott, grenzen- und ursprungslose Quelle, kennt eine »Geschichte« und einen Prozeß, der trinitarischer Prozeß heißt. Gott Vater bringt sich voll zum Ausdruck, offenbart sich ganz und heißt als solcher Sohn. Vater und Sohn teilen sich gegenseitig mit und bringen sich gemeinsam im Heiligen Geist zum Ausdruck. Indem sich Gott Vater vorbehaltlos im Sohn ausdrückt, bringt er sich auch durch die unendliche Zahl endlicher Wesen zum Ausdruck. Die Schöpfung ist also Teil des Selbstbekundungsprozesses Gottes. Aus diesem Grund ist sie für Gott nichts Fremdes, und Gott und Geschöpf stehen sich auch nicht gegenüber, sondern schließen sich wechselseitig ein. So hat die Welt unabhängig vom Menschen einen Sinn in sich, weil sie Offenbarung und Ausdruck Gottes für Gott selbst ist. Die Vielfalt der Dinge spiegelt die Vielfalt der Seiten Gottes wider. Jedes Geschöpf offenbart je neue Perspektiven des einen und selben Geheimnisses. Innerhalb des Evolutionsprozesses bekundet der Kosmos Gott in Formen, die immer noch vervollkommnet werden können. Die Welt hat noch nicht alles gegeben, was sie zu geben imstande ist.

Die Zukunft der Welt besteht darin, daß sie Gott transparent machen und offenbaren kann. Wie die Töne des Mundes eine menschliche Stimme artikulieren können, und wie die Stimme des Menschen die tiefsten Gefühle und die erhabenste Musik ausdrücken kann, so ähnlich verhält es sich auch mit der Materie: Wenn sie ihr Ziel erreicht hat, wird sie im Höchstmaß der Möglichkeiten, die jedes materielle Sein im Rahmen seiner materiellen Struktur hat, Gott zum Ausdruck bringen. Gott seinerseits wird alle Dinge und jedes einzelne Ding so tief durchdringen, daß er in der Sprache des Paulus »alles in allem« (1 Kor 15,28) ist. Die Zukunft der Welt besteht darin, daß sie zum »Leib Gottes« werden kann. Das bedeutet, daß die Grenzen des Evolutionsprozesses wie Krankheiten und Entstellungen verschwinden, um der vollen Vergöttlichung Raum zu geben.

Noch ein weiterer Aspekt wird offenbar werden: Bei der Vollendung und beim Bekanntwerden der Zukunft der Welt, wird alles, was wirklich ist, seinen Charakter der Christusverbundenheit und des Kindseins zu erkennen geben.

Der Sohn ist der unüberbietbare Ausdruck des Vaters. Im Sohn und nach seinem Vorbild wurden alle übrigen Ausdrucksformen geschaffen. Jesus Christus ist der fleischgewordene Sohn. Er offenbarte, daß alle Wesen, insbesondere aber alle Menschen das Merkmal des Kindseins tragen. »Was wir – eines Tages – sein werden, ist noch nicht offenbar geworden« (1 Joh 3,2). Und »jetzt – das ist wahr – sehen wir noch nicht alles Christus zu Füßen gelegt« (Hebr 2,8). Wenn das Ziel aber erreicht ist, werden wir sehen und genießen, daß alles eine innere Verbindung zum ewigen und fleischgewordenen Sohn hat, so daß auch er schließlich »alles und in allen« ist (Kol 3,11).

3. Ein vorweggenommenes Modell des Endes: der auferweckte Jesus Christus

Im auferweckten Jesus Christus haben wir ein Modell, anhand dessen wir erahnen können, wie die Materie in der Zukunft gestaltet sein wird. In der Auferstehung wurde sein materieller Leib verklärt. Obwohl er nicht aufhört, Leib und damit ein Teil der Materie zu sein, ist diese Materie so sehr von Gott und vom ewigen Leben durchdrungen, daß sie Gott in höchstem Maße offenbart und somit die latent in der Materie verborgenen Fähigkeiten manifestiert, die jetzt voll realisiert sind: Alles ist Herrlichkeit, Licht und Gemeinschaft, Anwesenheit, Transparenz und kosmische Allgegenwart. Die Materie ist kein Prinzip von Grenze, Last und Undurchsichtigkeit mehr, sondern voller Ausdruck von Sinn, Fleischwerdung des Geistes und Prinzip von uneingeschränkter Gemeinschaft und Anwesenheit. Deshalb nennt das Neue Testament den auferweckten Jesus Christus den endzeitlichen Menschen (1 Kor 15,45; Röm 5,14), das Ende und das Omega der Geschichte, das schon mitten in dieser Welt anwesend ist (Offb 1,18; 21,6).

4. Wann wird das Endziel erreicht sein?

Das Neue Testament behauptet einmütig: bei der Ankunft Christi (Parusie: Mt 24,3; 2 Thess 1,7; Mk 13,26). Nun ist aber Christus schon erschienen. Deshalb lehrt das Zweite Vatikanische Konzil: »Die Wiederherstellung . . ., die uns verheißen ist und die wir erwarten, hat in Christus schon begonnen« (*Lumen Gentium* 48). In der

Menschwerdung seines Sohnes nahm sich Gott der Welt und der Materie an: unmittelbar in der menschlichen, geistigen und körperlichen Wirklichkeit Jesu von Nazaret und mittelbar, weil der Mensch, der ja eng mit dem Kosmos verbunden ist, alle früheren Formen des Seins in sich zusammenfaßt und die Evolution durch ihn zu einem unumkehrbaren Ziel gelangt (vgl. *Gaudium et Spes* 12). In Jesus Christus rührte Gott selbst an den Prozeß der aufsteigenden Evolution und begab sich in ihn hinein. So brachte er einen von uns, Jesus von Nazaret, ans Endziel, wo er vergöttlicht wurde, so daß in ihm »Gott alles in allem« (1 Kor 15,28) ist.

Wenn die Fleischwerdung Gottes auf einen Teil des Kosmos – auf die menschliche Realität Jesu Christi – begrenzt war, dann weitete die Auferstehung die inkarnatorische Tat Gottes in eine kosmische Dimension aus. Der auferweckte Jesus Christus steht über Raum und Zeit. Der Leib des Auferstandenen ist in allen Dingen zugegen und durchdringt alles, was geschaffen wurde. Paulus sagt, jetzt lebe der auferstandene Herr als Geist (2 Kor 3,17). Damit will er sagen: Nichts kann den auferweckten Herrn in Grenzen halten. Wie der Geist in der Natur wirkt, in Pflanzen und Tieren, überall, wo Leben und Bewegung ist, alles durchdringt, eint und belebt, so wirkt auch der auferweckte Herr, so ist er überall präsent und teilt sich allen mit. Er ist das Haupt über alles (Eph 1,22), die kosmische Fülle (Eph 1,23), und in ihm hat alles sein Dasein und seinen Bestand (Kol 1,16–17). Er durchwirkt alle Wirklichkeiten und führt sie in ihre Zukunft, die ähnlich der Zukunft Jesu Christi ist: zur vollen Realisierung und Offenbarung der Güte und Göttlichkeit der Dinge. »Wir wissen, daß die gesamte Schöpfung bis zum heutigen Tag seufzt und in Geburtswehen liegt. Aber auch wir, obwohl wir als Erstlingsgabe den Geist haben, seufzen in unseren Herzen und warten darauf, daß wir mit der Erlösung unseres Leibes als Söhne und Töchter offenbar werden« (Röm 8,22–23).

Schon in dieser Gegenwart ist der Prozeß der vollen Finalisierung der Welt in Gang. Wenn auch belastet mit Mißverständlichkeiten, ist das Ende schon da und wirkt sich real aus.

Die Vollendung und der Advent der definitiven Zukunft der Welt werden dann eintreten, wenn der Christus, der schon gekommen ist, »mit großer Macht und Herrlichkeit« (Mk 13,26) erscheinen wird. Dann werden alle Mißverständlichkeiten, die die augenblickliche Welt brandmarken, verschwinden. Das Gute und das Böse, das Vollkommene und das Unvollkommene, das Echte und das Falsche werden endlich voneinander getrennt sein, während sie hier immer miteinander vermengt waren. Dann werden sich der neue Himmel und die neue Erde auftun. Allerdings ersetzt Gott dabei das Alte nicht durch Neues, sondern macht das Alte neu. Die neue und letzte Manifestation Christi darf man sich nicht als etwas vorstellen, das im Rahmen einer kosmischen Katastrophe von außen käme, sondern als das Aufbrechen von Elementen, die schon in der Welt vorhanden und am Werk sind. Das Kommen Christi (Parusie) bildet wirklich eine *Epiphanie* (Erscheinen, Manifestation), das heißt die Bekundung seiner wenn auch in dieser Welt unsichtbaren, so doch wirksamen Gegenwart (vgl. 1 Joh 3,2). Das Ende der Welt wird dann eintreten, wenn die Wirkung Christi in der menschlichen und kosmischen Welt transparent und voll sichtbar werden wird. Wenn das eintritt, dann wird auch die einigende und erlösende Funktion des kosmischen Christus abgegolten sein: *Et tunc erit finis*. Die Welt wird in ihr wahres Ziel hinein implodieren und explodieren.

5. *Die Lehre Christi vom Ende der Welt*

Wann wird es zum vollen Offenbarwerden des auferweckten Jesus und, als Folge davon, zum Ende dieser Art von Welt und zum Beginn der erneuerten Welt kommen? Schon die Jünger richteten diese Frage an Jesus (Mt 24,3; Mk 13,4; Lk 21,7). Seine Antwort mag uns verwirren und paradox erscheinen: Auf der einen Seite gibt er klar zu erkennen, daß er selbst den Augenblick, da das Ende anbricht, nicht weiß. Auf der anderen Seite läßt er keinen Zweifel daran, daß es in Kürze sein wird, noch zu Lebzeiten seiner Zeitgenossen: »Jenen Tag und jene Stunde kennt niemand, auch nicht die Engel, sondern nur der Vater« (Mk 13,32). Der Text spricht für sich: Christus weiß nicht, wann die völlige Umkehrung aller Dinge kommen wird. Drei andere Texte indes betonen, daß der Zeitpunkt nahe bevor steht: »Amen, ich sage euch: Diese Generation wird nicht vergehen, bis dies alles (das heißt die Zeichen des Weltendes: Kriege, Verfolgungen, Auftreten des Antichristen) eintrifft« (Mk 13,30).

Der zweite Satz Jesu lautet: »Amen, ich sage euch: Von denen, die hier stehen, werden einige den Tod nicht erleiden, bis sie gesehen haben, daß das Reich Gottes in Macht gekommen ist« (Mk 9,1).

Und drittens heißt es: »Wenn man euch in der einen Stadt verfolgt, so flieht in eine andere. Amen, ich sage euch: Ihr werdet nicht zu Ende kommen mit den Städten Israels, bis der Menschensohn kommt« (Mt 10,23).

Diese drei Sprüche Jesu, die seiner Feststellung augenscheinlich entgegenstehen, auch er kenne den Zeitpunkt des Endes nicht, bedeuten für Exegeten und Dogmatiker eine wahre Crux. Die Texte sind in sich klar. Einige Autoren – wie zum Beispiel W. G. Kümmel – zögern nicht zu sagen: »Es gibt nicht den geringsten Zweifel daran, daß sich diese Predigt Jesu nicht erfüllt hat. Es ist unmöglich, zu behaupten, Jesus habe sich in dieser Frage nicht getäuscht. Weit davon entfernt, müssen wir freimütig bekennen, daß die endzeitliche Verkündigung Jesu, zumindest in diesem Punkt, einer durch die Zeit bedingten Form verhaftet blieb, einer Form, von der die weitere Entwicklung des frühen Christentums bewies, daß sie unhaltbar war« (Verheißung und Erfüllung, 141).

Angesichts der Folgen, die ein solches Mißverständnis Jesu für sein messianisches Selbstbewußtsein, seine Göttlichkeit und schließlich für die gesamte Christologie haben könnte, ziehen es andere Theologen vor, sich jedes Urteils zu enthalten, und stellen lediglich die Spannung zwischen den Texten fest. So schreibt zum Beispiel der große katholische Exeget R. Schnackenburg: »Diese Logien zu erhellen, war nicht möglich; es schien, daß auch schon die Urkirche diese kantigen Traditionssplitter nicht sauber in das Gefüge der eschatologischen Predigt Jesu einzuordnen wußte. Vielleicht weist sie uns mit ihrem Verhalten den besten Weg: aus Jesu prophetisch eindringlicher Predigt die lebendige eschatologische Hoffnung zu nähren, aber aus gewissen Einzellogien nicht falsche Schlüsse auf Jesu Vorhersage zu ziehen. Einen Irrtum Jesu hat die Urkirche nicht zuzugeben; das brauchen auch wir nicht, wenn wir uns der Gesamtlage der Tradition kritisch bewußt bleiben und auf die Art, den Sinn und das Ziel der Verkündigung Jesu achten« (Gottes Herrschaft und Reich, 146–147).

Trotz dieser lobenswerten, im Grunde jedoch skeptischen Zurückhaltung können wir – im Horizont einer gut verstandenen und begründeten Christologie, wie wir sie in unserer Studie *Jesus Cristo Libertador* vorlegen wollten – folgendes sagen: Jesus, der fleischgewordene Gott, hatte *real* an unseren menschlichen Bedingungen teil; sein Wissen wie auch seine ganze menschliche Wirklichkeit erfuhr einen Wachstumsprozeß (vgl. Lk 2,52); er wurde wirklich versucht, wuchs im Glauben und war der größte Zeuge des Glaubens

(Hebr 12,2). Natürlich lebte er auch aus der zeitgenössischen, apokalyptischen Weltsicht.

In diesem Weltbild erwartete man das Ende der Welt als unmittelbar bevorstehend. Einerseits wußte Jesus wie jedermann »weder den Tag noch die Stunde« (Mk 13,32). Andererseits hoffte er wie seine Zeitgenossen und in ihrer Begrifflichkeit, daß Gott in Kürze eingreifen würde. Daß dies nicht eintraf, ist kein Irrtum, sondern nur ein Mißverständnis, das auf der Linie des Inkarnationsprozesses liegt. Dabei darf die Inkarnation nicht doketisch mißverstanden werden (als ob die Menschwerdung Gottes nur scheinbar oder rein abstrakt wäre und Gott die menschliche Natur bloß abstrakt angenommen hätte), sondern ist real zu begreifen. Gott machte sich einen konkreten Menschen und keine abstrakte Natur zu eigen, einen Menschen in einer bestimmten Kultur mit einer bestimmten Art von Nationalbewußtsein und bestimmten Kategorien kulturell bedingter Ausdrucksformen. Innerhalb und nicht trotz dieser Menschlichkeit gab sich Gott zu erfahren.

So wie Jesus als Kind, Gott als Kind, sicherlich Lesen und Schreiben lernen mußte und sich wie jedes normale menschliche Kind dabei auch ohne Zweifel geirrt hat, so ähnlich verhält es sich auch hier: Jesus hatte teil am Mißverständnis seiner ganzen Generation. Gleichwohl – und die Endzeitsprüche Jesu machen es deutlich: Wichtig ist nicht, die Stunde und den Tag (das Mißverständnis) zu wissen, sondern wachsam und vorbereitet zu sein (Mk 13,5.23.33 par) und die unerschütterliche Gewißheit zu haben: Ihr steht nicht allein da. Ich bin der Stärkere und werde euch retten, und zwar gerade in dem Augenblick, in dem alles verloren scheint. Mein Kommen ist zum Heil und zur Ehre (vgl. Lk 21,28).

Die Urkirche teilte die Sicht Jesu und lebte in der Naherwartung des Endes. Besonders eindeutig äußern sich Paulus (1 Thess 4,17; 2 Kor 4,12; 5,3–4) und der Verfasser des Zweiten Petrusbriefs (2 Petr 3,8ff). Mit dem Ausbleiben der Parusie kühlte dann aber die Erwartung ab. Die Kirche mußte sich für die Missionsarbeit rüsten und in die sich auftuende Geschichte hineinwagen. Im Horizont der Enteschatologisierung entstanden die hauptsächlichen Dienstämter, ein neues Verständnis von den Sakramenten und die Evangelien. Kurz: Die Kirche richtete sich als eine geschichtliche Größe ein. Alles dies war nur möglich, weil das Ende nicht kam und die Christen der apostolischen Zeit darin den Heilsplan Gottes sahen: Die Geschichte geht weiter; sie ist die Zeit der Kirche, der Mission und der Chance zur Umkehr der Menschen; die Geschichte ist für die Christen die Zeit, in der das neue, von Christus begründete Sein gelebt und artikuliert werden will und in der sich die Möglichkeit auftut, eine neue Art von Humanismus zu schaffen.

Der Parusieverzug (das heißt das Ausbleiben der Ankunft Christi und des Zieles der Welt) brachte für viele Christen des 1. Jahrhunderts mit Sicherheit eine herbe Enttäuschung. Einen Nachhall davon hört man im Zweiten Petrusbrief, in dem Christen zwischen Entmutigung und Spott fragen: »Wo bleibt denn die verheißene Ankunft des Herrn? Seit die Väter entschlafen sind, ist alles geblieben, wie es seit Anfang der Schöpfung war« (2 Petr 3,4). Der Briefschreiber tröstet daraufhin seine Leser mit einer theologischen Überlegung, die schon das Bewußtsein vom Parusieverzug widerspiegelt und auch heute noch gültig ist: »Das eine, liebe Brüder und Schwestern, dürft ihr nicht übersehen: daß beim Herrn ein Tag wie tausend Jahre und tausend Jahre wie ein Tag sind. Der Herr zögert nicht mit der Erfüllung der Verheißung, wie einige meinen, die von Verzögerung reden; er ist nur geduldig mit euch, weil er nicht will, daß jemand zugrunde geht, so daß alle sich bekehren. Der Tag des Herrn wird aber kommen wie ein Dieb« (2 Petr 3,8–10). Der Verfasser des Zweiten Petrusbriefs vertritt denselben Standpunkt wie Jesus: Niemand außer dem Vater kennt den Augenblick und die Stunde (Mk 13,32); das Ende aber wird kommen, wenn man es am wenigsten erwartet (Mt 24,43–44 par; 1 Thess 5,2–4; 2 Petr 3,10; Offb 3,33; 16,15).

6. *Schluß: Der Christ ist fortwährend ein »Parochianer«*

Die Jetztzeit ist eine Zwischenzeit, zwischen dem Schon und dem Noch-Nicht, zwischen dem Glauben an die schon gegenwärtige, aber noch nicht voll realisierte Zukunft und der Hoffnung, daß diese Zukunft sich schließlich doch noch voll zeigen wird.

In seiner ersten Missionspredigt beschreibt Paulus die Christen als Menschen, die sich »von den Götzen zu Gott bekehrt« haben und »seinen Sohn vom Himmel her erwarten« (1 Thess 1,9–10). Oder: Christ ist, wer »sehnsüchtig auf das Erscheinen des Herrn wartet« (2 Tim 4,8). Der Christ ist wie eine Braut, die – wenn ihr Bräutigam nicht da ist – sich dringend wünscht, daß er bald wiederkommt (vgl. Offb 22,17–20).

Da das Wesentliche schon eingetroffen ist, müßte sich der Christ durch heitere Gelassenheit, Humor und herzliche Freude auszeichnen. Die Wolken am Horizont sind verschwunden. Die Monstren, die unsere Zukunft verschlangen, sind vertrieben. Das Endziel ist uns gewiß. So dürfen wir schon im voraus den Sieg des Sinns über das Absurde und der Gnade über die Sünde begehen und feiern.

Pessimismus, Unheilsprophetie, Wehklagen, schwarzer Humor, Reizbarkeit und konservativer Fanatismus, an denen es in manchen Bereichen der Kirche heute nicht fehlt, sind Symptome für einen Mangel an christlicher Substanz und diskreditieren die Hoffnung, die in den Glaubenden wohnt. An dieser Stelle wird sichtbar, daß der Glaube zu einer Ideologie verkommen ist, der es um Macht geht und die die Werte, in deren Namen sie angetreten ist, selbst mißachtet.

Der wirkliche Christ hat seinen Blick in die Zukunft gewandt, aus der der kommen wird, der schon gekommen ist. In der Freude dessen, der weiß, daß er kommt und daß er bald kommt, hofft er. Die Urkirche legte ihre ganze Sehnsucht nach dem Herrn in ein aramäisches Wort, das die griechische Welt unverändert übernahm: Marána tha – Unser Herr, komm! (1 Kor 16,22; Offb 22,20; Didaché 10,6).

Clemens von Rom († 96) nannte die Christen *paroichoi,* »Parochianer«. Parochianer – ein Wort, das im Portugiesischen so viel wie »Pfarrkinder« bedeutet – waren in der griechischen und römischen Welt alle die Fremden, die durch ein Gebiet zogen, sich dort eine Weile aufhielten und dann ihren Weg fortsetzten. Der Christ versteht sich als Fremder, der im Ausland lebt (vgl. Phil 3,20), weil er seine eigentliche Heimat schon gesehen und die Kräfte der zukünftigen Welt kennengelernt hat (Hebr 6,5). So erlebt er noch in der alten Welt bereits eine neue Wirklichkeit.

Treffend heißt es im Diognetbrief, der etwa aus dem Jahre 190 unserer Zeitrechnung stammt: »Die Christen leben in ihren jeweiligen Vaterländern, aber wie Fremde. Sie erfüllen alle ihre Bürgerpflichten und ertragen wie Ausländer alles Ungemach. Jedes fremde Land ist für sie Heimat, und jede Heimat ist für sie Fremde . . . Sie befinden sich im Fleisch, leben aber nicht nach dem Fleisch. Sie verbringen ihr Leben auf der Erde, sind aber Bürger des Himmels. Der Posten, den Gott ihnen übertragen hat, ist so etwas Edles, daß sie nicht von ihm desertieren dürfen.«

9. Kapitel

WIE WIRD DAS ENDE SEIN, KATASTROPHE ODER FÜLLE?

Vielleicht eignet sich kein Thema besser für Phantasieflüge, aufsehenerregende Projektionen und archetypische Bekundungen des Unbewußten als die Frage, wie das Ende der Welt aussehen werde. Aus diesem Grund müssen wir hier mehr als bei irgendeinem anderen Thema mit dem Instrument der Entmythologisierung arbeiten.

1. Was ist Eschatologie, was Apokalyptik?

Es bedarf einer klaren Unterscheidung zwischen der Aussageabsicht und der kulturell bedingten Form, in die sich das eigentlich Gemeinte kleidet. Wie schon früher gesagt, muß zwischen Eschatologie und Apokalyptik differenziert werden. Die Eschatologie (die Rede von den letzten Zielen des Menschen) spricht von der Gegenwart in Funktion der Zukunft. In ihr erfahren wir, wenn auch unvollkommen, das Gute, die Gnade usw. So ist der Himmel eine Wirklichkeit, die wir zwar erst schwach, in Konturen erahnen, die aber schon in vollendeter Fülle existiert. Die Apokalyptik hingegen spricht aus der Perspektive der Zukunft in Funktion der Gegenwart. Sie ist eine literarische Gattung, ähnlich unseren Zukunftsromanen. In phantastischen Bildern schildert sie, was kommen wird. Um die Gläubigen in der Gegenwart zu trösten oder um ihnen eine endzeitliche Wahrheit zu vermitteln, wie Himmel oder Hölle, Gericht oder Fegefeuer, bedient sie sich kräftiger Pinselstriche und kleidet das Ganze in beeindruckende Bilder. Immer geht es ihr aber dabei um Buße und Lebensernst.

Im Neuen Testament werden die endzeitlichen Wahrheiten (Tod, Gericht, Wiederkunft Christi, Auferstehung der Toten usf.) in der literarischen Gattung der Apokalyptik geschildert. Kennzeichen der apokalyptischen Form innerhalb und außerhalb der Bibel ist, daß die Zukunft und die Heilsereignisse in einer bizarren Geheimsprache als kosmische Katastrophen beschrieben werden, als Kriege, Hungersnöte und erbitterte Kämpfe zwischen Monstren. Als solche könnte man die

Apokalyptik mit der literarischen Gattung *science-fiction* oder Geschichten von Superhelden vergleichen. In der literarischen Gattung der Apokalyptik wird immer gezeigt, daß das Gute triumphiert und daß Gott der Herr der Geschichte ist, welcher mit einem einzigen Hauch seines Mundes alle seine Feinde und die der Menschen vernichtet.

In den apokalyptischen Texten des Neuen Testaments, vor allem bei den Synoptikern und in der Offenbarung des Johannes, geht es nicht um eine vorweggenommene Reportage über die letzten Tage der Welt. Vielmehr wollen sie einer Kirche, die in Bedrängnis steckt, Trost spenden. Sie wird gerettet werden. Aber wie? Durch das Kommen des Herrn in Macht und Herrlichkeit.

Katholische und evangelische Exegeten gehen heute davon aus, daß die uns in den Synoptikern und in der Offenbarung des Johannes vorliegenden Texte über das Ende der Welt in Zeiten entstanden und gesammelt wurden, in denen Wellen der Verfolgung über die Kirche hinweggingen. Mit diesen Texten sollte den Christen ein Buch des Trostes an die Hand gegeben werden: »Wenn all das beginnt, dann richtet euch auf und erhebt eure Häupter; denn eure Erlösung ist nahe« (Lk 21,28). Somit brauchen diese Stellen nicht wörtlich verstanden zu werden, als wären sie Vorhersagen darüber, wie das Ende der Welt aussehen werde. W. Trilling, ein guter katholischer Exeget, schreibt dazu: »Hier gelten zunächst die Gesetze der literarischen Art, wie für alle anderen biblischen Texte. Daß etwa mit den sieben Tagen der Schöpfungswoche nicht sieben Wochentage in unserem Sinne gemeint sind, sondern daß hier ein literarisches Schema mit einem bestimmten theologischen Sinn angewendet ist, wird heute erkannt und allgemein zugestanden. Entsprechend muß das auch dann gelten, wenn die Ereignisse vom *Ende* der Welt ›beschrieben‹ werden, mit der Verfinsterung der Gestirne, der Erschütterung der Himmelskräfte, dem ›Zeichen‹ des Menschensohnes, dem lauten Posaunenschall und der Sammlung der ›Auserwählten von den vier Winden‹« (vgl. Mk 13,24–27; Mt 24,29–31). Die zugrunde liegende Auffassung eines solchen Abschnittes ist ebenso von der Anschauung des antiken Weltbildes abhängig wie im Schöpfungsbericht von Gn 1. Die Schilderung der einzelnen Vorgänge aber zielt in der Sache darauf, die totale Neugestaltung der *ganzen* Welt mit dem Anbruch der Herrschaft Gottes zu bekennen, ähnlich wie beim Schöpfungsbericht der Erschaffung der ganzen Welt durch Gott bekannt werden soll. Die literarischen Formen, die für solche Schilderungen angewendet zu werden pflegen, sind in der Zeit Jesu bekannt und geläufig« (Fragen zur Geschichtlichkeit Jesu 108–109).

Angesichts dieser Sachlage dürfen wir nicht mehr in den Fehler verfallen, die ganze Generationen vor uns begangen haben: die apokalyptischen Texte wörtlich, im Sinne einer antizipierenden Reportage von der Zukunft zu nehmen. Beinahe jede Generation wollte in den Kriegen und Katastrophen ihrer Zeit Vorzeichen des Endes erkennen. Hieronymus sah im Fall des Römischen Reiches das Zeichen für das bevorstehende Ende (Epistel 123,15–17; PL 22,1057–1058). Papst Gregor verglich Rom mit einem gerupften Adler und meinte in den Naturveränderungen seiner Zeit ebenfalls ein Zeichen für das Ende zu erblicken (Hom. in Evang. I,5: PL 76,1080–1081). Auch heute noch gibt es eine große Zahl von Unheilspropheten, deren apokalyptische Vorhersagen in den Zeitungen abgedruckt zu lesen sind. Trotzdem: Die Geschichte geht weiter. Aber sie spottet manchen menschlichen, ja sogar religiösen Phantasiegebilden, die bisweilen selbst von heiligmäßigen Leuten in die Welt gesetzt werden.

2. *Das Modell der apokalyptischen Darstellung*

Man kommt nicht umhin, sich die Zukunft der Welt und das volle Offenbarwerden Christi und Gottes konkret vorzustellen. Wie immer man sich dieses Glaubensdatum vergegenwärtigt, man bedient sich seines Weltverständnisses, das entweder mythisch, wissenschaftlich oder sonstwie ist. Wichtig ist nur dabei, sich der Tatsache bewußt zu sein, daß die »Beschreibungen« Bilder und Darstellungsformen, nicht aber die eigentliche Wirklichkeit sind, sondern eben Vorstellungen, die immer von der zeitgenössischen Weltsicht abhängig sind. Aus diesem Grund ändern sich die Bilder von einer Epoche zur anderen. So stellt zum Beispiel das Neue Testament die Zukunft der Welt in apokalyptischen Bildern dar, die zu der Zeit geläufig waren. Die Ankunft Christi wird mit einem feierlichen Einzug eines römischen Kaisers in eine Stadt (Parusie genannt: Mt 24,3.37.39; 1 Kor 15,23; 1 Thess 2,19; 3,13; 4,15; 5,23; 2 Thess 2,1.8–9; 1 Joh 2,28 usf.) verglichen. Oder sie wird geschildert als das Kommen des Menschensohnes von Daniel 7, der auf Wolken und mit all seinen Engeln kommt, um sich auf den Thron der Herrlichkeit zu setzen und alle

Nationen zu richten (Mt 25,31). Dabei versinnbildlichen die Wolken die Nähe Gottes und der Thron die göttliche Herrlichkeit und Macht. Es wäre verfehlt, hier Beschreibungen zukünftiger Ereignisse ausmachen zu wollen. Vielmehr geht es darum, mit Hilfe von Symbolen die Wahrheit zu vermitteln, daß der Herr nicht unter bescheidenen Bedingungen wie bei seinem ersten Kommen erscheinen wird, sondern in Herrlichkeit, um die Geschichte zu beschließen.

»In jenen Tagen . . . wird sich die Sonne verfinstern, und der Mond wird nicht mehr scheinen; die Sterne werden vom Himmel fallen, und die Kräfte des Himmels werden erschüttert werden« (Mk 13,24–25 par). Die Exegese deutet den Text etwa folgendermaßen: Es geht hier nicht um einen Untergang der Welt, sondern darum, daß beim Erscheinen Christi auch alles, was stabil und sicher erschien (die Fundamente der Welt), erschüttert werden wird. Die Herrlichkeit des Menschensohnes wird in einem so hellen Licht erstrahlen, daß das Licht von Sonne und Mond dagegen seinen Glanz verliert. Dabei wird es bei der Ankunft Christi zu einer Trennung zwischen Gut und Böse, zu einer letzten Krise, zu einem letzten Gericht kommen. Schon im Alten Testament wird geschildert, daß sich beim Gericht Gottes die Sterne verändern; so beim Gericht Gottes über Babylon (Jes 13,9–10), über Israel (Am 8,9: Am Mittag wird die Sonne untergehen und Finsternis wird die Erde am hellichten Tag bedecken) oder über Edom (Jes 34,4: Der Himmel wird sich zusammenrollen wie eine Schriftrolle, und all sein Heer wird verwelken, wie das Blatt am Weinstock und am Feigenbaum abwelken). Der Sinn ist metaphorisch zu nehmen: Wenn der Stärkere (Christus) kommt, wird der Starke weder widerstehen noch überstehen können.

Paulus, der sich nur selten der Begrifflichkeit der Apokalyptik bedient, spricht von keiner kosmischen Katastrophe. Statt dessen spricht er von der Auferweckung der Toten (1 Thess 4,16f) oder von der Umgestaltung der Lebenden (1 Kor 15,15).

Im Zweiten Petrusbrief ist von einem Weltenbrand die Rede: »Der jetzige Himmel und die jetzige Erde sind durch dasselbe Wort für das Feuer aufgespart worden. Sie werden bewahrt bis zum Tag des Gerichtes, an dem die Gottlosen zugrunde gehen . . . Der Tag des Herrn wird kommen wie ein Dieb. Dann wird der Himmel prasselnd vergehen, die Elemente werden verbrannt und aufgelöst, die Erde und alles, was auf ihr ist, werden nicht mehr gefunden . . . An jenem Tag wird sich der Himmel in Feuer auflösen, und die Elemente werden im

Brand zerschmelzen« (2 Petr 3,7.10.12). Auch hier sollte man nicht an Untergang denken. Das Feuer ist vielmehr ein Symbol für Reinigung und für das läuternde Gericht Gottes, wie dies auch deutlich aus Paralleltexten des Alten Testaments hervorgeht (Jes 26,11; 30,27; 66,15; Ps 78,21; 97,3; 106,18; Nah 3,15; Mal 3,2; 2 Thess 2,7). Wichtiger als die metaphorische Katastrophe ist die Gewißheit, daß das Ende gut ausgehen wird: »Seiner Verheißung gemäß erwarten wir einen neuen Himmel und eine neue Erde, in denen Gerechtigkeit wohnt« (2 Petr 3,13).

Unter welchen Umständen die Zukunft der Welt anbrechen wird, vermag niemand zu sagen. Aber sicherlich wird die äußere Gestalt dieser zwiespältigen Welt, in der Gut und Böse in jedem Ding nebeneinander gedeihen, vergehen (vgl. 1 Kor 7,31; Mk 13,31; Mt 5,18; 2 Petr 3,12; Offb 20,11; 21,4). Alle Mißverständnisse werden geklärt werden, und es wird einen neuen Himmel und eine neue Erde geben. Aber die Welt wird nicht vernichtet werden, sondern weiterbestehen, denn sie ist ja das Werk der Liebe von Gott und Mensch. Nach Apg 3,21 wird eine allgemeine Versöhnung stattfinden, und alle freien Entscheidungen der Menschen werden geachtet werden. Oder – wie Jesus selbst sich ausdrückt – es wird zu einer *paliggenesia* kommen, daß heißt zu einer Neugeburt, zu einer Erneuerung aller Dinge (Mt 19,28). Das Ende der Welt ist ihre eigentliche Genesis, ihr wahrer Anfang und ein volles Geborenwerden.

3. Das Darstellungsmodell Teilhard de Chardins

Von dem Naturwissenschaftler und glühenden Mystiker Pierre Teilhard de Chardin stammt ein anderes Modell, wie man sich das Ziel der Welt vorstellen kann: in den Koordinaten eines evolutiven Weltbildes. Das Universum ist das Ergebnis einer Millionen und Abermillionen Jahre dauernden Evolution, innerhalb derer unvollkommene Formen zu immer vollkommeneren Formen aufgestiegen sind.

In der Einleitung zu seinem *Comment je crois* aus dem Jahre 1934 skizziert er die vier Schritte der Evolution: »Ich glaube, daß das Universum Evolution ist. Ich glaube, daß die Evolution auf den Geist abzielt. Ich glaube, daß sich der Geist im Personalen verwirklicht. Ich glaube, daß das höchste Personale der universale Christus ist.«

Der evolutive Aufstieg vollzieht sich durch wachsende Einheit, durch ein immer deutlicheres Bewußtsein und eine immer tiefere Liebesbewegung. Wie es zur Vorbereitung auf das Kommen Gottes im Fleisch Millionen und Abermillionen Jahre bedurfte, bis die Fülle der Zeit anbrach (Gal 4,4), so ähnlich müssen wir uns das zweite Kommen Christi in Herrlichkeit vorstellen. Wir können – und müssen gewiß auch – davon ausgehen, daß der Parusiechristus weder eine gebrechliche oder tote Menschheit noch eine zur Trägheit bestimmte Welt antreffen wird. Im Gegenteil: Sowohl die Menschheit als auch die Welt werden die Kräfte, die sie latent in sich tragen, bis zum Höchstgrad verwirklicht haben. Zweifelsohne werden sie im Vergleich zu den Dimensionen des Transzendenten und des dem Menschen und den Dingen innewohnenden inneren Impulses, der – ohne sich je zu erschöpfen – zu immer größeren Taten und Wagnissen treibt, ihre Grenzen erfahren. Die Evolution, so dürfen wir aber hoffen, wird einen Grad derartiger Konzentration, Einheit, Liebesfähigkeit und Bewußtseinsdichte erreichen, daß sie damit auch an einen kritischen Punkt kommt. Teilhard sagt: »Der Gedanke, der an sein Ziel gekommen ist, muß ... auf diesem Höhepunkt ... (aufgrund von Hyperzentration) imstande sein, die zeitlich-räumliche Membrane des (menschlichen) Phänomens zu durchbrechen, bis er auf etwas höchst Personales, etwas höchst Personalisierendes stößt« (*Comment je vois*, 1948, § 20). Der »kritische Punkt menschlichen Reifens« und der »Punkt der Parusie« berühren einander. »Die absteigende göttliche Involution verbindet sich mit der aufsteigenden kosmischen Evolution« (*Comment je vois*, § 24).

Der Punkt Omega der menschlichen Vollendung, die durch die Gnade und den kosmischen Christus (und nicht durch die rein mechanischen Kräfte der Evolution) aktiviert wurde, fällt mit dem Augenblick der totalen Epiphanie, Parusie und Apokalypse (Offenbarung) Gottes zusammen. Universum und Menschheit erreichen dann ihren höchsten Punkt und damit ihr Ziel, wenn sie sich in Gott hinein verlieren. In der Liebesverbindung mit Gott findet alles seinen Sinn. Andernfalls wäre die Entwicklung ein Irrweg und ein fatales Absurdum.

Das Ziel wird, wie Teilhard sagt, an einem kritischen Punkt erreicht. Das bedeutet, daß sich das Gravitationszentrum der Evolution radikal verlagert. Es wird zu einer Exzentration in Gott hinein kommen. In diesem schmerzlichen und läuternden Sich-Verlieren werden Mensch und Welt sich endgültig finden, weil sie für immer in Gott sein werden, »weil Sich-Verbinden bedeutet . . . auszuwandern und für das teilweise zu sterben, was man liebt« (*Millieu divin*, 92 f).

4. *Wie und wann, wissen wir nicht*

Das apokalyptische Deutungsmodell vermittelt den Eindruck, als käme die Parusie von außen, als griffe Gott in das Universum ein. Im Teilhardschen Verständnis hingegen bringt die Welt selbst hervor, was sie in sich trägt und was in ihr wächst. Die Geschichte geht schwanger mit Christus, und »die gesamte Schöpfung . . . seufzt und liegt in Geburtswehen« (Röm 8,22). Vielleicht entspricht das Verständnis Teilhard de Chardins, das freilich immer nur ein Darstellungsmodell bleibt, besser der eigentlichen Wahrheit (nicht der Begrifflichkeit) des Neuen Testaments als das apokalyptische Modell. Dem Neuen Testament zufolge hat sich das Kommen Gottes und damit die Vollendung der Welt schon in der Geschicht ereignet, und zwar mit der Auferstehung Jesu Christi. Die Zukunft der Geschichte liegt in ihr selbst. Die Geschichte verwirklicht und offenbart sie nach und nach. Was wir also erwarten, ist in Paulinischer Begrifflichkeit »die Epiphanie der Parusie« des Herrn (2 Thess 2,8) oder »die Apokalypse des Herrn Jesus« (2 Thess 1,7). Wenn der schon gegenwärtige Herr voll sichtbar sein wird, dann wird das Ziel erreicht und das Werk Gottes, alles in allem, vollendet sein.

Man darf also die Darstellungsformen der Offenbarung nicht mit ihrer eigentlichen Botschaft verwechseln. Die diesbezügliche Lehre des Zweiten Vatikanischen Konzils, das ganz ohne irgendeine »Beschreibung« der kommenden Welt auskommt, ist sehr glücklich formuliert: »Den Zeitpunkt der Vollendung der Erde und der Menschheit kennen wir nicht, und auch die Weise wissen wir nicht, wie das Universum umgestaltet werden soll. Es vergeht zwar die Gestalt dieser Welt, die durch die Sünde mißgestaltet ist, aber wir werden belehrt, daß Gott eine neue Wohnstätte und eine neue Erde bereitet, auf der Gerechtigkeit wohnt, deren Seligkeit jede Sehnsucht nach Frieden in den Herzen der Menschen erfüllt und übertrifft. Der Tod wird besiegt sein, die Kinder Gottes werden in Christus auferweckt werden, und was in Schwachheit und Unverweslichkeit gesät wurde, wird sich mit Unverweslichkeit bekleiden. Die Liebe wird bleiben wie das, was sie einst getan hat, und die ganze Schöpfung, die Gott um des Menschen willen schuf, wird von der Knechtschaft der Vergänglichkeit befreit sein« (*Gaudium et Spes* 39). Das Konzil lehrt also eindeutig, daß das Ende der Welt keine Katastrophe, sondern Fülle sein wird.

5. Die immanente Zukunft der Welt und die transzendente Zukunft der Welt

Die Technik bietet dem Menschen unvorstellbare Möglichkeiten, die Zukunft zu manipulieren. So entstanden rein immanente Endzeithoffnungen in der Gestalt einer technischen Zukunft der Welt, in der die alten Utopien von grenzenlosem Reichtum, von uneingeschränktem Vergnügen, von fortwährender Jugend und Schönheit und wirksamer Herrschaft über die Elemente endlich erfüllt sein würden. Auch der Begriff Ende der Welt wurde weithin säkularisiert. Erschrocken und verwundert stellte der Mensch fest, welch enorme Macht er in seinen Händen hat. Um die Welt zu beenden, bedarf es nicht mehr eines göttlichen Eingreifens. Der Mensch verfügt selbst über ausreichende Macht, um eine Katastrophe von kosmischen Dimensionen herbeizuführen. Wohin soll dieser ganze Fortschritt führen?

Der Teilhardsche Optimismus, der ein gutes Stück weit von der Glaubensgewißheit genährt wird, daß die Erde nach der Zusage Gottes ein gutes Ende haben wird, kann nicht die tiefen Mißverständlichkeiten verbergen, die an der Geschichte der menschlichen Freiheit haften. Nicht nur die Liebesfähigkeit und die Einheit der Bewußtseinsträger wachsen in der Welt, sondern auch die Kräfte der Vereinzelung und der entpersönlichenden Manipulierung der Menschheit.

So wie die Welt ist, kann sie nicht der Ort des Reiches Gottes sein (vgl. 1 Kor 15,50). Dazu muß sie beträchtlich verändert werden. Noch lastet auf ihr eine grundlegende Entfremdung, die es unmöglich macht, daß vollkommene Güte, uneingeschränkte Identität und grenzenloses Glück herrschen. Selbstverwirklichung und Entfremdung liegen dicht beieinander. Daraus folgt: So optimistisch sich der christliche Glaube auch geben mag, immer wird er Selbstkritik und Unterscheidung der Geister lehren und die Geduld predigen müssen, das Unvermeidliche zu ertragen und zu akzeptieren. So wird die ständige Aktualität einer Theologie des Kreuzes, die allen voreiligen Optimismus anprangert, einsichtig. Die technische Welt, die diese grundlegende Doppeldeutigkeit der gegenwärtigen Weltzeit außer acht läßt, verheißt ein irdisches Paradies, bringt aber in Wirklichkeit die Hölle.

In seinem berühmten Zukunftsroman *Schöne neue Welt* (1932; deutsch 1953) ironisiert A. Huxley in geradezu sarkastischen Tönen die technische Eschatologie. Die biologischen Wünsche des Menschen sind erfüllt: Er hat ein ständiges Lustempfinden, wirtschaftlich ist er abgesichert, seine Leidenschaften werden genetisch optimal kontrolliert, hochentwickelte Narkotika lindern allen Schmerz und jede Depression, und in Einklang mit den Interessen des Staates entstehen durch Genmanipulation neue Menschen. Dabei ist die Manipulation so perfekt, daß den Menschen ihr Sklavendasein noch dazu gefällt. »Die Vergnügungen lassen nicht die geringste Freizeit, und der Mensch hat keinen Augenblick Zeit, um sich hinzusetzen und mal nachzudenken ... Gott verträgt sich nicht mit den Maschinen, mit der wissenschaftlichen Medizin und mit der allgemeinen Zufriedenheit. Wir haben uns zu entscheiden. Unsere Zivilisation hat sich für Maschinen, Medizin und Vergnügen entschieden.«

Diese Art von Paradies ist absolut steril und läßt den Menschen keinen Menschen mehr sein. Es manipuliert ihn, wie es nur kann, und manipuliert ihn mit Beruhigungsmitteln, die seine Entfremdung und seine Sehnsucht nach der eigenen Wahrheit nur noch steigern.

Daß die technische Eschatologie ein tragisches Ende nimmt, schildert – in dunklen Farben – auch George Orwell in seinem Roman *1984* (Erscheinungsjahr: 1954). Der letzte Roman des großen katholischen Schriftstellers Franz Werfel *Stern der Ungeborenen* (1958) thematisiert ebenfalls die Kritik an derlei technischen Utopien. Werfel beschreibt eine kommende Menschheit, die sich eine total manipulierbare Welt geschaffen hat. Sogar der Tod ist voll integriert. Der Mensch flieht vor dem Tod und wird auf vormenschliche Formen reduziert, so daß er schließlich die gute, alte Art des Sterbens wieder preist.

Solcherlei Bilder von der Zukunft haben kaum etwas mit christlichen Vorstellungen zu tun. Die menschliche und kosmische Vollendung, die der christliche Glaube ansagt, kann der Mensch nicht allein seinem Bemühen zuschreiben. Sie ist vor allem das Werk Gottes. Der Mensch kann gewiß große Dinge. Eines aber kann er ohne Zweifel nicht: sich selbst restlos verwirklichen und den in ihm steckenden Hunger nach dem Unendlichen stillen. Damit der Mensch ganz zu sich selbst finden kann, mußte Gott Mensch werden und in seine

Bedingungen eingehen. Die Zukunft heißt nicht Reich des Menschen, sondern Reich Gottes. Dort wird *Gott* alles in allem sein. Die Technik kann die kommende Welt vorbereiten und *diese* Welt brüderlicher und ihrem definitiven Status ähnlicher machen. Das Endziel jedoch – Gott – ist Werk der Ungeschuldetheit Gottes selbst.

6. *Das Kommen Christi als Gnade und Gericht ist schon in Gang*

Wenn das End-ziel schon in der Welt angelegt ist, dann können wir daraus auch folgern, daß das Kommen Christi bereits in Gang ist, sei es als tröstende Gnade, sei es als läuterndes Gericht. So sah die Urkirche in der Zerstörung Jerusalems im Jahre 70 ein endzeitliches Ereignis, und die Schilderung des Untergangs der Stadt diente ihr als Modell, nach dem sie das Ende der Welt und das Jüngste Gericht »beschrieb«.

Der Auferstandene steht nicht außerhalb unserer Geschichte, wie das in der Offenbarung des Johannes sehr gut gezeigt wird. Vielmehr greift er in die Welt ein. Mit den Augen des Glaubens betrachtet, gibt es geschichtliche Situationen, die wahre Urteilssprüche Gottes über die Welt sind: Verfolgungen, Kriege und Aufstände von Volksmassen gegen ungerechte Systeme. Das Böse, ausbeuterische Systeme und tyrannische Ideologien haben kurzen Atem. Gott urteilt über sie durch die Menschen und läßt sie den kürzeren ziehen.

In einem berühmt gewordenen Vortrag sagte 1854 der erste große Vertreter der kritischen Geschichtsschreibung, Leopold von Ranke: »Jede Epoche steht unmittelbar vor Gott« (Über die Epochen der neueren Geschichte, in: Weltgeschichte IX, 2).

Das Gericht Gottes beginnt bei seinem eigenen Haus (1 Petr 4,17), das heißt bei der Kirche. Manche Krisen in der Kirche sind wahre Urteilssprüche Gottes, die sie wegen fehlender Treue zum Geist und wegen mangelnder Offenheit ihm gegenüber treffen. Ihr übertrieben konservatives Denken, das sich auf menschliche, wenn auch dogmatische Sicherheiten stützt, führte dazu, daß das Gespräch zwischen Kirche und Welt von der Renaissance an bis in unsere Tage enorm erschwert wurde. Die Folgen bekommen wir heute zu spüren: Die Massen gehen auf Distanz zur Kirche, und die Intelligenz, die doch Zeugin von Hoffnung und von christlicher Heiterkeit sein könnte, wandert ab.

Aber es gibt auch andere Parusien Gottes in der Geschichte, die Zeichen seiner Gnade und seines Wohlwollens sind: Heilige, Mystiker und christliche Reformatoren, die im sozialen und im kirchlichen Raum auftreten, die Charismen bei heiligen Gründern von Orden und Kongregationen, die Konzilien, die zunehmende Reife der christlichen Laien usf. Christus klopft stets an unsere Tür und kommt immer zu österlichen Besuchen von Kreuz und Auferstehung, die uns richten und retten und die uns auf die letzte Begegnung vorbereiten, nach der sich die Menschheit und der Kosmos sehnen (Röm 8,21).

Eines jedoch ist absolut sicher: Was vergeht, ist das mißverständliche Vorübergehen, in dem Gut und Böse immer zusammengehen; nicht aber die Vergangenheit vergeht. Alles, was vergangen ist, gewinnt unvergänglichen Ewigkeitscharakter. Selbst wenn es zunichte werden sollte, bleibt dennoch wahr, daß es einmal als Werk Gottes und aus seiner Gnade existierte. Im Glauben sagen wir jedoch noch mehr: Das All ist dazu bestimmt, in die interne Geschichte Gottes hineingenommen zu werden. Aus diesem Grund geht nichts verloren. Alles wird umgestaltet und verklärt.

»Es sei uns erlaubt zu glauben, daß, selbst wenn die Zivilisationen gestorben sind und das Feuer des Gerichtes sein Läuterungswerk getan hat, nichts Großes verloren ist. Im Gegenteil, alles Große wird auf die eine oder andere Weise auferstehen, und der auferstandene Mensch wird sich an den Werken im Parthenon, wie sie zur Zeit von Perikles existierten, und gleichzeitig auch an den Kunstwerken in den Museen unserer Tage erfreuen. Er wird die Dialoge des Platon lesen und sich das wieder aufgefundene Gespräch des Sokrates mit seinen Freunden vergegenwärtigen, wird die religiösen Gemälde, die in Florenz zusammengetragen sind, bewundern und der Unterhaltung Jesu mit seinen Jüngern lauschen. Auch die Technik und die wissenschaftlichen Erfindungen werden verewigt, damit Himmel und Erde ewig das Lob Gottes singen« (*Rondet*, Fins do homem e fim do mundo, 163).

10. Kapitel

SCHLIESSLICH WERDEN WIR SEHEN: GOTT SCHRIEB GERADE AUF KRUMMEN LINIEN – DAS ENDGERICHT

Wenn die Welt ihr Ziel erreicht hat, die Geschichte vorüber ist und der Punkt Alpha mit dem Punkt Omega zusammenfällt, dann wird die große Offenbarung des Heilsplanes Gottes und der ganzen Schöpfung stattfinden. Dann wird das wahre Gerichtsurteil Gottes ergehen, das heißt: Gott wird zu verstehen geben, was er über den Gesamtverlauf der Schöpfung denkt (Gericht).

1. Die Gemeinschaft aller mit allem

Dies ist der Höhepunkt, die Stunde der Wahrheit. Was latent war, wird erkennbar, was verborgen war, wird offenbar.

Die Heilige Schrift schildert die große Offenbarung Gottes und der Wahrheit aller Geschöpfe nach Art eines Urteilsspruchs vor einem Gericht (Mt 5,25–26; Lk 18,1–8), des Begleichens von Rechnungen (Mt 18,22–35; 25,14–30; Lk 16,1–9), der Bezahlung von Arbeitern, von denen jeder das bekommt, was ihm zusteht (Mt 20,1–16), nach Art der Ernte (Mt 13,24–30) oder der Trennung von Böcken und Schafen (Mt 25,33) bzw. von guten und schlechten Fischen (Mt 13,47–50). Das Alte Testament bevorzugt die Thematik vom Tage Jahwes, der einmal als ein Tag des Lichtes (Am 5,18–20), ein andermal als Tag der Finsternis dargestellt wird, an dem Gott den Stolzen zeigt, daß er über die Geschichte herrscht (Jes 13; Zef 1,14–18; Dan 2; 7; 10–12).

Offensichtlich haben wir es mit menschlichen Bildern zu tun. Die Art und Weise, wie das Urteil gefällt wird – sagte schon Thomas von Aquin –, kann niemand mit Sicherheit wissen (Sum. Theol. Suppl., 88,4). Gleichwohl verkünden die Autoren der Bibel durch diese Bilder, »daß die Geschichte einen Sinn hat und daß sie sich auf eine Begegnung mit Gott hinbewegt, dessen Gericht am Ende das Volk der Heiligen vollenden wird. Die Bilder, die dieses Gericht darstellen, wollen es nicht so sehr beschreiben, sondern vielmehr die Menschen aufrufen, sich zum Glauben zu bekehren. Dann werden sie in Jesus Christus das herrliche und geheimnisvolle Heil empfangen, das ihnen angeboten ist« (A. George, Das Gericht Gottes, 9).

Alle Nationen (Mt 25,32) und alle Bewohner der Erde (Lk 21,35), von den Urzeiten (vgl. Mt 10,15; 11,24) bis in die Gegenwart (vgl. Mk 8,38; Mt 12,41; Lk 11,30.50), werden Gott gegenüberstehen. Aber nicht nur die Menschen, sondern alle Geschöpfe werden Gottes Urteil und die Wahrheit von sich und von Gott manifestieren. Und Gott wird »jedem Menschen vergelten, wie es seine Taten verdienen« (Mt 16,27; Röm 2,6). Alles wird offen sein, wie ein Buch, in dem man lesen kann, was dort geschrieben steht (Offb 20,12; Dan 7,10): unsere geheimsten Gedanken (Lk 6,37) und unbewußtesten Unterlassungen (Jak 4,17), jedes Wort, das wir – sei es zum Aufbau, sei es zur Zerstörung – gesagt haben (Mt 12,36), die Anliegen unseres Herzens (Mt 15,3–9) und vor allem das Maß unserer unvoreingenommenen Liebe (Mt 25,31–46). Dies alles wird in seiner tiefen Bedeutung sichtbar werden.

Solange die Menschen leben, mag ihnen der Sinn ihres Lebens, ihrer Taten und ihrer Begegnungen unklar bleiben. Alles ist dann noch möglich, weil dies die Zeit des Risikos, der freien Entscheidung für das Gute oder für das Böse und die Zeit der Umkehr ist. Im Tod findet das Leben zu seiner großen Synthese. Dann wird jede Tat ihren Sinn und jede Begegnung ihre Entelechie bekunden. »Wie ich euch begegne«, sagt ein Agrophon Jesu, »so beurteile ich euch« (Cl. Al. Quis div. sal. 40,2). Oder in der Didaché heißt es: »Nichts hilft uns all die Zeit unseres Glaubens, wenn er im letzten Augenblick nicht da ist« (16,2). Damit ist der Moment des Sterbens, wie wir schon sahen, der Augenblick der großen Lebenskrise, die Stunde der Entscheidung und des Gerichtes gemeint. In einer ganz persönlichen Begegnung mit Gott war dabei der Einzelmensch gefordert. Dies ist das individuelle Gericht.

Jetzt, beim universalen Gericht, wird allseits offenbar, was zuvor beim Einzelgericht geschah. Allerdings geht es nicht darum, wie es scheinen könnte, daß das, was privat war, nunmehr öffentlich wird. Nein. Vielmehr wird die tiefe Beziehung aufgewiesen, die jeder Mensch zum Ganzen hat. Niemand ist eine Insel. Eine tiefe, mystische Gemeinschaft verbindet uns durch die Wurzel des Lebens mit allen Dingen, angefangen vom materiellen Atom bis hin zu den geistigen Wesen. Was wir an Gutem und an Bösem aufzuweisen haben, hat sich, ausgehend von unserem Person- und Verantwortungskern, dem Gesamt der Schöpfung mitgeteilt.

Jetzt, beim Weltengericht, wird die Einheit des Ganzen klar erkennbar sein. Das Einzelgericht im Tod steht in einem direkten Zusammenhang mit dem Universalgericht, insofern der Mensch, der zwar eine Synthese des Ganzen ist, dennoch nur ein Moment innerhalb eines umfassenden Prozesses ist, der ihn transzendiert: der Geschichte der ganzen Schöpfung. »Es ist unbestritten, daß es biblisch keine zwei Gerichte und auch keine zwei Gerichtstage gibt, sondern nur einen. Deshalb muß man das Einzelgericht, das sich nach dem Tod entwickelt, in einem dynamischen Bezug zum Endgericht sehen« (H. U. von Balthasar, Eschatologie 411). Dies ist auch die Perspektive der Liturgie, in der das Gericht immer als ein Drama betrachtet wird, das den Menschen mitsamt all seinen Bezügen, das heißt den Kosmos und die Geschichte, umgreift (B. Neuheuser, El Juicio final, 159).

2. . . . und der Plan Gottes wird sichtbar

Aber das Eigentliche des Weltengerichtes besteht in der vollen Offenbarung des Heilsplanes Gottes. Im Verlauf der Geschichte hatte sich dieser Plan noch nicht in seiner göttlichen Deutlichkeit gezeigt. Gott pflegt nicht mit Mirakeln in die Geschichte einzugreifen, um Gerechtigkeit zu schaffen oder die von den Menschen manipulierte und verunglimpfte *humanitas* zu erlösen. Nicht in jedem Fall kommt er dem Gerechten, der im schrecklichen Graben seiner Einsamkeit für Gerechtigkeit und Liebe leidet, zu Hilfe. Die Bösen triumphieren, während sie doch nach unseren Vorstellungen bestraft werden müßten. Nicht einmal dann, wenn seine Kirche verfolgt und von ihren eigenen Führern verraten wird und der Rettung bedarf, greift er ein. Oft genug müssen wir leben, »etsi Deus non daretur«, als ob Gott nicht existierte. So groß sind die Unstimmigkeiten und die strukturelle Bosheit.

Die Verwirrung wird noch größer, wenn wir fragen: Welchen Sinn hat es, daß ganze Zivilisationen in der Dunkelheit der Jahrhunderte untergingen? Welchen Sinn hatte die Zivilisation der Hethiter und der Seevölker? Warum wurde die glänzende Zivilisation der Inka, Maya und Azteken durch die Habgier christlicher Eroberer, die mit Kreuz und Schmerz mordeten, aus der Geschichte ausgelöscht? Welchen Sinn hatte die Zivilisation der Osterinsel mit ihren monumentalen Statuen, wenn von ihr nichts übrig geblieben ist? Warum seufzen ganze Erdteile wie Lateinamerika und Afrika unter innerem und äußerem Kolonialismus? Welche Bedeutung kommt der geschundenen, versklavten und über Jahrhunderte hin immer wieder zerrissenen schwarzen Rasse zu? Wieso konnte das Abendland, von den Griechen bis hin zu uns, überhaupt entstehen, wenn es das Sein und die Wurzeln des Lebens vergaß und statt dessen einem unersättlichen Willen nach Macht nachjagte, der keine Hindernisse kannte und sich alles zu Diensten machte: Wissen, Technik, Wirtschaft, Politik, ja sogar die Religion? Welchen Sinn hat der Milliarden von Jahren dauernde Evolutionsprozeß? Wie konnte der Mensch diesen in mancherlei Hinsicht makabren Weg von den dunklen animalischen Ursprüngen bis zu seinem vollen Bewußtsein überhaupt finden? Was bedeuten all die großen Religionen, Philosophien und Weltanschauungen, von den mythischen bis hin zu den wissenschaftlichen? Welche Funktion eignet der Erde, die in der erschreckenden Unendlichkeit des sich immer noch weiter ausdehnenden Kosmos wie ein Sandkörnchen verloren ist? Was bedeutet die Intelligenz im Universum? Und der Mensch, der seiner Sendung als Priester der Schöpfung kaum nachkommt oder gar an ihr scheitert?

Der Plan Gottes mutet wie die Rückseite einer Stickarbeit an, auf der man nicht die farbenprächtige Rose sieht, sondern nur ein Wirrwarr und Durcheinander von Fäden und Farben.

Der Glaube sagt uns, daß es einen Sinn gibt. Wir glauben an ihn, ohne ihn zu sehen. Denn in der Regel kleidet er sich in die kenotische Gestalt des Kreuzes und nicht in die doxologische Figur der Auferstehung.

Die Geschichte trägt die Angst vor der Sinnlosigkeit in sich, die dem Menschen jede Kraft nimmt und in ihm die Sehnsucht nach der vollen Offenbarung des Logos steigert, der alle Dinge durchdringt.

Und jetzt bricht er durch, implodiert und explodiert. Der Tag des Herrn ist da! Alles wird klar. Gott kommt aus seiner millionenjährigen Verborgenheit hervor und legt seinen Heilsplan offen dar. Sein Licht erhellt alle Dunkelheit und deckt alle Rätsel auf. Alles erscheint in den ihm gebührenden Proportionen: Sünde und Gnade, Kleinheit und Größe, Leben und Tod ebenso wie auch der beinahe nicht enden wollende Strom der Jahrhunderte. Jetzt kann sich das Kleine als groß erweisen und das Große als klein. Die Anti-phon geht in die Symphonie über, und beide bilden sie den einen Hymnus zur Ehre Gottes. Jetzt sehen wir, wie Gott auch auf krummen Linien immer gerade geschrieben hat. Gott wird den Schrei der Jahrhunderte hören: »Herr, laß mich dein Antlitz sehen!« (Ex 33,16ff.); »Herr, zeig uns den Vater; das genügt uns!« (Joh 14,8). Dann wird sich Gott, den bisher noch niemand gesehen hat (Joh 1,18), zeigen, wie er ist, und wir werden ihn von Angesicht zu Angesicht schauen (1 Kor 13,12; Off 22,4). Dies wird uns dann genügen, weil wir Gottes Gedanken gelesen und sein Urteil über jedes Ding gehört haben werden. Amen.

11. Kapitel

EINE ENDZEITSPIRITUALITÄT – GOTT IN DER SCHWACHHEIT DER MENSCHEN WAHRNEHMEN UND IN DER HINFÄLLIGKEIT DER WELT FEIERN

Aus unseren bisherigen Überlegungen dürfte erhellen, daß die Eschatologie weder ein Traktat unter anderen noch die Lehre von den letzten Zielen des Menschen ist, die ihm mehr Angst als Trost bereitet. Die Eschatologie ist vielmehr eine Reflexion über die christliche Hoffnung. Als solche bildet sie den Grundton der gesamten Theologie und die Einfärbung aller Traktate.

Wer Hoffnung sagt, spricht von der Gegenwart, aber auch von der Zukunft. Er genießt ein bereits gegenwärtiges *Schon*, wartet aber noch darauf, daß es voll sichtbar wird, weil es ihm *noch nicht* in Gänze mitgeteilt wurde. Gott ist »der Gott der Hoffnung« (Röm 15,13): Er ist da, anwesend in Selbstschenkung, zugleich aber ist er auch immer der, der kommen wird, und zwar in Kürze mit der Überraschung des Neuen kommen wird. Deshalb ist und wird er für den Menschen stets die absolute, ewige Zukunft sein. Niemals wird er aufhören zu kommen, wie er aber auch niemals voll dasein und seine unauslotbare Zukunft nie total erschöpft sein wird. Denn Gott ist der Gott der Zukunft und der Hoffnung auf das Morgen unseres Lebens. Immer offenbart er sich als der, der jeden Menschen von seinem An-die-Vergangenheit-gebunden-Sein befreit, damit er für seine, Gottes, Zukunft frei ist. In der Zwischenzeit wäre er allerdings dann nicht unsere Zukunft, wenn er diese Zukunft nicht schon in der Gegenwart manifestierte. So kommt es, daß sein Reich nicht bloß reine Zukunft ist, sondern schon in den Licht- und Schattenseiten der gegenwärtigen Zeit keimt und wächst. Der Himmel und die volle Vergöttlichung der Welt zeichnen sich bereits allmählich am Horizont unserer Existenz ab. Sie wachsen und reifen, bis sie schließlich ganz geboren werden.

1. Das Schon und das Noch-Nicht: Fest und Einspruch

Hoffnung gründet auf dem Unterschied zwischen dem, was *schon ist*, und dem, was *noch nicht ist*, aber noch werden kann, zwischen dem Gegenwärtigen und dem Zukünftigen, das aber gegenwärtig werden kann. Das *Schon* bildet die realisierte, das *Noch-Nicht* die noch offene Zukunft.

Insofern die Hoffnung in allem Guten, in Gemeinschaft, Brüderlichkeit und sozialer Gerechtigkeit, im aufrichtigen Wachstum des Menschen an kulturellen Werten und in seiner Offenheit für das Transzendente Zukunft und Reich Gottes *schon* realisiert sieht, kann sie – in heiterer Gelassenheit und ruhiger Freude an ihren Erscheinungsformen – sie feiern und ihrer gedenken. So kommt es in der Last des Lebens zum Fest. Im Fest verkosten wir den geoffenbarten Sinn der Dinge. Das Fest ist eine vorwegnehmende Teilhabe an der festlichen Begegnung zwischen Mensch und Gott. In ihm treffen wir schon auf göttliche Güter, umgeben von menschlicher Schwachheit – gewiß – und bedroht von Sünde, Einbuße und mancherlei Grenzen; dennoch aber sind die göttlichen Güter real und wirklich. Die Hoffnung weiß, *daß* sie hofft. Aber nicht nur das. Sie weiß auch, obwohl nicht mit letzter Schärfe, *was* sie hofft: daß sich in der Ewigkeit das voll verwirklichen wird, was sie in der Zeit an Wahrem und Gutem erlebt.

Diese Hoffnung läßt uns die Mahnung des Apostels Paulus verstehen: »Freut auch im Herrn zu jeder Zeit! Noch einmal sage ich euch: Freut euch. Eure Güte werde allen Menschen bekannt. Der Herr ist nahe. Sorgt euch um nichts ... Was immer wahrhaft, edel, recht, was lauter, liebenswert ist, darauf seid bedacht« (Phil 4,4–6.8).

Den Gegensatz zu Glauben und Hoffnung bilden nicht so sehr Unglauben und Atheismus, sondern Angst und Beunruhigung. Glaube und Hoffnung geben uns die Gewißheit, daß wir in den Händen Gottes, der alles umgreift und durchdringt, immer geborgen sind. Nichts geschieht außerhalb seiner Liebe. Deshalb kann der Mensch immer, auch in Widerwärtigkeiten fröhlich und heiter sein (vgl. 1 Thess 5,16). »Siendo el Señor de nuestra parte, a quién debemos temer? – Wenn der Herr auf unserer Seite steht, wen müßten wir dann fürchten?«, trösteten sich die ersten spanischen Missionare, die in die südamerikanische Wildnis vordrangen.

So gründet die Angst vieler Christen vor den Neuerungen der

heutigen Welt und vor der Auseinandersetzung unserer Hoffnung mit den innerweltlichen Hoffnungen weniger auf Klugheit, die sie in der Regel viel zu viel haben, als vielmehr auf einem Mangel an Glaubenstiefe, die sonst zu Optimismus, Gelassenheit und Vertrauen führt. Sagt uns der johanneische Herr nicht beim Abschied: »Euer Herz lasse sich nicht verwirren. Glaubt an Gott und glaubt an mich! ... Habt Mut: Ich habe die Welt besiegt« (Joh 14,1; 16,33).

Allein der christliche Glaube versetzt uns in den Stand, Gott in der Schwachheit der Menschen wahrzunehmen und in der Hinfälligkeit der Gestalt dieser vergänglichen Welt zu feiern (vgl. 1 Kor 7,31)

Dennoch: Das *Schon* darf nicht verabsolutiert werden. Es muß sich fortwährend für das *Noch-Nicht,* für das, was noch kommt, offenhalten. Jedesmal wenn sich das Schon substantiviert, führt der Weg in totalitäre Ideologien profaner und religiöser Art. So kommt es zu Dogmatismus, Legalismus, Ritualismus, Rassismus, Materialismus, Kapitalismus und anderen Ismen. In der Ideologie geht es immer um ein Absolutsetzen von etwas Relativem, um ein Universalisieren eines Ausschnitts der Wirklichkeit und um ein Verhäretisieren einer Wahrheit. Im Namen des Noch-Nicht gilt es, Einspruch zu erheben gegen jedes radikalisierte Schon.

An dieser Stelle sitzt die Triebkraft für alle wahre Kritik. Das *Nein* setzt ein *Ja* voraus, das dem Zukünftigen und Möglichen einen Vorschuß gibt. So heißt es treffend in dem Apostolischen Schreiben *Octogesima Adveniens:* »Diese Art, an der heute bestehenden Gesellschaft von der Zukunft her Kritik zu üben, (beflügelt) die schöpferische Kraft des Geistes, sowohl gegenwärtige, aber bisher übersehene Möglichkeiten zu entdecken als auch den Sinn auf bessere künftige Lösungen zu lenken« (37).

Diese Art von Kritik schafft dem Christen Freiheit. Denn im Verhältnis zu Gott und zu dem, was er uns verspricht, ist alles relativ in dieser Welt. Relativ ist die Kirche mit ihren Dogmen, Sakramenten und Hierarchien. Relativ sind die kulturellen und moralischen Werte. Relativ ist der Staat samt der ganzen Macht seiner Institutionen und seiner Ideologie. Freilich soll damit nicht gesagt sein, daß diese irdischen Wirklichkeiten unwichtig wären. Nein. Sie sind deshalb wichtig, weil uns in ihnen das Absolute vermittelt wird. Trotzdem sind sie nicht das Absolute und können auch nicht das Herz des Menschen total in Anspruch nehmen. Dieses ist nur für Gott geschaffen. Allein er entspricht voll den Sehnsüchten der Tiefenschicht des Menschen.

Aus unseren Überlegungen ergibt sich die Bedeutung des Humors, der für echtes christliches Verhalten kennzeichnend ist. Humor bedeutet dabei nicht stoische Ataraxia und Leidensunfähigkeit, die auch noch angesichts des Tragischen souverän lächelt, weil man ihm ja nicht entkommen kann. Dagegen weiß der Christ aufgrund seiner Hoffnung, daß es nichts Tragisches in der Welt gibt, weil er glaubt, daß Gott nichts entgeht. Zwar kann es Dramatik geben; denn in der Geschichte, die zu Gott unterwegs ist, bekämpfen sich mit wechselndem Ausgang Gewalt und Freiheit, die Last der Sünde und der Hauch des Geistes (vgl. *Octogesima Adveniens* 37). Am Ende jedoch triumphiert die Freiheit über die Gewalt, und der Hauch des Geistes löscht die Sünde aus. Den Blick auf Gott gerichtet, vermag der Christ auch noch unter gewalttätiger Folter seine Heiterkeit zu wahren, wie christliche Beispiele aus Vergangenheit und Gegenwart bezeugen (vgl. Apg 5,41; Mt 5,10–12; Kol 1,24; Hebr 10,34).

Die Zukunft durchdringt also schon die Gegenwart und läßt sie mehr und mehr in Richtung auf die volle Manifestation und Parusie dessen wachsen, was sie als Verheißung bereits in sich trägt. So stellt sich die gesamte Geschichte als ein *laboratorium salutis possibilis* dar (Ernst Bloch).

2. *O crux, ave, spes unica*

Unsere letzten Überlegungen sollten uns davor warnen, die christliche und endzeitliche Freude als einen Spaß witzelnder Narren zu betrachten. Diese haben Freude an der Freude. Der Christ indes freut sich, weil der Herr den Tod besiegt hat (1 Kor 15,55), die letzten Tage bereits angebrochen sind (1 Joh 2,18; Apg 2,17; 1 Petr 1,20) und »wir schon das Ende der Zeiten erreicht haben« (*Lumen Gentium* 48). Im Halbdunkel der Gegenwart ahnt der Christ bereits die endgültige Wirklichkeit. Deshalb freut er sich.

Dennoch läßt sich diese letzte Stunde nicht mit der Uhr abmessen. Sie wird immer länger. Obgleich wir im Schein der Auferstehung Christi leben, bedecken die Schatten des Kreuzes unsere ganze Existenz. Die Zeit, die wir in der Fremde unterwegs sind, ist die Zeit des Verborgenseins Gottes, des göttlichen Schweigens und der grenzenlosen Geduld Gottes. Deshalb darf man für diese Zeit – und das war eine der großen Illusionen der Kirche während etlicher

Jahrhunderte – nicht den äußeren Triumph des auferstandenen Herrn erwarten. Denn durch sein Kreuz herrscht er und zieht alle zu sich (Joh 12,32). Nicht ohne Grund singen wir in der Liturgie: »O crux, ave, spes unica – Sei gegrüßt, Kreuz, einzige Hoffnung«.

Wer sich wie Jesus am Kreuz hingibt und darauf vertraut und hofft, daß Gott auch in der größten Verlassenheit bei ihm ist, erfährt die Kräfte der Auferstehung und kann – auch unter Schmerzen – Alleluja singen. Für einen solchen Menschen ist das Kreuz Quelle von Freude und Frieden, die nicht die Welt, sondern allein der Glaube geben kann.

Diese zutiefst realistische Sehweise von der Zwiespältigkeit der Welt entwickelt Johannes meisterhaft in seiner Offenbarung. Das Buch schildert die schwere Krise, in der sich die Urgemeinde befand. Diese erwartete einen spektakulären Triumph Christi. Aber sie mußte lernen, daß er seinen Sieg nicht während der Geschichte, sondern erst am Ende der Geschichte erringt. Dabei machte sie die bittere Erfahrung von Verfolgungen und vom Triumph des Antichristen: »Der, der Teufel oder Satan heißt, verführt die ganze Welt« (Offb 12,9). Das Tier, das aus der Erde heraufsteigt und das Römische Reich symbolisiert, »verwirrt die Bewohner der Erde . . . und befiehlt ihnen, ein Standbild zu errichten zu Ehren des Tieres« (Offb 13,14). Entmutigt mußte die Urkirche mit ansehen, wie sich die Kaiser als Götter anbeten ließen. Aber nicht nur das. Satan »wurde es erlaubt, mit den Heiligen zu kämpfen und sie zu besiegen« (Offb 13,7).

Die Gemeinde hatte zu lernen, daß, wer Ostern erreichen will, durch die dunkle Nacht des Karfreitags hindurch muß, und daß die Geschichte von Glauben und Hoffnung immer die Erfahrung des Exodus voraussetzt. »Geschichte ist Kreuzeserfahrung, und zwar in jenem bestürzenden Sinn, daß die Kreuzeserfahrung, die Todesnot und die Gottesfinsternis des Einzelnen auf die ganze Geschichte übertragen wird, vor allem auf jene, die ihr Leben nach dem Leben dieses Einzelnen gestaltet haben« (A. Läpple, Die Apokalypse nach Johannes, 212–213).

Jedoch: Die Offenbarung des Johannes will ein Buch des Trostes sein. Am Ende, wenn es zur großen Krise kommt, wird Christus sich als der Sieger erweisen. Er wird das Böse allein mit dem Hauch seines Mundes vernichten. »Siehe, ich komme bald, und mit mir bringe ich den Lohn, und ich werde jedem geben, was seinem Werk entspricht« (Offb 22,12). Die Gläubigen »werden herrschen in alle Ewigkeit« (Offb 22,5).

Diese Bitte – die zentrale Bitte des Vaterunser – prägt zutiefst die Haltung des Christen. Wie die Urkirche leben auch wir in der Erwartung, daß das Reich Gottes anbricht. Es möge kommen! Aber das Warten während dieses *tempus medium et breve* (vgl. 1 Kor 7,29) befreit uns nicht von irdischen Aufgaben (2 Thess 3,11–12). Denn das, was wir hier auf Erden bauen, wird auch in der Zukunft Bestand haben (*Gaudium et Spes* 39). Aber die Hoffnung auf die Zukunft entdramatisiert, wie wir sahen, die Bedrängnisse der Gegenwart.

Das ganze Kirchenjahr hindurch werden wir an diese Wartehaltung erinnert, durch das Wort, durch die Sakramente und besonders durch die tägliche Feier der Eucharistie. In der Liturgie feiern wir in der Regel den *Christus praesens,* der seine Parusie unter den Zeichen des Glaubens realisiert. Auf der einen Seite gedenken wir seiner Gegenwart, und auf der anderen Seite sind wir uns dessen bewußt, daß er sich unter den schwachen Gesten der Liturgie verbirgt. Seine Herrlichkeit hat den Vorhang der Zeit noch nicht durchbrochen, den er in der Dämmerung von Kreuz und Herrlichkeit nach wie vor schließt. Diese Struktur liegt auch jedem Sakrament zugrunde: In jedem Sakrament kommt der Herr zu uns und stillt unsere Heilssehnsucht, zugleich spüren wir aber auch den schmerzlichen Mangel, daß wir ihn nicht von Angesicht zu Angesicht sehen (1 Kor 13,12). Nur das Zeichen von ihm haben wir, in dem seine geheimnisvolle Anwesenheit enthalten ist. Dies wird besonders in der Eucharistie deutlich: Einerseits feiern wir »in Freude und Einfalt des Herzens« (Apg 2,46) das Mahl, das das freundschaftliche und kindliche Zusammensein mit Gott im Reich vorwegnimmt, andererseits erinnert sie an seinen Tod und sein Ausgeliefertwerden an die Menschen, »bis er kommt« (1 Kor 11,26).

Wenn die Parusie anbricht, dann fallen die sakramentalen Schleier. Dann werden wir die Gnade, die sie enthalten, unmittelbar sehen. Die Sakramente werden für immer ihren Dienst getan haben.

Diese eschatologische Konnotation mußte in jeder Reflexion über Theologie, Schöpfung, Offenbarung, Moral, Dogmatik und Geschichte der Kirche zum Tragen kommen. Sie bewahrt uns davor, unsere Lösungen gar zu starr zu verstehen und uns der Illusion hinzugeben, mit dogmatischen Formulierungen hätten wir den Glauben schon in eine ihm gebührende Ausdrucksform gekleidet. Aus der endzeitlichen

Perspektive heraus stehen alle Bekundungen des Glaubens unter einem Vorbehalt: Auch sie sind relativ, weil sich das Absolute noch nicht voll manifestiert hat. Diese Erkenntnis gilt, ganz praktisch, für unsere moralischen Vorstellungen.

4. *Die Wahrheit ist nicht das, was ist, sondern das, was noch sein wird*

Wenn alles, alle Seinsformen und alle Formulierungen von Menschen auf ein Mehr hin offen und mit Hoffnung angefüllt sind, dann besteht die Wahrheit – um eine treffende Formel von Ernst Bloch zu verwenden – nicht nur darin, was ist, sondern vor allem darin, was noch nicht ist, aber sein wird.

Mit anderen Worten: Die Wahrheit des Menschen liegt nicht im Menschen, wie er sich heute darstellt, sondern im Menschen, wie er morgen sein wird und wie er sich, in einer Vorwegnahme, im auferweckten Jesus schon manifestiert hat. Bei Ignatius von Antiochien († 107) heißt es großartig: »Wenn ich dort (im Himmel) ankomme, dann werde ich Mensch sein« (Röm 6,2).

Was ist, schafft Tradition. Was noch nicht ist, aber sein wird, bedeutet die volle Wahrheit.

»Christus«, mahnt uns Tertullian († 223), »hat nicht gesagt: Ich bin die Überlieferung, sondern: Ich bin die Wahrheit« (De virg. 1,1). Und er hatte recht; denn Christus ist die Wahrheit, insofern er die voll realisierte Offenbarung des Menschseins und des Gottseins zugleich ist. Diese Wahrheit wird auch im Himmel unsere Wahrheit sein.

Dann werden wir als der siebte Tag der Schöpfung, das heißt als die aktive Ruhe Gottes eingesetzt werden. Augustinus hat den herrlichen Satz geprägt: »Dies septimus, nos ipsi erimus – Wir selbst werden der siebte Tag sein« (De civ. Dei, 22,5).

Der Auftrag des Christen besteht darin, in der Welt Keim der Hoffnung zu sein, Keim des Gottes der Hoffnung (Röm 15,13) und Samenkorn »Christi, der unsere Hoffnung ist« (Kol 1,27). Dem Christen obliegt es, die Menschen unentwegt für die absolute Zukunft offenzuhalten.

Weder der Papst noch die Bischöfe, noch die Dogmen, noch die Schrift, noch sonst irgend etwas können dieser Offenheit für die absolute Zukunft entsprechen. Nur Gott und der auferstandene Jesus Christus.

Wenn wir die Menschen in den Raum der Hoffnung, die das *cor inquietum* erfüllt, führen wollen, dann müssen wir verkündigen, daß die Zukunft, die als Keim schon in uns steckt und deren Manifestation wir sehnsüchtig herbeiwünschen, endgültig durch den realisiert werden wird, der sie als erster in seinem Leben, Sterben und Auferstehen verwirklicht und uns gesagt hat, er habe die Macht, alles zu erneuern und neue Himmel und eine neue Erde zu schaffen.

So betet Hoffnungsglaube: Marána tha! Veni, Domine Iesu! Komm, Herr Jesus!

ANHANG: TEXTE UND STUDIEN

I. FEGEFEUER

1. Der Traktat über das Fegefeuer der heiligen Katharina von Genua

Die heilige Katharina von Genua (1447–1510) – unglücklich verheiratete Laiin, die sich dann jedoch zusammen mit ihrem Ehemann bekehrte – schrieb einen *Trattato del purgatorio* (Traktat über das Fegefeuer), der auch heute noch als eine der geistvollsten Abhandlungen zu dem Thema gilt. Darin betont sie weniger die makabre Seite des Fegefeuers als vielmehr seine eigentliche Dimension, die in Freude, Glück und Gnade besteht. Aus den 19 Kapiteln des Werkes möchten wir die wichtigsten Gesichtspunkte hervorheben.

»Mit dem Glück der Seelen im Fegefeuer läßt sich nichts außer dem Glück der Heiligen im Himmel vergleichen. Und dieses Glück wird durch den Einfluß Gottes ständig in dem Maße größer, in dem die Hindernisse verschwinden. Diese Hindernisse sind wie Rost, und das Glück der Seelen nimmt in dem Maß zu, wie der Rost abnimmt« (2. Kapitel).

»Gott vermehrt in ihnen die Sehnsucht danach, ihn zu sehen, und entzündet in ihrem Herzen ein so mächtiges Liebesfeuer, daß es für sie unerträglich wird, auf ein Hindernis zwischen ihnen und Gott zu stoßen« (3. Kapitel).

»Sie fühlen sich so stark von Gott angezogen, daß kein Vergleich dieses Angezogensein beschreiben kann. Stellen wir uns jedoch ein einziges Brot vor, mit dem der Hunger aller menschlichen Geschöpfe gestillt werden soll und das man nur zu sehen braucht, um gesättigt zu werden. Was wäre da die Reaktion eines Menschen, der den natürlichen Drang zu essen hat und sich guter Gesundheit erfreut? Was wäre, ich wiederhole es, seine Reaktion, wenn er weder essen noch erkranken, noch sterben könnte? Sein Hunger würde ständig größer. So ist auch die Sehnsucht der Seelen im Fegefeuer nach der Begegnung mit Gott« (7. Kapitel).

»Was Gott anlangt, sehe ich, daß der Himmel Türen hat und daß jeder, der nur will, in ihn hineinkommen kann, weil Gott ganz die Güte ist. Aber das Wesen Gottes ist so rein, daß sich eine Seele, die auch nur ein Hindernis an sich entdeckt, in das Fegefeuer stürzt und dort das große Erbarmen findet: den Abbau des Hindernisses« (9. Kapitel).

»Die Seele sieht, daß Gott aufgrund seiner großen Liebe und ständigen Fürsorge nie damit aufhören wird, sie zu seiner letzten Vollkommenheit zu ziehen. Sie sieht aber auch, daß sie aufgrund ihrer Bindung an Reste von Sünde nicht imstande ist, dieser Attraktion aus eigener Kraft zu entsprechen. Wenn sie ein noch schmerzlicheres Fegefeuer fände, in dem sie rascher geläutert werden könnte, würde sie darin unverzüglich hinabtauchen« (11. Kapitel).

»Wenn die göttliche Liebe in die Seelen im Fegefeuer eingeht, verleiht sie ihnen einen unbeschreiblichen Frieden. So haben sie große Freude, aber zugleich auch großen Schmerz. Dennoch vermindert das eine nicht das andere« (14. Kapitel).

»Solange die Läuterung nicht abgeschlossen ist, begreifen sie, daß, wenn sie sich Gott in der beseligenden Gottesschau näherten, sie nicht an ihrem Platz wären und deshalb einen noch größeren Schmerz spürten, als wenn sie im Fegefeuer verblieben« (16. Kapitel).

»Die Seelen nehmen freiwillig ihre Strafen auf sich, und sie würden sich nicht die geringste Linderung wünschen, wenn sie wüßten, wie gerecht sie sind« (18. Kapitel).

»Die Läuterung, der die Seelen im Fegefeuer unterzogen werden, habe ich zwei Jahre lang in meinem Leben erfahren. Alles, was mir eine körperliche oder geistige Linderung hätte sein können, wurde mir nach und nach genommen. Schließlich, bedenkt es wohl: Alles, was tief menschlich ist, gestaltet unser allmächtiger und barmherziger Gott radikal um. Was im Fegefeuer geschieht, ist nichts anderes« (19. Kapitel).

Katharina von Genua, *Trattato del Pugatorio*

2. *Welchen Sinn hat der Ablaß noch?*

Wir hatten uns bemüht, das Fegefeuer als läuternde Krise darzustellen, durch die der Mensch im Augenblick des Todes zu seiner wahren Statur und seiner wirklichen Reife gegenüber Gott findet. In

Anbetracht solcher Überlegungen könnte nun jemand besorgt fragen: Welchen Sinn hat es da noch, Ablässe für die Seelen im Fegefeuer zu gewinnen? Hat Papst Paul VI. mit seiner Apostolischen Konstitution *Indulgentiarum Doctrina* vom 1. Januar 1967 die Gültigkeit des Ablasses nicht betont?

Im Rückgriff auf die soliden Untersuchungen von B. Poschmann, M. Schmaus, K. Rahner, O. Semmelroth, E. Schillebeeckx und P. Anciaux sollen im folgenden einige theologische Reflexionen zu diesem Thema vorgetragen werden, das in der jüngeren Geschichte von katholischer Seite kaum bedacht und von seiten anderer christlicher Bekenntnisse gründlich mißverstanden wird.

a) Zum Ursprung der Ablässe

Der Ablaß ist kein Sakrament, sondern ein Sakramental. Denn er wurde nicht von Gott, sondern von der Kirche eingesetzt. Zuerst begegnet er uns im 11. Jahrhundert. Der lateinische Begriff *indulgentia* setzte sich jedoch erst seit dem 13. Jahrhundert durch. Gleichwohl hat das Ablaßwesen eine Vorgeschichte, die bis in die ersten Jahrhunderte der Kirche und ihrer Bußpraxis zurückreicht.

Ursprünglich verpflichtete die Kirche die Christen für jede von ihnen begangene Sünde zu beachtlichen, der Schwere ihrer Schuld angemessenen öffentlichen Akten der Genugtuung. Diese Bußverpflichtungen wurden für die Mehrheit der Gläubigen, die ja in ihre zeitlichen Verpflichtungen eingespannt waren, beinahe undurchführbar. So führte man die Umwandlung in praktikablere Bußpraktiken ein, die man *redemptiones* nannte. Gelegentlich fanden die Gläubigen auch Unterstützung durch besondere Fürbittgebete seitens der Kirche, des Priesters oder von Leuten, die sich bereit erklärten, ihnen bei der Einlösung der Strafen behilflich zu sein. Darüber hinaus war es üblich, die heiligen Märtyrer um Fürsprache zu bitten, die – wie man annahm – das besondere Vorrecht hatten, bei Gott eine Verringerung oder gar den Nachlaß der Sündenstrafen zu erreichen.

Ein anderer Faktor, der für die Vorgeschichte des Ablaßwesens wichtig ist, sind die *absolutiones.* Wenn Päpste oder Bischöfe als Träger der Binde- und Lösegewalt private Briefe schrieben oder offizielle Dokumente veröffentlichten, gewährten sie den Gläubigen oder den Adressaten solcher Schriftstücke die Lossprechung von den Sünden, wobei sie sie jedoch dazu aufriefen, als »Gegenleistung« gute Werke zu tun, wie etwa sich einem Krieg gegen die Feinde der Kirche anzuschließen, Schenkungen zu machen oder karitative Stiftungen zu gründen. Lossprechungen solcher Art wurden auch Schwerkranken gewährt.

Da diese Absolutionen von Bischöfen und Päpsten ausgesprochen wurden, die sich zudem auf ihre Binde- und Lösegewalt beriefen, waren sie bei den Gläubigen sehr geschätzt. Seit dem 10. Jahrhundert werden die Lossprechungen mit in den Bußritus hineingenommen. Anzumerken ist freilich, daß man unter »Vergebung der Sünden« nicht an die Sünden selbst dachte, sondern an die aus den Sünden sich ergebenden Strafen, von denen man für die Ewigkeit geläutert sein mußte. Noch geht es weder um die Vergebung von Kirchenstrafen noch um die Buße, die es hier auf der Erde zu tun gilt.

Seit dem 11. und 12. Jahrhundert bezieht man diese Absolutionen nicht mehr nur auf die Strafen nach dem Tod, sondern auch auf die irdischen Kirchenstrafen. Aus *Milde* – im Lateinischen: *indulgentia*, was dann aber auch zur Bezeichnung für *Ablaß* wird – wurden die Strafen von sieben Jahren, von einem Jahr oder von vierzig Tagen durch andere leichtere von einem Tag, einer Woche oder durch Werke der Barmherzigkeit ersetzt, wie Almosengeben, Hilfe beim Bau einer Kirche, Teilnahme an einer Wallfahrt oder an einer Schlacht gegen die Feinde der Kirche. Da diese Absolutionen von schweren Kirchenstrafen befreiten, wurden sie von den Gläubigen gern angenommen und verbreiteten sich rasch.

Anfänglich ging man mit den Ablässen sehr diskret um. Sie galten für 20 oder 40 Tage. Die Päpste Calixtus II. und Alexander III. fingen an, großzügigere Ablässe von einem Jahr bis zu drei Jahren zu gewähren. Einige Bischöfe gingen noch weiter und dehnten sie von drei auf fünf bis sieben Jahre aus. So entstand Raum für einen beinahe unkontrollierbaren Mißbrauch. Simonische Absichten von skrupellosen Prälaten kamen ins Spiel, so daß das Vierte Laterankonzil (1215) sich gezwungen sah, die »indiscretae et superfluae indulgentiae« zu tadeln (Poschmann, 116).

Jedoch: Um die Ablässe zu gewinnen, mußte man von Anfang an nicht nur die festgesetzten Werke der Barmherzigkeit tun, sondern auch die Sünden, deren zeitliche und kirchliche Strafen umgewandelt werden sollten, beichten und bereuen.

Unter Ablaß verstand man also den Nachlaß der zeitlichen Strafen für die Sünden, den die Kirche aufgrund ihrer Binde- und Lösegewalt gewährte.

Der Ablaß braucht aber nicht nur dem zugute zu kommen, der ihn gewinnt. Wenn dieser seiner nicht mehr bedarf, kann er ihn auch den Seelen im Fegefeuer zuwenden, die jetzt Strafen erleiden, von denen sie sich zu Lebzeiten nicht gereinigt haben.

So kam es, daß im Lauf der Jahrhunderte zahllose Gebete und Feste mit Ablässen versehen wurden, um deren Gewinn sich die Gläubigen für sich selbst und für die armen Seelen im Fegefeuer eifrig bemühten.

Dies ist also in kurzen Worten die Entstehungsgeschichte des Ablaßwesens.

b) Zur Begründung der Ablaßlehre

Was ist die theologische Begründung für das Ablaßwesen? Wie in vielen anderen Fällen ging auch hier die Praxis der theologischen Reflexion voraus.

Abaelard lehnt in seiner Ethik, die er zwischen 1125 und 1138 schrieb, den Ablaß ab (*Scio te ipsum*, Kapitel 25). Er sei, so denkt er, einfach gegen die jahrhundertealte Tradition der Kirche. Allerdings ging es ihm dabei mehr um die Abwehr von Mißbräuchen als um die theologische Begründung einer Praxis. Es sei schädliche Gewinnsucht, wenn Bischöfe anläßlich der Einweihung einer Kirche oder irgendeines anderen Festes, zu dem die Menschen strömten, unterschiedslos allen Ablässe gewährten, als ob die Strafen durch Almosen oder andere Geschenke mechanisch vergeben würden, ohne daß man an die Reue des Herzens dächte (Poschmann, 117).

Erst in der Hochscholastik entsteht eine Ablaßtheologie. Zwei wichtige Begriffe werden definiert. Erstens: Die durch den Ablaß vergebenen oder verringerten Strafen sind die Strafen des Fegefeuers. Und zweitens: Dies wird dadurch möglich, daß die im Kirchenschatz enthaltenen Gnaden zur Anwendung kommen. So heißt etwa ein Ablaßgewinn von einem Jahr nicht, daß einem Gläubigen, der ins Fegefeuer kommt, dort im Jenseits die Leiden eines Jahres erspart blieben, sondern daß ihm das Maß an Strafen erlassen wird, das er früher mit einem Jahr Buße erreicht hätte. Wie vielen Leiden im Fegefeuer die Strafe entspricht, kann niemand wissen, und wußte auch niemand, als die Ablässe in höherem Ansehen standen. Immerhin ist den Chroniken zu entnehmen, daß es an Mißbräuchen – insbesondere durch Volksmissionare – nicht fehlte.

Die Begründung für den Ablaß besteht in dem sogenannten »Kirchenschatz«. Was ist darunter zu verstehen?

Bei Kardinal Hugo von Saint-Cher, der 1230 das erstemal vom Kirchenschatz spricht, heißt es: Durch das Blut Christi und durch das Blut der Märtyrer, die über das ihnen gebührende Maß hinaus für ihre Sünden bestraft wurden, wurden alle Sünden bestraft. »Dies vergossene Blut ist ein im Schrein der Kirche niedergelegter Schatz, dessen Schlüssel die Kirche hat, so daß sie nach Belieben den Schrein öffnen und durch Gewährung von Ablässen von dem Schatz mitteilen kann, wem sie will. Und auf diese Weise bleibt die Sünde nicht ungestraft, weil sie von Christus und seinen Märtyrern gestraft ist« (Text bei Poschmann, 119).

Auf der Grundlage dieser theologischen Rechtfertigung, die von den großen Theologen des Mittelalters wie Bonaventura und Thomas von Aquin gestützt wurde, wurden zur Tilgung der Strafen der Verstorbenen im Fegefeuer immer mehr Ablässe gewährt.

Die ersten Ablässe für die Verstorbenen verlieh Calixtus III. 1457 anläßlich eines Kreuzzuges gegen die Mauren. Sehr bald schon kam es aber zu Mißbräuchen seitens der Ablaßkommissare, wie zum Beispiel des Domdekans von Saintes, Raimundo Peraudi. Wie manche andere vor ihm behauptete er, der Ablaß könne auch Menschen zugewandt werden, die im Stande der Todsünde gestorben seien, sofern nur die entsprechenden Geldbeträge entrichtet würden. Ja, man ging davon aus, der Papst könne mit Ablässen, wenn er es nur wolle, das Fegefeuer leeren. Angesichts solcher Fehlentwicklungen sind die Spottverse der Kritiker nur zu verständlich: »Sobald das Geld im Kasten klingt, die Seele aus dem Fegfeuer springt.« Luther bestritt den Wert der Ablässe, was ihm die Verurteilung seiner Lehre durch Leo X. einbrachte (DS 1467–1472).

Das Konzil von Trient, das zur inhaltlichen Lehre von den Ablässen keine Stellung nahm, hielt nur zwei Punkte fest: Die Kirche habe von Christus die Macht, Ablässe zu verleihen, und die Ablässe seien für das christliche Volk sehr heilsam (DS 1835).

c) Auf der Suche nach einem Neuverständnis der Ablaßlehre

Zugegebenermaßen bringt uns die traditionelle Ablaßlehre in eine nicht geringe theologische Not.

Zunächst einmal liegt ihr ein sehr materieller Begriff von rächender Gerechtigkeit zugrunde, der kaum dem Liebesgeheimnis Gottes entspricht, so wie es uns von Jesus Christus gezeigt wird. Der Gott, den Jesus uns offenbart, ist ja kein tyrannischer Richter, der Blut will, um seinen Zorn zu besänftigen, sondern ein Gott, der Liebe und Vergebung ist, der sich um den verlorenen Sohn kümmert, dem verlorenen Schaf nachgeht und das verlorene Geld sucht, ein Gott, der nicht mit Strafe, sondern mit Liebe und Verzeihen siegt. Wie er liebevoll ist, so ist er auch unendlich gerecht, aber nicht in dem Sinne, als rächte er sich für Beleidigungen, die man ihm zugefügt hat, sondern in dem Sinn, daß er den Sünder zu Reue und Metanoia bewegt und ihn im Fegefeuer zur vollen Reife und zum Aufblühen in der göttlichen Liebe führt.

Sodann fällt ein sachhaft-quantitatives und materialistisches Reden über den Kirchenschatz auf. Dieser aber ist kein Gegenstand, der im Schrank der Kirche aufbewahrt werden könnte. Vielmehr wird die Kirche im Schatz Gottes bewahrt. Den Kirchenschatz kann man nicht nach Belieben wie etwas manipulieren, das die Kirche besitzt, gibt oder zurücknimmt. Vielmehr ist der Schatz der Kirche Jesus Christus und seine Gnade selbst. Diese Realitäten entziehen sich aber *ex natura sua* jeder Manipulation. Wir haben keine Beistz*gewalt* über sie, sondern sie besitzen uns. Wir sind hineingenommen in die absolute Ungeschuldetheit Gottes.

Gewiß bringt die Apostolische Konstitution *Indulgentiarum Doctrina* den Begriff ins rechte Lot: »Der Kirchenschatz ist nicht eine Summe von Gütern, im Sinne materieller Reichtümer, die sich im Laufe der Jahrhunderte angesammelt hätten« (Nr. 5). Dennoch ist es nicht selbstverständlich und überflüssig dies mit K. Rahner festzuhalten, weil der Schatz hergebrachterweise tatsächlich quantitativ verstanden wurde: Er bestehe – so dachte man – aus den »überflüssigen« Genugtuungen, die die Heiligen für ihre Strafen getan, deren sie jedoch nicht bedurft hätten und die deshalb anderen zugewandt werden könnten, nach Art einer Einzahlung aus einem großen Gesamtvermögen (Zur heutigen kirchenamtlichen Ablaßlehre, 515). Im folgenden möchten wir eine theologische Deutung des Kirchenschatzes vortragen, die eher unseren Vorstellungen entspricht und die Paul VI. schon in seiner Apostolischen Konstitution deutlich skizziert.

Schließlich ist der Gesamthorizont des Ablaßverständnisses von einer Begrifflichkeit gekennzeichnet, die kaum den geistigen Gütern und übernatürlichen Gnaden entspricht, die ja ihrem ganzen Wesen nach immer ungeschuldet sind. Menschliche Kategorien wie Können, Gewinnen, Vergrößern, Sammeln usf. sind denkbar ungeeignet. Mit Gott läßt sich nicht handeln nach dem Motto: *Do ut des* (Ich gebe, damit du gibst). Vielmehr muß der Mensch sich ihm öffnen wie ein Kind, wie jemand, der unverdientermaßen ein Geschenk vom Himmel her erhält, das ihm nicht zusteht und für das er – wie bei der Liebe oder bei einer Begegnung mit Gott und den Menschen – sein Herz vorbereiten muß.

Auch heute noch hat der Ablaß eine große Bedeutung für das praktische Leben der Gläubigen. Allerdings muß dies genauer und überzeugender als in der Vergangenheit gezeigt, vermittelt und begründet werden. Dazu können uns die eingehenden Überlegungen von Poschmann, Rahner, Schillebeeckx, Anciaux, Schmaus und von anderen helfen.

Die persönliche Sünde des Menschen hat als Folge nicht nur einen Bruch in seinem Verhältnis zu Gott und seiner Gnade, sondern auch im Verhältnis des Menschen zu sich selbst. Sie entfremdet ihn von den Wurzeln seines eigenen Lebens. Die Sünde hinterläßt Überbleibsel (reliquiae peccatorum) in seiner Haltung, in seiner Art und Weise, auf die Anforderungen des Lebens zu reagieren, in seiner Phantasie und an vielen anderen Stellen. Sie nistet sich in seine persönliche Entscheidungsgeschichte ein. Schließlich reift sie zu bösen und schlecht orientierten Neigungen, die sich in – zu einer Situation der Sünde führenden – Haltungen oder auch in gelegentlichen Sünden artikuliert, die aber eine Tiefenstruktur von Egoismus, Herzenshärte, Sinnlichkeit usw. mit sich bringen.

Mit der sakramentalen Vergebung der Sünde ist die Struktur, die die Sünde hervorbringt, noch nicht beseitigt. Sie besteht womöglich noch weiter und kann zur Quelle anderer Sünden in der Zukunft werden.

Diese Folgen der Sünde kann man mit Recht zeitliche Strafen nennen. Deshalb lehrt das Konzil von Trient richtig (DS 1543, 1689, 1712, 1715), mit der Vergebung der Schuld innerhalb oder außerhalb des Bußsakramentes würden den Getauften, die nach ihrer Taufe gesündigt hätten, nicht auch immer ohne weiteres und notwendigerweise die zeitlichen Strafen dieser Sünden vergeben.

Diese Folgen der Sünde sind wirkliche Strafen, die nicht von außerhalb der Situation der Sünde, sondern aus ihr selbst kommen. Sie sind zeitliche Strafen, weil sie sich in der Zeit auswirken und auch schon in der Zeit überwunden werden können.

Ihren Charakter als Strafe erfährt der Mensch, wenn er sich auf den Weg der Umkehr macht. Denn er macht die schmerzliche Erfahrung, daß, wenn er alles in ein auf Gott abzielendes Projekt hineinnehmen will, sein guter Wille allein nicht ausreicht. Er spürt, wie die mechanisierte und an Unvollkommenheit gewöhnte Natur Widerstand leistet. Also muß er die in sich selbst und in Egoismus eingefahrenen Neigungen lockern und auf Gott und auf den Mitmenschen hin öffnen. Ungeordnete Leidenschaften, die schon ihren Weg genommen hatten, hat er unter die Führung von Liebe, Hoffnung und Glaube zu bringen. Bei solchen Gelegenheiten spüren wir, daß wir uns nicht selbst besitzen, sondern daß wir von der Situation der Sünde besessen werden. Nun wollen wir uns in der Metanoia mit ganzem Herzen, ganzer Seele und all unseren Kräften Gott übereignen. Aber wir sind nicht Herr unserer Lage. Denn wir leben wie eh und je in derselben Arbeitswelt, im selben Beruf, in derselben Familie, mit denselben Freunden, kurz: in derselben Situation, die uns zu unseren Sünden verleitete und den Rhythmus unseres normalen Lebens mit all seiner »Anomalie« schuf.

Umkehr heißt, unter gleichbleibenden Lebensbedingungen einen neuen Weg gehen, seine Denkbahnen ändern und sich nach anderen Handlungsmodellen orientieren. Das aber ist schmerzlich und nicht leicht zu haben. So spürt der Mensch, daß er der Gnade Gottes bedarf. Gott muß ihm Chancen geben, damit er sich entfalten und seine Begegnungen und Lebenssituationen so gestalten kann, daß er demütig wird, während er zuvor stolz war, großzügig wird, während er bis dahin egoistisch war, und zurückhaltend im Urteil wird, während er früher voreilig war. Wir wissen, daß vollkommene Liebe, im Sinne einer umfassenden Integration des Lebens in die Gemeinschaft mit Gott, den ganzen Menschen erlöst, und zwar nicht nur von seinen Sünden, sondern auch von all ihren Folgen. Trotzdem macht der Mensch die schmerzliche Erfahrung, daß er dieser Liebe nicht fähig ist und sie sich ständig von Gott erbitten muß.

Ablaß ist aber die Gnade, die Gott uns gewährt, damit unser Reifen in Umkehr und Liebe immer tiefer greift, leichter wird und rascher geht. Karl Rahner sagt treffend, »daß ein Ablaß . . . eine Hilfe für diese alle Sündenstrafen tilgende, vollkommene Liebe sein muß, nicht aber ›ein Mittel‹, das uns diesen einen, wesensgemäßen Weg der Aufarbeitung unserer Vergangenheit in deren ›Überbleibsel‹ (›reliquiae peccatorum‹) zu gehen erspart« (Kleiner theologischer Traktat über den Ablaß, 479–480).

Nicht nur der einzelne Christ kann Gott um Ablaß und Hilfe für sein Wachsen und Reifen in der Liebe bitten. Auch die Kirche als offizielle Heilseinrichtung kann Gott bitten, zugunsten des Menschen zu intervenieren. Sie ist nicht nur die Gemeinschaft der Glaubenden, sondern auch die Gegenwart des Glaubensinhalts: Gottes, Jesu Christi, des Heils und der absoluten Zukunft. In Christus ist sie das große Sakrament des Heils und der Einheit (*Lumen Gentium* 1,48). Aufgrund ihrer Einheit mit Christus, mit dem sie ja den einen mystischen Leib bildet, ist ihr Eintreten bei Gott unfehlbar. Dies ist die theologische Bedeutung des Kirchenschatzes, wobei das Wort nach unserer Meinung vermieden und durch einen anderen, weniger mißverständlichen Begriff ersetzt werden müßte. Kirchenschatz – so lautet unser Vorschlag – ist die Kirche als volles und unvollkommenes Heilssakrament selbst. Die Rede vom Kirchenschatz ist gleichbedeutend mit dem Dogma von der Gemeinschaft der Heiligen, demzufolge jede gute Tat, jede Gnade und jede Tugend des Menschen im Stande der Gnade unter allen ausgetauscht wird und eine tiefe, wenn auch unsichtbare, aber absolut reale Gemeinschaft begründet. Der Kirchenschatz ist Christus – als Haupt und als Glieder – selbst, durch den und um dessentwillen jede widerrufene Sünde verziehen und alle Folgen aus ihr gemildert oder behoben werden.

Interessanterweise stimmt die Apostolische Konstitution über die Ablässe in der Frage des Kirchenschatzes mit den Thesen 58 und 62 von Martin Luther überein. Wie es in der päpstlichen Verlautbarung heißt, daß der Kirchenschatz *»est ipse Christus Redemptor«* (Nr. 5), so betont auch Luther mit Nachdruck, »Christus selbst sei der einzige Schatz der Kirche« und »er selbst sei der wahre Schatz«.

Aufgrund des wirksamen Gebetes der Kirche, die das Sakrament Christi ist, wird uns der Ablaß mit Sicherheit gewährt. Freilich geschehen, wie in den Sakramenten so auch hier, Gnade und personale Mitteilung in der Welt und im Menschen, – sofern dieser keine Hindernisse schafft. Mit anderen Worten: Der Mensch muß seine Sünden wirklich bereuen. Mit dem Ablaß wird – wie Rahner sagt (484) – also zwischen Gott und Mensch keine einfache »Amnestie« herbeigeführt, als ob aufgrund der Fürbitte seitens der Kirche die Sündenstrafe rein äußerlich aufgehoben würde. So wird ersichtlich, »daß der Ablaß nicht die Aufgabe hat und haben kann, die persönliche Buße des Menschen zu schwächen und zu ersetzen. Der Ablaß zielt in seinem Wesen nur dahin, daß wirklich durch Gottes Hilfe rasch und leicht das geschehe, was auch die Buße will: die gänzliche Reinigung und totale Durchreifung des Menschen aus der Mitte seiner Begnadigung heraus. Er kann auch nur dort seine Wirkung haben, wo echte Bußgesinnung vorhanden ist. Denn ohne diese kann auch von wahrer Reue nicht die Rede sein. Ist diese aber nicht vorhanden, ist auch eine Vergebung der Schuld selbst nicht möglich und so auch nicht eine Vergebung oder Nachlassung der zeitlichen Sündenstrafen« (K. Rahner, Kleiner theologischer Traktat über den Ablaß, 485–486).

In diesem Sinn bekommt der Ablaß eine tiefe religiöse Bedeutung. Er dokumentiert unsere Situation als Menschen unterwegs, die wir – mit dem Blick zum Vaterland, das Gott selbst ist – erkennen, daß wir sündhaft und unvollkommen, zugleich aber auch bereit sind, die *diritta via* zu gehen, in einer umfassenden Integration unserer von der Sünde befleckten Existenz, das heißt wir erbitten durch das wirksame Gebet der Kirche Gottes Wohlwollen, damit wir uns in der Zeit immer weiter öffnen können für die Anforderungen seiner Liebe gegen unseren Egoismus, für seine Gnade gegen unsere Sünde, für Frieden und Vertrauen gegen unsere Angst und unseren Hang nach Sicherheit.

Wer danach lebt, erlebt schon die Situation des Fegefeuers, wie wir sie weiter oben beschrieben. Dieses Fegefeuer erstreckt sich über das ganze Leben und potenziert sich im Augenblick des Todes, wenn es zur eigentlichen Läuterungskrise des Menschen kommt. Was wir für uns erbitten, können wir auch für die Sterbenden erbitten, die sich im Moment ihres Todes in der Situation des Fegefeuers befinden. Mit der ganzen Kirche, dem mystischen Leib Christi, bitten wir Gott darum, daß er dem Menschen im Fegefeuer Licht, Kraft und Gnade in reichem Maße schenkt, damit sich dieser möglichst rasch, leicht und weit der göttlichen Liebe öffnet und für das Beisammensein mit Gott reif wird. In diesem Sinn können wir für die Menschen im Fegefeuer beten, wie die Kirche es auch immer getan hat. Und wir können sicher sein, daß er unsere Stimme hört, weil sie begleitet wird von der Stimme Christi und seines Geistes, die mit uns beten.

3. Die Seelenwanderung und die heutige Eschatologie

Das Eschatologieverständnis dieses Buches weist einen apologetischen Aspekt auf, der für eine Auseinandersetzung mit dem Spiritismus hilfreich sein kann. Obwohl es nicht unsere Art ist, apologetisch eine Sicht gegen die andere auszuspielen, halten wir es wegen der großen

Verbreitung des Spiritismus in katholischen Kreisen, zumal Brasiliens, dennoch für angebracht, einige wichtige Punkte hervorzuheben.

Bekanntlich tut sich die katholische Theologie mit ihren Argumenten gegen die Hauptaussagen des Spiritismus nicht leicht. Der Grund liegt darin, daß bei allen Unterschieden beide, die traditionelle Theologie und der Spiritismus, im Grunde sich innerhalb derselben Anthropologie bewegen. Beide definieren den Tod als Trennung von Leib und Seele. Die Seele wird vom Leib befreit und strebt mit ihrem ganzen Wesen nach einer Wiedervereinigung mit der Materie. Für die klassische Theologie findet die Seele zur körperlichen Materie in der Vollendung der Zeiten zurück, bei der allgemeinen Auferweckung der Toten. Bis dahin lebt sie im Jenseits in einer unnatürlichen Situation und verlangt danach, zum Leib zurückzukehren. Im Spiritismus geschieht dies innerhalb der Geschichte. Um sich zu läutern, macht sich die Seele auf der Erde oder auf den Gestirnen andere körperliche Existenzen zu eigen, bis sie völlig gereinigt ist und bei Gott lebt.

Beide, die klassische Theologie und der Spiritismus, kennen das Fegefeuer als einen längeren oder kürzeren Prozeß, in dem sich die Seelen von ihren Fehlern läutern, bis sie in die seligmachende Anschauung Gottes gelangen. Die Theologie verlagerte dieses Reinigungsgeschehen in die Zeit nach dem Tod. Die Spiritisten siedeln das Fegefeuer innerhalb des Lebens in aufeinanderfolgende Inkarnationen an. Beiden ist also die Vorstellung einer zeitlich dauernden Läuterung gemein.

Uns scheint, daß die Eschatologie, so wie sie in der jüngeren katholischen Theologie verstanden wird, überzeugendere Antworten für das Gespräch mit den Spiritisten bietet als die traditionelle Lehre. Denn die Voraussetzungen, auf denen der Spiritismus aufbaut, werden gründlich hinterfragt.

a) Die Seele: Besitz oder Sein des Menschen?

Unsere bisherigen Überlegungen gaben zu erkennen, daß der Mensch seinem ganzen Wesen nach eine körperlich-geistige Einheit ist. Der Leib ist kein Teil des Menschen, der neben dem anderen Teil, der Seele, her existierte. Leib und Seele sind keine Dinge, die man voneinander trennen könnte, sondern Dimensionen ein und desselben Menschen. Deshalb ist eine gesonderte Seele unvorstellbar. Wer so etwas dennoch behauptet, zerstört sie zutiefst. Die Seele ist wesentlich und nicht nur akzidentell, so als ob sie auch ohne Materie bestehen könne, inkarniert.

Anderenfalls wäre sie ein Engel, aber keine menschliche Seele. Ein solches Verständnis macht nun aber die spiritistische Vorstellung, die Seele nehme in einer Reihe von Wesen fleischliche Gestalt an, bis sie reiner Geist und frei von Materie sei, überflüssig und unmöglich. Wenn wir weiter schließen, die Auferstehung erfolge im Tod, weil hier der Mensch zum Höhepunkt seiner irdischen Menschwerdung gelange, und daß er im Sterben in die Situation des Himmels übergehe, dann erweist sich jede Rückkehr in das irdische Leben, in dem die Seele noch einmal die Erfahrung und das Abenteuer der Existenz versuchen müßte, erneut als sinnlos.

Wenn die christliche Theologie – in der Gefolgschaft der biblischen Theologie, die überhaupt kein Wort für *Seele* ohne Leib und *Leib* ohne Seele kennt – die substantielle und *wesensmäßige* Einheit des Menschen als Leib-Seele behauptet und gelehrt hätte, dann wäre sicherlich die spiritistische Versuchung geringer gewesen. In der Tat begründet die in der Theologie geltende Anthropologie erst die Entstellung im Spiritismus.

b) Die Lehre von der Reinkarnation und das Problem der menschlichen Ungleichheiten

Neben der anthropologischen Begründung des Spiritismus haben wir eine weitere Frage zu behandeln. Der Spiritismus fordert die Reinkarnation als theoretische Lösung für ein altes und immer wiederkehrendes Problem des Menschseins, für das Rätsel der Ungleichheit. Wenn es keine Reinkarnation gäbe, heißt es, »hätte Gott in einer Laune Kinder mit ungleichen Fähigkeiten ins Leben geworfen, hätte er glückliche und unglückliche Wesen, niedere und höhere Rassen geschaffen« (Pedro Granja, A reencarnacão e suas provas, Curitiba 1953, 15). »Anstatt unsere Verstandesfähigkeit dem Zufall, einer unbeweisbaren Erbanlage, zufälligen Ursachen oder irgendeinem anderen Unsinn zuzuschreiben, entsprechen wir entschieden besser der Gerechtigkeit, der Logik und allen höheren Gesetzen, wenn wir hier das Ergebnis des eigenen Bemühens sehen. Es gibt keine Privilegien, keine Vetternwirtschaft, keine alles stechenden Trümpfe. Alle müssen wir denselben Instanzenweg gehen. Und jeder erhält den Preis, den er verdient« (Carlos Imbassahy, A reencarnacão e suas provas, Curitiba 1953, 35). Ungleichheit würde nach diesen Autoren die Gerechtigkeit Gottes infrage stellen. Alle bekommen alles. »Die Seelen werden einfach und unwissend geschaffen, das heißt ohne

Wissen und Erkenntnis von Gut und Böse, aber mit gleicher Fähigkeit für alles« (Allan Kardec, O que é espiritismo, 147). Zu den Ungleichheiten kommt es deshalb, weil die Menschen ihre gleichen Fähigkeiten entweder gut oder schlecht einsetzen. Wer unvollkommen stirbt, muß in einem anderen Wesen noch einmal geboren werden, um auf der aufsteigenden Spirale der Vervollkommnung den Weg bis zu Gott zu erklimmen.

Eine solche Behauptung der universalen Gleichheit aller in allem ist rational sehr arm. Jedes Wesen hat seine eigene Vollkommenheit. Jeder offenbart das Sein und Gott in einem einzigartigen Ausschnitt. Nichts in der Welt ist wie das andere. Und es ist gut, daß dem so ist. Das Geheimnis, das alles umgibt, paßt in keines Menschen Kopf. Das Sein befindet sich in allen Wesen und verliert trotzdem nichts von seinem Eigentlichen. In allen zeigt es sich von einer anderen Seite, und in allen umhüllt es sich in seiner Verborgenheit. Je mehr wir es erkennen, desto heller erstrahlt es in der grenzenlosen Skala seiner Offenbarungen, und desto weiter öffnet sich der Weg für seine Artikulation. Trotzdem bleibt es immer verborgen und verschlossen.

Bedarf es denn zur Erklärung des Unterschieds, der zwischen dem einen und dem anderen Sandkorn besteht, der Reinkarnation?

Gewiß ist das Problem der Einheit in der Unterschiedlichkeit die zentrale Frage allen radikalen Denkens, angefangen mit Buddha, Tschuang-tse, Parmenides und Plato bis hin zur Teilhard de Chardin und Heidegger. Das Geheimnis ist nicht mit einer fixen Lehre zu lösen. Vielmehr umgreift es uns immer mit seiner Tiefe und hält uns im Prozeß der Einheit, die sich in Vielfalt bekundet. So erhellt, daß Gut und Böse, Groß und Klein auf eine gemeinsame tiefere Wurzel verweisen. Man mag sie Geheimnis, Gott, Sein, Tao oder Nirwana nennen. Worte vermögen sie nicht zu erfassen. Aber sie ist immer zugegen, im Wort und im Schweigen. »Vergnügen und Wut, Traurigkeit und Freude, Hoffnung und Vergebung, Veränderung und Stabilität, Schwäche und Stärke, Ungeduld und Faulheit: alles sind Töne aus der einen Flöte, Pilze auf dem einen feuchten Schimmel ... Aber wie ist die Ursache von all dem zu verstehen? Hinter allem ist der eine wahre Regent zu vermuten. Daß eine solche Kraft am Werk ist, daran glaube ich. Ihr Äußeres vermag ich nicht zu sehen. Wer sie aber versteht, wie die chinesische Weisheit eines Tschuang-tse sie verstand« (Thomas Merton, A via de Chuang-Tzu, Petrópolis 1969, 55–56), taucht hinab in das Geheimnis der Identität im Unterschied. Dabei geht es nicht darum, alles zu verstehen, sondern sich in Verbindung zu fühlen mit den Wurzeln, aus denen wir leben. Mensch, »wer bist du denn, daß du als Mensch mit Gott rechten willst? Sagt etwa das Werk zu dem, der es geschaffen hat: Warum hast du mich so gemacht? Ist nicht vielmehr der Töpfer Herr über den Ton? Kann er nicht aus derselben Masse ein Gefäß herstellen für Reines, ein anderes für Unreines?« (Röm 9,20–21). Weise ist, wer dasselbe Geheimnis sowohl in dem wertvollen als auch in dem für gewöhnlichen Gebrauch bestimmten Gefäß erkennt. Beide sprechen – wenn auch in verschiedenen Sprachen – von der einen Grundlage, die alles begründet, von dem einen Töpfer und Schöpfer. Anderssein ist nichts Schlechtes, sondern etwas Gutes und ein Reichtum. Wir sind es, die in unserer Entfremdung es nicht fertigbringen, Gott in allem, auch im Bösen und in der Sünde, zu sehen. Wirklich weise ist, wer immer im Hause des Seins und Gottes ist und die vielgestaltige Realität von der einen Wurzel her betrachtet.

c) *Die Lehre von der Reinkarnation und das Problem des Bösen in der Welt*

Die Lehre von der Reinkarnation soll noch ein weiteres Geheimnis unseres Menschseins erklären: die Existenz des Bösen. »Jeder Fehler, der begangen, und jede böse Tat, die getan wird – lehrt Allan Kardec –, ist eine Schuld, die beglichen sein will. Wenn das nicht in der einen Existenz gelingt, dann hat es in der folgenden oder in den folgenden zu geschehen; ... denn Reue allein reicht nicht, wiewohl sie der erste Schritt zur Wiedergeburt ist, hinzukommen müssen Sühne und Wiedergutmachung« (O céu e o inferno, 88–90). Wenn Menschen körperlich oder geistig behindert oder mit bösen Neigungen geboren werden, dann haben sie demnach für Sünden aus früheren Existenzen zu leiden. Ja, die Rede ist sogar vom Gesetz des Karma, das eine eiserne und automatische Bestrafung aller bösen Taten fordert.

In seinem Buch *A reencarnação, exposição e crítica* (Petrópolis [3]1957) konnte Bonaventura Kloppenburg diese Lehre schon glänzend widerlegen.

Die Lehre von der Seelenwanderung leidet an einer grundlegenden anthropologischen Schwäche. Sie nimmt den Menschen in seinen Entscheidungen nicht ernst. Der Mensch ist ein Wesen, das dank seines freien Willens zu Gott nein sagen kann. Aber nicht nur das kann er, sondern er beharrt auch auf seiner Entscheidung und schafft sich damit eine absurde Existenz. Er ist verantwortlich, das heißt sein Leben ist eine Antwort. Die Reinkarnationisten messen dieser Existenz wie auch der Würde des Menschen, sich gegenüber dem Geheimnis offen zu halten bzw. zu verschließen und damit zum Schöpfer einer Geschichte zu werden, nicht den gebührenden Wert bei. Der Mensch ist keine Marionette auf der Bühne Gottes. Er kann sogar zum Konkurrenten für Gott werden. Darin bestehen seine unverletzbare Würde und Heiligkeit.

Das Böse ist das Ergebnis menschlichen Freiheitsmißbrauchs. Der Satz: »Wenn Gott existierte, gäbe es keine Kriege«, ist auf dem Hintergrund der Freiheit ungenau. Genau wäre es zu sagen: »Wenn die Gesetze Gottes erfüllt würden, gäbe es keine Kriege« (Kloppenburg, A reencarnação, exposição e crítica, 111).

Im übrigen ist zu fragen, warum wir für böse Taten bestraft werden sollen, an die wir uns nicht einmal leise erinnern. Schon ein antiker Weiser, Äneas von Gaza (430–486 n. Chr.), argumentiert: »Wenn ich meine Kinder oder meine Sklaven strafen muß ..., dann ermahne ich sie zunächst, damit sie sich zukünftig daran erinnern und nicht mehr in den alten Fehler zurückfallen. Wenn nun aber Gott die schrecklichsten Strafen schickt, sollte er dann nicht die, die sie zu erleiden haben, über das Motiv dieser Strafen unterrichten? Sollte er uns jede Erinnerung an unsere Vergehen nehmen? Welchen Gewinn kann man von einer Strafe erwarten, wenn niemand uns sagt, worin unsere Schuld besteht? In der Tat: Eine derartige Strafe bewirkt das Gegenteil von dem, was sie erreichen soll. Sie verbittert und verleitet zur Revolte« (vgl. Patrologia Grega 85,302).

Das Gesetz des Karma beinhaltet Absurditäten, die die Reinkarnationisten gewiß nicht unterschreiben würden: »Wenn ein Halunke seinem Mitmenschen nachstellt, ein Dieb stiehlt und ein Pistolenschütze jemanden beiseite schafft, dann sind sie immer Werkzeuge in der Hand Gottes ... Der Betroffene hat es aufgrund seines Verhaltens in füheren Inkarnationen ja so verdient ... Wenn jemand seinen Freund verrät, bestiehlt und im Elend umkommen läßt, dann müßte ihn dieser unter Dankestränen umarmen. Etwas Besseres könnte ihm gar nicht widerfahren ... So steht es geschrieben. In einer früheren Existenz hat er es so verdient« (Kloppenburg, A reencarnação, exposição e crítica, 117).

Die Seelenwanderung gründet auf der Voraussetzung, daß es eine mechanische und automatische Vergeltung für das Handeln des

Menschen gibt. Für seine Taten erhält der Mensch, sozusagen tarifvertragsmäßig, Prämien und Strafen. Nun liegen aber menschliches Heil und ethisches Verhalten auf der personalen Ebene, auf der jeder Einzelne unverwechselbar und einzigartig ist. Die Person des Menschen hat nicht die Struktur von Dingen, die von keiner Veränderung berührt wird und auf andere Gegenstände übertragen werden kann. Person ist Freiheit, Verinnerung und personal-bewußte Synthese der Wirklichkeit. Heil ist die Folge aus der ganzen Ausrichtung der Person, und nicht die mathematische Verrechnung von Soll und Haben ihrer Taten. Warum sollte man in andere Körper einkehren müssen, wenn es immer derselbe Mensch ist, der sich entscheidet? Warum sollte er sich in einer neuen Existenz anders entscheiden? Die Seele ist keine volle Person, die nur noch in einen Leib hineingeschickt zu werden brauchte. In der konkreten Gestalt von Körper und Materie lebt und entscheidet sich der Geist. »Für die Heilige Schrift« – merkt treffend Yves Congar an – »ist der Mensch keine Seele, die in einen Leib *kommt,* sondern eine Person, die als Körper geboren wird« (Vaste monde, ma paroisse, 210).

Im Tod werden wir nach dem beurteilt werden, was wir in unserem Leib, das heißt in unserem Leben getan haben. Dieses bildet eine Einheit, die den Körper als *meinen* Körper, der am persönlichen Schicksal teilhat, mit einschließt. Im Tod wird unsere menschliche Existenz so fixiert, wie wir sie ausgerichtet haben, als wir im Körper waren: für oder gegen Gott. Die Auferstehung des Menschen – als Fülle des Leibes und der Seele, aber auch als ihr Scheitern – ist kein neuer Ort der Prüfung und irgendwelcher Sühnübungen, sondern das Leben Gottes selbst, in dem er uns an seiner göttlichen Natur und Herrlichkeit teilhaben läßt, oder deren totale Abwesenheit, wenn es sich um eine Auferstehung ins Verderben handelt.

Die Erinnerungen an das *déjà vu,* die Intuitionen und das Phänomen der Genien lassen sich mit den Kenntnissen, die wir heute von Tiefenpsychologie und Parapsychologie haben, wissenschaftlich, sachgerecht und überzeugender erklären, als es in der reinkarnatorischen Deutung geschieht.

II. HIMMEL

1. Der Eintritt in den Himmel

»Ein Mann tiefen Gebetes, der um die geistlichen, mystischen Bezüge der Welt aus innerer Erfahrung weiß, schilderte einmal den Eintritt des Menschen in den Himmel mit folgenden Bildern:

Aus der Agonie des Sterbens plötzlich erwacht, ganz selbst geworden, in einer mein Dasein restlos zusammenfassenden Entscheidung für Gott, öffnet sich vor mir eine neue, tiefgewordene, geistig durchsichtige Welt. Scharen von verherrlichten Wesen strömen mir entgegen. Das Himmelsgesamt dreht sich um mich wie um seine eigenste Mitte. Zu mir steigen die Bewunderung und die Liebe, ja die Anbetung der Heiligen und der Engel. Anbetung: Sie gilt nicht meinem schwachen, geschöpflichen, kleinen und nichtigen Sein, sondern dem, dessen durchsichtiges Gefäß ich geworden bin. Alles um mich herum liegt da wie im reinsten Mittagslicht der göttlichen Liebe. Ich schreite mit königlich gewordener Gebärde durch die verbeugten Gestalten gesammelter Wesentlichkeit. Bis mich auf einmal ein vertrautes, aber erst jetzt in seiner Fülle empfundenes Gefühl heiligen Schauders erfaßt und durch all meine Adern rauscht: Gott ist da.

Nun stehe ich stumm, denn es ist nicht an mir zu sprechen. Die göttlichen Personen kommen mir jetzt entgegen. Sie danken mir, daß ich an ihre Liebe geglaubt habe. Sie bewundern mich Winzigen, den eine unbedachte Berührung zunichte machen könnte und dessen besten Gedanken bis dahin Dinge zugesellt waren, die, dächten die Engel sie, sie blitzartig ihres Lichtes berauben würden. Sie bewundern mich, daß ich den Himmel erobert habe. Plötzlich weiß ich, daß ich nichts bin, obwohl ich so Großes vollbracht habe, daß die Himmelstiefen sich darob in Staunen ergehen.

Alles ist Geschenk. Die göttlichen Personen sagen mir nun, wie unruhig ihr Herz war, bis es in mir Ruhe fand. Sie schenken mir alles. Ihr Wissen, um das Weltall und alle Menschen – und Engelherzen zu erkennen. Ihr Wollen, um das ganze Sein zum liebenden Dienst zu heiligen. Ihre Liebe, um sie mit ihrer eigenen Liebe umfassen zu können, und alles Seiende in ihnen. Mein Sprechen verstummt.

Und auch das Sprechen muß verstummen, um das Herz mit seinen gebetserfüllten Ahnungen allein zu lassen. Es soll keine Angst haben, den Himmel mit seinen eigenen Vorstellungen auszumalen. Die menschlichen Vorstellungen sind heilig, und wir haben ein Recht auf die Vermenschlichung des Göttlichen und des Himmlischen. Der unwiderruflichen Vermenschlichung Gottes, die in der Menschwerdung Christi geschehen ist, können wir es ja in Ewigkeit nicht gleichtun.«

Ladislaus Boros, *Erlöstes Dasein,* Mainz ^{4}1980, 129–130.

2. *Was heißt Himmelfahrt Christi?*

Bei unseren Überlegungen im 5. Kapitel zum Thema Himmel sagten wir, der Himmel sei kein Ort, an den wir kämen, sondern ein Zustand, in den hinein wir verwandelt würden, sofern wir in der Liebe und in der Gnade Gottes lebten. Der Himmel, an dem die Sterne hängen und durch dessen Räume die Astronauten fahren, und der Himmel, an den wir glauben, haben demnach nichts miteinander zu tun. Wenn wir also Sonntag für Sonntag im Glaubensbekenntnis sagen, Christus sei in den Himmel aufgefahren, wollen wir damit nicht bedeuten, er habe im Vorgriff auf die moderne Technik eine Sternenfahrt unternommen. Der Himmel des Glaubens kennt weder Zeit noch Raum, weder Richtung noch Entfernung. Diese Dimensionen gelten für unseren zeitlichen Himmel. Der Himmel des Glaubens ist Gott selbst, von dem es in der Schrift heißt: »Er wohnt in einem unzugänglichen Licht« (1 Tim 6,16).

Ebensowenig hat die *Auffahrt* Christi etwas mit dem Aufsteigen unserer Raketen zu tun. Diese bewegen sich immer von einem Raum in den anderen, bleiben in jedem Fall in der Zeit und kommen nie aus diesen Kategorien heraus, so tief sie auch in die grenzenlose Weite der Räume vordringen. Die Auffahrt Christi in den Himmel ist wohl auch ein Hinübergehen, aber von der Zeit in die Ewigkeit, vom Sichtbaren in das Unsichtbare, von der Immanenz in die Transzendenz, vom weltlichen Dunkel ins göttliche Licht, von den Menschen zu Gott.

Mit seiner Auffahrt in den Himmel wurde Christus also in die Sphäre Gottes inthronisiert. Er ging in eine Welt ein, die unseren Möglichkeiten entgeht. Niemand steigt dahin empor, wenn Gott ihn nicht zu sich hinauf erhebt (vgl. Lk 24,51; Apg 1,9). Jetzt lebt er bei

Gott, in absoluter Vollkommenheit, mit ganzer Präsenz, in grenzenloser Allgegenwart, Liebe, Herrlichkeit, in vollem Licht und Glück. Das Ziel, zu dem jedes Geschöpf berufen ist, hat er erreicht. Wenn wir sagen, Christus sei in den Himmel aufgefahren, denken wir an all dies.

Was ist dann aber von der Erzählung zu halten, in der Lukas am Schluß seines Evangeliums (24,50–53) und zu Beginn der Apostelgeschichte mit einer Reihe von Einzelheiten schildert, wie Christus in den Himmel hinaufsteigt, bis eine Wolke ihn für die Zuschauenden verbirgt? Wenn die Auffahrt Christi kein physisches Hinaufsteigen zum Sternenhimmel bedeutet, wieso beschreibt Lukas sie dann als solche? Zur Beantwortung dieser Fragen müssen wir uns einige Tatsachen bezüglich Stil und Gattung der antiken Literatur vergegenwärtigen.

a) War die Himmelfahrt sichtbar oder unsichtbar?

Zunächst ist festzuhalten, daß *nur* Lukas in Begriffen einer greifbaren Entrückung und eines sichtbaren Entschwindens das Geschehen der Himmelfahrt Christi vierzig Tage nach seiner Auferstehung erzählt. Markus sagt nur: »Nachdem Jesus, der Herr, dies zu ihnen gesagt hatte, wurde er in den Himmel aufgenommen und setzte sich zur Rechten Gottes« (16,19). Bekanntlich ist aber der Markusschluß (16,9–20) eine spätere Hinzufügung, die Lukas nachgebildet ist. Matthäus hat überhaupt keine Szene, in der Jesus entrückt wurde. Sein Evangelium endet mit den Worten: Jesus »sagte zu ihnen: Mir ist alle Macht gegeben im Himmel und auf der Erde . . . Seid gewiß: Ich bin bei euch alle Tage bis zum Ende der Welt« (28,18–20). Für Matthäus ist Jesus schon mit seiner Auferstehung in den Himmel aufgefahren. Wer sagt: »Mir ist alle Macht gegeben im Himmel und auf der Erde«, verfügt bereits über diese Gewalt. Für Johannes bedeutet der Tod Jesu zugleich auch sein Hinübergehen zum Vater (Joh 3,13): »Ich verlasse die Welt wieder und gehe zum Vater« (16,28). Wenn Jesus sagt: »Empfanget den Heiligen Geist«, dann bedeutet das in johanneischer Theologie, daß Jesus schon im Himmel ist und von dort seinen Geist sendet (Joh 7,39; 16,7). Paulus sieht in der Auferstehung Jesu stets seine Erhebung zu Macht bei Gott (Röm 1,3–4; Phil 2,9–11). Auch im Ersten Petrusbrief ist die Rede von Jesus Christus, »der in den Himmel gegangen ist; dort ist er zur Rechten Gottes« (1 Petr 3,22). In 1 Tim 3,16 heißt es, er sei aufgenommen (worden) in die Herrlichkeit.

An all diesen Stellen ist die Auffahrt kein für die Apostel sichtbares

Geschehen, sondern ein unsichtbares Ereignis in unmittelbarem Zusammenhang mit der Auferstehung. Diese Perspektive, in der Auferstehung und Auffahrt in einem Moment zusammenfallen, hält sich trotz der Lukaserzählung bis ins 4. Jahrhundert durch, wie u.a. die Kirchenväter Tertullian, Hippolyt, Eusebius, Athanasius, Ambrosius und Hieronymus belegen. So sagt zum Beispiel Hieronymus: »Der Tag des Herrn, das ist der Tag der Auferstehung, das ist der Tag der Christen, das ist unser Tag. Tag des Herrn wird er genannt, weil unser Herr an diesem Tag als Sieger auffuhr zum Vater« (Corpus Christianorum Latinorum 78,550).

Ebenso feierte die Kirche in ihrer Liturgie bis ins 5. Jahrhundert Ostern und Himmelfahrt als ein einziges Fest. Erst von dieser Zeit an wird, mit der einsetzenden Historisierung der lukanischen Erzählung, das Himmelfahrtsfest isoliert.

Der Sinn der Himmelfahrt war derselbe wie der der Auferstehung: Jesus kehrt in seiner Auferweckung nicht in das menschliche Leben zurück, das er vor seinem Tod hatte. Vielmehr wird er bei Gott inthronisiert und als Herr der Welt und universaler Richter eingesetzt und lebt in der Fülle seiner Menschheit das Leben Gottes.

Frage: Wenn die Himmelfahrt kein Bericht ist, sondern eine Aussage über die Existenzweise Jesu bei Gott, warum kleidet Lukas diese dann in eine solche Erzählung? Geht sein vorrangiges Interesse dahin, äußere historische Fakten zum Ausdruck zu bringen? Oder will er uns mit der Geschichte ein tieferes Verständnis von Jesus und vom Fortwirken seiner Taten auf der Erde vermitteln? Wir meinen, diese letzte Frage sei schon die Antwort.

b) Die Himmelfahrt als literarisches Schema

Schauen wir uns zunächst die Texte an. Am Ende seines Evangeliums schreibt Lukas: »Dann führte er sie hinaus in die Nähe von Betanien. Dort erhob er seine Hände und segnete sie. Und während er sie segnete, verließ er sie und wurde zum Himmel emporgehoben; sie aber fielen vor ihm nieder. Dann kehrten sie in großer Freude nach Jerusalem zurück. Und sie waren immer im Tempel und priesen Gott« (24,50–53).

In seiner Apostelgeschichte erzählt er: »Als er das gesagt hatte, wurde er vor ihren Augen emporgehoben, und eine Wolke nahm ihn auf und entzog in ihren Blicken. Während sie unverwandt ihm nach zum Himmel emporschauten, standen plötzlich zwei Männer in weißen Gewändern bei ihnen und sagten: Ihr Männer von Galiläa, was steht ihr da und schaut zum Himmel empor? Dieser Jesus, der von euch ging und in den Himmel aufgenommen wurde, wird ebenso wiederkommen, wie ihr ihn habt zum Himmel gehen sehen« (1,9–11).

In den beiden Geschichten handelt es sich in der Tat um die Szene einer sichtbaren Himmelfahrt und Entrückung. Solche Szenen von Entrückung und Himmelfahrt waren in der antiken griechisch-römischen und jüdischen Welt nicht unbekannt. Es war dies eine zeitgenössische Erzählweise, mittels derer das ruhmreiche Ende eines großen Menschen hervorgehoben werden sollte. Die Szene wird von Zuschauern umrahmt. Die berühmte Gestalt richtet ihre letzten Worte an das Volk, an Freunde und Jünger. Dann wird sie in den Himmel entrückt. Die Auffahrt selbst ist mit Elementen wie Wolken oder Finsternis umgeben, die ihre Numinosität und Transzendenz betonen sollen.

So erzählt zum Beispiel Titus Livius in seinem Geschichtswerk über Romulus, den ersten König der Stadt Rom, folgendes: »Romulus hielt eines Tages vor den Mauern der Stadt eine Volksversammlung ab, um das Heer zu mustern. Da brach plötzlich ein Unwetter los, das den König mit einer dichten Wolke einhüllte. Als sich die Wolke verzogen hatte, war Romulus nicht mehr auf Erden. Er war in den Himmel aufgefahren. Das Volk blieb zunächst ratlos, dann aber machten einige den Anfang und schließlich huldigten alle Romulus als einem neuen Gott und als Vater der Stadt Rom (Livius I,16)« (Lohfink, Die Himmelfahrt Jesu, 1972, 9). Ähnliche Himmelfahrtsgeschichten wurden in der Antike von Herakles, Empedokles, Alexander dem Großen und Apollonius von Tyana erzählt. Alle folgen demselben oben angedeuteten Schema.

Das Alte Testament erzählt – in der Schilderung des Prophetenjüngers Elischa – die Entrückung des Propheten Elija (2 Kön 2,1–18) und erwähnt auch kurz die Himmelfahrt des Henoch (Gen 5,24). Interessant ist die Darstellung der *Ascensio Henoch* im Slavischen Henochbuch, einer jüdischen Schrift aus dem 1. Jahrhundert nach Christus: »Als Henoch zu seinem Volk gesprochen hatte, sandte der Herr Dunkelheit auf die Erde, und es ward eine Finsternis und bedeckte alle Männer, die bei Henoch standen. Und es beeilten sich die Engel und nahmen den Henoch und führten ihn hinauf in den obersten Himmel. Und der Herr nahm ihn auf und stellte ihn vor sein Angesicht in Ewigkeit. Und es wich die Finsternis von der Erde, und es ward Licht.

Und es sah alles Volk und verstand nicht, wie Henoch hinweggenommen ward. Und sie priesen Gott, und sie gingen in ihre Häuser, welche solches gesehen hatten« (Lohfink, Die Himmelfahrt Jesu, 1972, 11–12).

Die Parallelen zwischen der Erzählung des Lukas und den anderen Geschichten springen ins Auge. Es besteht kein Zweifel, daß das Hinübergehen Jesu von der Zeit in die Ewigkeit, von den Menschen zu Gott in einer Entrückungsgeschichte erzählt wird, einer in der Antike bekannten und gängigen literarischen Form. Nicht als ob Lukas eine ihm vorgegebene Geschichte nachgeahmt hätte. Vielmehr bediente er sich eines Modells und eines Erzählschemas, das damals zur Verfügung stand.

Wir tun dasselbe, wenn wir in der Katechese Dramatisierungen, Theaterstücke oder Kurzgeschichten verwenden, um unseren Hörern von heute eine offenbarte christliche Wahrheit zu vermitteln. Dabei bewegen wir uns jedesmal innerhalb des Schemas, das die betreffende Gattung kennzeichnet, ohne die Glaubenswahrheit, die wir bezeugen und mitteilen wollen, aufzugeben oder zu beeinträchtigen. Die Bibel ist voll von solchen Hilfsmitteln. Es würde zu weit führen, wollten wir Beispiele dafür bringen. Verwiesen sei nur auf die reiche Literatur, die es zu diesem Thema gibt.

Abschließend können wir also festhalten, daß die dogmatische Wahrheit »Christus stieg in den Himmel hinauf« (vgl. 1 Petr 3,22) und »Er wurde aufgenommen in Herrlichkeit« (1 Tim 3,16) höchstwahrscheinlich von Lukas selbst historisiert wurde.

c) Was will Lukas mit der Himmelfahrt sagen?

Warum kleidete Lukas die Wahrheit von der Verherrlichung Jesu Christi bei Gott in das Gewand einer Geschichte? Eine Analyse des dritten Evangeliums ergibt, daß sein Verfasser nicht nur ein großer Theologe, sondern auch ein hervorragender Schriftsteller ist, der es versteht, einer Erzählung die Pointe und dem ganzen Buch einen tadellosen Auftakt und einen großartigen Abschluß zu geben. In diesem Sinn sind die beiden Himmelfahrtserzählungen zu verstehen, von denen die eine das Evangelium beschließt und die andere die Apostelgeschichte eröffnet.

Am Schluß des Evangeliums kommt der Geschichte eine große Ausdruckskraft zu, weil es um eine literarische Gattung geht, die sich ausgezeichnet dazu eignet, das ruhmreiche Ende einer großen Gestalt zu beschreiben. Jesus war unvergleichlich größer als alle, war er doch der Sohn Gottes, der dorthin zurückkehrt, von wo er gekommen war: zum Himmel. Hinzukommen noch einige Motive, die noch mehr betonen, wer Jesus ist. Im Lukasevangelium hatte Jesus nie die Jünger gesegnet, jetzt tut er es. Niemals war er von ihnen angebetet worden, jetzt beten sie ihn das erste Mal an. So wird deutlich: Erst mit dem Hinaufsteigen Jesu zum Himmel erreicht seine Geschichte ihre Vollendung, und erst bei der Himmelfahrt verstehen die Jünger die Weite und Tiefe des Geschehens.

Warum aber erzählt Lukas die Himmelfahrt zweimal und in verschiedenen Formen? Zu den im Evangelium anklingenden Motiven kommen in der Apostelgeschichte noch theologische Elemente hinzu. Bekanntlich erwartete die Urgemeinde, der Christus der Herrlichkeit und das Ende der Welt würden in Kürze kommen. In der Liturgie beteten sie häufig: Marána tha – Unser Herr, komm! Aber das Ende traf nicht ein. Zur Zeit, als Lukas sein Evangelium und die Apostelgeschichte schrieb, wurde sich die Gemeinde des Verzugs der Parusie bewußt. Viele Gläubige waren gestorben, und Paulus hatte seine Missionstätigkeit auf das ganze Mittelmeer ausgedehnt. Dies bedurfte einer theologischen Erklärung. Warum blieb das Ende aus? Lukas versucht auf diese drängende und entmutigende Frage eine Antwort zu geben.

Schon in seinem Evangelium hatte er die Passagen überarbeitet, in denen von einem unmittelbar bevorstehenden Kommen des Herrn die Rede gewesen war. So hatte der Jesus des Markus etwa vor dem Hohen Rat gesagt: »Ihr werdet den Menschensohn zur Rechten der Macht sitzen und mit den Wolken des Himmels kommen sehen« (Mk 14,62). Lukas läßt Jesus dagegen nur sagen: »Von nun an wird der Menschensohn zur Rechten des allmächtigen Gottes sitzen« (Lk 22,69).

Für Lukas stehen das Kommen Christi und das Ende der Welt nicht mehr unmittelbar bevor. Er hat die Lehre der Geschichte verstanden und sieht in ihr Gottes Plan. Die Zeit, die jetzt anbricht, ist die Zeit der Mission, der Kirche und der Kirchengeschichte. Diese Erkenntnis stellt Lukas an den Anfang der Apostelgeschichte und legt sie auch in die Erzählung von der Auffahrt Jesu in den Himmel. Christus kommt nicht, sondern er geht. Wohl wird er eines Tages wiederkommen, aber erst am Ende der Tage.

Treffend formuliert der katholische Exeget Gerhard Lohfink, auf den wir uns in unserer Darlegung stützen: Thema von Apg 1,6–11 »ist das Problem der Parusie. Lukas will seinen Lesern sagen: Daß Jesus auferstanden ist, heißt nicht, die Geschichte sei bereits an ihr Ende gelangt und die Wiederkunft Jesu in Herrlichkeit stände unmittelbar vor der Tür. Im Gegenteil: Ostern bedeutet gerade, daß Gott nun der Kirche Raum und Zeit gibt, sich zu entfalten: über Jerusalem, Judäa und Samaria bis an die Grenzen der Erde. Deshalb ist es falsch, dazustehen und zum Himmel zu blicken. Nur der hat Ostern richtig verstanden, der für Jesus Zeugnis ablegt. Jesus wird wiederkommen. Wann das jedoch geschieht, ist allein Gottes Sache. Sache der Jünger ist es, sich jetzt als Kirche in der Welt zu bewähren« (Die Himmelfahrt Jesu, 1972, 54–55). Mit anderen Worten: Das ist es, was Lukas mit dem Himmelfahrtstext in der Apostelgeschichte beabsichtigte.

Ein Vergleich der beiden Erzählungen – im Evangelium und in der Apostelgeschichte – bringt deutliche Unterschiede zutage. Die Wolke und die Engel, die in der Apostelgeschichte erwähnt werden, fehlen im Evangelium. Hier verabschiedet sich Jesus mit einem Segen, von dem sich in der Apostelgeschichte nichts findet. Die Abschiedsworte differieren hier und dort beträchtlich. Die Unterschiede erklären sich dadurch, daß Lukas keinen Bericht von einem historischen Faktum bringen wollte. Vielmehr wollte er, so wie wir das zuvor besprachen, eine Wahrheit lehren, in deren Dienst er die verschiedenen verarbeiteten Motive stellte.

Die Wahrheit der Erzählung besteht nicht darin, ob Jesus den Segen gegeben hat oder nicht, ob er einen bestimmten Satz gesagt hat, ob die zwei Engel erschienen sind oder ob die Apostel auf dem Ölberg waren und zum Himmel hinaufschauten oder nicht. Wer auf eine solche Art von Wahrheit aus ist, sucht nicht die Wahrheit des Glaubens, sondern nur die geschichtliche Wahrheit, die auch ein Atheist feststellen kann. Wer dagegen wissen will, ob die Geschichte von der Himmelfahrt Jesu wahr ist – und darum geht es in *unserem Glauben* –, der muß fragen: Stimmt die theologische Deutung, die Lukas der Geschichte nach der Auferstehung gibt? Ist es wahr, daß Gott zwischen Auferstehung und Parusie eine Zeit ließ für Mission und Kirche? Stimmt es, daß aus diesem Grund die Kirche nicht nur zum Himmel, sondern auch auf die Erde schauen muß?

Wir Heutigen können derlei Fragen leichter beantworten als die Zeitgenossen des Lukas, denn hinter uns liegt ja eine Geschichte des Christentums, die fast zweitausend Jahre zählt. Mit voller Sicherheit und in gutem Glauben können wir sagen: Lukas hat die Wahrheit auf seiner Seite. Seine Erzählung von der Himmelfahrt Jesu in der Apostelgeschichte deutet die Geschichte seiner Zeit nicht nur korrekt, sondern war auch eine Prophetie für die Zukunft. Diese Prophetie traf ein und verwirklicht sich auch noch heute. Jesus Christus ging in jene Dimension ein, die kein Auge je gesehen und kein Ohr je gehört hat (1 Kor 2,9). Er, der in seinem Leben keine großen Erfolge hatte und elend am Kreuz starb, wurde durch die Auferweckung zum Herrn von Welt und Geschichte. Er ist unsichtbar, aber nicht abwesend. In der Sprache seiner Zeit sagt Lukas: »Vor ihren Augen wurde er emporgehoben, und eine Wolke nahm ihn auf und entzog ihn ihren Blicken« (Apg 1,9). Die Wolke ist dabei kein Phänomen der Meteorologie, sondern ein Symbol der geheimnisvollen Gegenwart Gottes. Mose erfährt auf dem Sinai die Nähe Gottes in einer Wolke: »Mose stieg auf den Berg, und die Wolke bedeckte den Berg. Die Herrlichkeit des Herrn ließ sich auf den Sinai herab, und die Wolke bedeckte den Berg sechs Tage lang« (Ex 24,15–16). Auch hier geht es um die Nähe Gottes. Als die Bundeslade in den salomonischen Tempel gebracht wurde, »erfüllte die Wolke das Haus des Herrn. Die Priester konnten wegen der Wolke ihren Dienst nicht verrichten; denn die Herrlichkeit des Herrn erfüllte das Haus des Herrn« (1 Kön 8,10–11). Die Wolke bedeutet also: Gott oder Jesus ist gegenwärtig, allerdings auf geheimnisvolle Weise. Man kann ihn nicht fassen, dennoch ist er da, verhüllt und unverhüllt zugleich. Die Kirche ist sein Zeichen und Sakrament in der Welt. Die Sakramente machen ihn sichtbar in der materiellen Brüchigkeit von ein paar Zeichen. Das Wort läßt ihn in unserer Sprache sprechen und lädt die Menschen ein, sich seiner Botschaft anzuschließen, die – immer lebendig – sie in jene Dimension führen wird, in der er jetzt lebt: in den Himmel.

Alles dies beinhaltet die Theologie der Himmelfahrt Jesu. Dies ist die Wahrheit, die Lukas uns noch heute mit seiner Erzählung mitteilen will, damit auch wir vor dem Herrn niederfallen und in großer Freude nach unserem Jerusalem zurückkehren (vgl. Lk 24,52).

III. HÖLLE

1. Von der Hölle und dem Höllenfeuer
Eine mystische Betrachtung von Fjodor M. Dostojewskij

»Väter und Lehrer, ich frage mich: Was ist die Hölle? Ich denke, sie ist der Schmerz darüber, daß man nicht mehr lieben kann. Einmal wurde im unendlichen Sein, das weder Zeit noch Raum kennt, einem geistigen Wesen durch sein Erscheinen auf Erden die Fähigkeit verliehen, sich zu sagen: Ich bin, und ich liebe. Einmal, nur ein einziges Mal wurde ihm ein Augenblick tätiger, *lebendiger* Liebe gewährt, und dazu wurde ihm das irdische Leben gegeben und mit ihm Zeiten und Fristen. Und was geschah? Dieses glückliche Wesen wies die kostbare Gabe zurück, wußte sie nicht zu schätzen, fand an ihr kein Gefallen, blickte voller Spott und blieb gefühllos. Nachdem es von hinnen geschieden war, sah es Abrahams Schoß und redete mit Abraham, wie uns das Gleichnis vom reichen Mann und vom armen Lazarus lehrt, und schaute das Paradies und konnte zum Herrn eingehen; doch gerade das quälte den Abgeschiedenen, daß er zu Gott eingehen werde, ohne geliebt zu haben; daß er mit denen in Berührung kommen werde, die geliebt hatten und deren Liebe er verschmäht hatte. Denn er sah klar und sagte zu sich selbst: Jetzt habe ich das Wissen, und wenn ich auch danach lechze zu lieben, so wird doch meine Liebe nicht mehr selbstlos und ein Opfer sein, denn mein Erdenleben ist beendet. Abraham wird nicht kommen, um auch nur mit einem Tropfen lebendigen Wassers – das heißt mit einer Gabe des früheren tätigen Erdenlebens – die Glut meines Durstes nach geistiger Liebe zu kühlen, die jetzt in mir lodert, nachdem ich sie auf Erden verschmäht habe; vorbei ist das Leben, und seine Zeit kehrt nicht mehr wieder! Wenn ich auch froh wäre, mein Leben für andere hinzugeben, so kann ich es nicht mehr, denn vergangen ist jenes Leben, das ich der Liebe hätte zum Opfer bringen können, und nun liegt ein Abgrund zwischen jenem Leben und diesem Sein. – Man redet von einem materiellen Höllenfeuer, doch ich will dieses Geheimnis nicht untersuchen und scheue mich davor. Aber ich meine, selbst wenn es ein wirkliches Feuer gäbe, so würde man sich fürwahr darüber freuen; denn ich stelle mir vor, daß die physische

Qual uns, wenn auch nur für einen Augenblick, die weit schrecklichere geistige Qual vergessen machen könnte. Auch ist es unmöglich, die Menschen von dieser geistigen Qual zu befreien, denn sie ist keine äußere Qual, sondern eine innere. Und selbst wenn es möglich wäre, sie davon zu befreien, so würden sie, denke ich, dadurch noch unglücklicher werden. Denn wenn die Gerechten im Paradiese beim Anblick ihrer Qualen ihnen auch vergäben und sie in ihrer unendlichen Liebe zu sich riefen, so würden sie dadurch ihre Qualen noch vermehren, da sie die Flamme ihres Durstes nach tätiger und dankbarer Gegenliebe, die ihnen nicht mehr gegeben werden kann, noch stärker anfachen würden. In der Schüchternheit meines Herzens denke ich jedoch, daß allein schon das Bewußtsein dieser Unmöglichkeit ihnen schließlich Erleichterung verschaffen würde, denn indem sie die Liebe der Gerechten annehmen, ohne sie erwidern zu können, werden sie in dieser Ergebenheit und als Folge dieser Demut schließlich eine Vorstellung von jener tätigen Liebe gewinnen, die sie auf Erden verschmäht hatten, und eine ihr ähnliche Wirkung empfinden ... Ich bedaure, meine Brüder und Freunde, daß ich das nicht klar auszudrücken weiß. Doch wehe denen, die auf Erden sich selbst vernichtet haben, wehe den Selbstmördern! Ich denke, unglücklicher als sie kann niemand sein. Es sei eine Sünde, sagt man uns, für sie zu beten, und die Kirche stößt sie aus ihrer Gemeinschaft aus. Doch im Innersten meiner Seele denke ich, daß man auch für sie beten darf. Christus wird doch nicht über Liebe zürnen. Für solche Menschen habe ich heimlich zeit meines Lebens gebetet, das beichte ich euch, Väter und Lehrer, auch jetzt noch bete ich für sie, jeden Tag.

Oh, auch in der Hölle gibt es solche, die hochmütig und grausam geblieben sind, obwohl sie unleugbar zur Erkenntnis gelangt sind und die unabweisbare Wahrheit geschaut haben; es gibt Abscheuliche, die sich ganz dem Satan und seinem stolzen Geist hingegeben haben. Sie haben die Hölle selber gewollt, und sie können sich an ihr nicht ersättigen; sie sind freiwillige Märtyrer. Denn sie haben sich selber verflucht, indem sie Gott und das Leben verfluchten. Sie zehren von ihrem bösen Hochmut, wie ein Hungriger in der Wüste das eigene Blut aus seinem Körper saugt. Doch sie sind unersättlich in alle Ewigkeit und verschmähen die Vergebung. Sie verfluchen Gott, der sie ruft. Den lebendigen Gott können sie nicht ohne Haß anschauen, und sie verlangen, daß es keinen Gott des Lebens gebe, daß Gott Sich und Seine ganze Schöpfung vernichte. Und sie werden ewig im Feuer ihres

Zornes brennen und nach Tod und Nichtsein lechzen. Doch sie werden den Tod nicht erlangen. . .«

Fjodor M. Dostojewskij, *Die Brüder Karamasow*

2. *Gemeinsam und einsam – Himmel und Hölle*

Es war einmal – so sagt ein altes chinesisches Märchen – ein Seher, der von seinem Schüler gefragt wurde: »Meister, was ist der Unterschied zwischen Himmel und Hölle?« Und der Seher antwortete: »Der Unterschied ist sehr gering. Doch er hat schwere Folgen. Ich sah einmal einen riesigen Berg Reis. Gekocht und zum Verzehr hergerichtet. Um ihn herum viele Menschen. Hungrig, dem Sterben nahe. Sie konnten sich dem Reisberg nicht nähern. Aber sie hatten lange Stäbe, zwei bis drei Meter lang (die Chinesen aßen den Reis damals schon mit Stäben). Zwar reichten sie bis an den Reis heran, konnten ihn sich aber nicht zum Mund führen, denn die Stäbe in ihren Händen waren viel zu lang. So hungerten sie – zusammen, aber jeder für sich einsam – bis an den Rand des Todes weiter und erlitten im Angesicht einer unermeßlichen Fülle ewigen Hunger. Dies – so sagte der Seher – war die Hölle.

Ich sah aber noch einen anderen Berg Reis. Gekocht und zum Verzehr hergerichtet. Um ihn herum viele Menschen. Hungrig, aber voller Lebenskraft. An den Reisberg konnten sie nicht herankommen. Aber sie hatten lange Stäbe, zwei bis drei Meter lang. Zwar reichten sie an den Reis heran, konnten ihn sich aber nicht zum Mund führen, denn die Stäbe in ihren Händen waren viel zu lang. Aber anstatt zu versuchen, sich mit den langen Stäben selbst zu bedienen, reichten sie einander den Reis. Und so stillten sie ihren schrecklichen Hunger. In großer brüderlicher Gemeinschaft. Gemeinsam und solidarisch. Sie freuten sich darüber, wie gut Mensch und Welt eigentlich sind. Daheim, beim Tao. Dies war der Himmel.«

3. *Was heißt Höllenfahrt Christi?*

Die Hölle bedeutet das absolute Scheitern des Menschen, das Reich der Einsamkeit, die totale Unfähigkeit zur Liebe. Im Neuen Testament finden sich überraschenderweise einige Anspielungen auf eine Höllenfahrt Christi. Für den Glauben sind sie so wichtig, daß es im Glaubensbekenntnis heißt: Ich glaube »an Jesus Christus, . . . gelitten unter Pontius Pilatus, gekreuzigt, gestorben und begraben, *hinabgestiegen in das Reich des Todes . . .*«. Vielleicht ist kein Artikel des Credo so dunkel und wird so wenig verstanden wie dieser. Gleichwohl beinhaltet er eine sehr tiefe Wahrheit über das Geheimnis der Erniedrigung Gottes und der Universalität des Heilshandelns Jesu Christi. Wir wollen fragen, was er bedeutet.

a) Christus stieg in die Höllen und nicht in die Hölle hinab

Die Texte, die von einem Hinabsteigen Christi in die Höllen sprechen, lauten wie folgt:

1 Petr 3,19: Christus ist im Geist »zu den Geistern gegangen, die im Gefängnis waren, und hat ihnen gepredigt«. Der Satz nimmt Bezug auf die unbotmäßigen Menschen wie zur Zeit des Noah, die aber jetzt die Heilspredigt Christi hören können. Deshalb werden sie alle »vor dem Rechenschaft ablegen müssen, der schon bereit steht, um die Lebenden und die Toten zu richten. Denn auch Toten ist das Evangelium dazu verkündet worden, daß sie wie Menschen gerichtet werden im Fleisch, aber wie Gott das Leben haben im Geist« (1 Petr 4,5–6).

Petrus sagt in der Apostelgeschichte, daß Jesus in seinem Tod »nicht der Unterwelt preisgegeben worden ist« (2,31). Paulus erwähnt ein Hinabsteigen Christi in den Abgrund (Röm 10,7). Im Epheserbrief heißt es, »daß er in die Gebiete unter der Erde hinabstieg. Derselbe, der hinabstieg, ist auch hinaufgestiegen bis zum höchsten Himmel, um das All zu erfüllen« (4,9–10). In der Offenbarung des Johannes wird Christus als der Herr über die Höllen beschrieben: »Ich habe die Schlüssel zum Tod und zur Unterwelt« (1,18). »Alle im Himmel, auf der Erde und unter der Erde beugen ihre Knie vor« ihm (Phil 2,10).

Aus den Texten erhellt, daß Christus in seinem Tod in die Höllen und nicht in die Hölle hinabgestiegen ist. Die Höllen, der Hades, die Unterwelt oder das Reich des Todes galten in der Antike als die Befindlichkeit aller Toten. In den Höllen bzw. im Hades lebten sie ein Leben, das für die einen voller Schatten, für die anderen aber weniger glücklich war. Höllen bedeuten einfach die unteren Teile der Welt. Jesus sagt von sich selbst, er werde ähnlich wie Jona im Bauch des Fisches »drei Tage und drei Nächte im Herzen der Erde sein« (Mt 12,40). Diese Höllen dürfen nicht verwechselt werden mit der

Hölle, die in der radikalen Abwesenheit Gottes, in der Befindlichkeit derer bestehen, die sich selbst aus freien Stücken von Gott und Christus isoliert haben. In diese Hölle ist Christus nicht hinabgefahren. Aber worin besteht dann die Bedeutung dieser in der Tat reichlich mythologischen Texte?

b) Christus nahm die letzte Einsamkeit des Todes auf sich

Der erste und augenfällige Sinn einiger dieser Passagen liegt darin, zu betonen, daß Jesus Christus wirklich tot war. In der zeitgenössischen mythischen Vorstellung stieg er mit seinem Tod tatsächlich in den Hades hinab. Jesus ist wirklich gestorben und hatte damit teil am Schicksal aller Sterblichen.

Freilich geht es nicht um die bloße Feststellung des Hinscheidens. Der Tod Christi hat eine tiefere Bedeutung, vorausgesetzt, daß wir, wie wir das zuvor taten, von der Dimension ausgehen, die menschliches Sterben kennzeichnet. Der Tod markiert einen Einschnitt zwischen Zeit und Ewigkeit, zwischen irdischer und himmlischer Seinsweise. Darüber hinaus bedeutet er eine letzte Entscheidung. Die Entscheidung beinhaltet, daß der Mensch vor Gott in radikaler Einsamkeit steht. Der Tod schafft ein tiefes Schweigen. Im Tod steht der Mensch allein da, all dessen beraubt, was ihn bisher umgab, der Welt mit ihren Farben, der Atmosphäre, daheim zu sein, der Stimmen von Liebe und Freundschaft. Der irdische Körper vergeht. Der Mensch steigt in die untersten Regionen der *humanitas* hinab. In dieser letzten Einsamkeit hat er nun seine definitive Entscheidung zu treffen, die entweder die Einsamkeit sprengt, um sich einem Du anzuvertrauen und eine ewige Gemeinschaft zu leben, oder die die Einsamkeit ewig festschreibt, welche dann Hölle heißt.

Der Mensch hat Angst vor dem Tod, weil er sich vor der Einsamkeit fürchtet. Der Sinn des Menschen besteht nicht darin, zu leben, sondern mit anderen zusammen zu leben. Als Christus starb, hatte er teil an dieser Todesverfaßtheit aller Menschen. Weil er der »Lebende« (Offb 1,18) par excellence ist, spürte er mehr als jeder andere die Einsamkeit des Todes, das Gefühl, des Lebens, der materiellen Körperlichkeit, der Welt und der Menschen, tröstender Worte und des Zusammenlebens in der Familie und mit Freunden beraubt zu sein. In seiner Fleischwerdung übernahm er alles, einschließlich der Einsamkeit im Tod. Bis zu den letzten Wurzeln des Menschseins neigte er sich hinab. Nicht nur das Leben mit seinen Möglichkeiten von Begegnung,

Liebe und Wachstum machte er sich zu eigen, sondern auch den Tod samt allem, was er an Auflösung, Verlassenheit und Einsamkeit bedeutet. Aber »derselbe, der hinabstieg, ist auch bis zum höchsten Himmel hinaufgestiegen« (Eph 4,10). Wenn er hinabstieg, dann wollte er uns damit versichern: Fürchtet euch nicht; ich habe die Schlüssel zum Tod; auch ich bin durch die letzte Todeseinsamkeit gegangen; ich habe den Tod besiegt; dort, wo niemand mehr war, da bin ich; dort, wo kein Wort mehr zu hören war, da erhebe ich meine Stimme; dort, wo sich letzte Verlassenheit ausbreitete, da ist meine Wärme zu spüren; dort, wo der Tod herrschte, da wohnt mein Leben.

Wenn wir also sagen, Christus sei in das Reich des Todes hinabgefahren, dann bekennen wir, daß Christus die Todeseinsamkeit und zugleich auch den Tod als Sieg erfahren habe. Dadurch, daß er bis in die Höllen unserer Existenz mit uns solidarisch war, hat er uns für immer befreit. Im Sterben werden wir nicht mehr allein sein.

Diese Deutung des Todes ist keine willkürliche Abstraktion. Der Tod als Abschied und Einsamkeit ist eine Lebenserfahrung. Dieser Tod ereignet sich nicht erst am Ende des Lebens, sondern jeden Augenblick unserer Tage. Das Leben ist sterblich, das heißt es stirbt allmählich, bis es zu Ende stirbt. Machen wir nicht Tag für Tag die Erfahrung, daß wir von Dingen und Menschen Abschied nehmen müssen? Spüren wir nicht eine wachsende Einsamkeit? Je länger wir leben und je älter wir werden, desto deutlicher spüren wir, daß uns die Wirklichkeit entgleitet und in eine immer größere Ferne entschwindet. Eine großartige Landschaft, die uns früher in Begeisterung versetzte, rührt uns heute schon nicht mehr so an. Früher konnte uns ein Laternenmast, der mit seinem Licht – großzügig wie er ist – Gute und Böse gleichermaßen beleuchtet, in Verwunderung versetzen. Heute dagegen ist er nur noch ein einfacher Laternenmast. Früher erfüllte uns eine freundschaftliche Geste, ein Blick oder ein Wort mit Leben. Heute verlieren derlei Dinge allmählich ihre Lebendigkeit. So machen wir immer wieder die Erfahrung, daß das Leben nach und nach ärmer wird, bis es schließlich ganz entleert ist, im Tod. Dieser Prozeß begann mit dem Augenblick, in dem wir ins Leben traten. Seitdem steigen wir Schritt für Schritt und immer tiefer in die untersten Regionen von Welt und Menschen hinab. Diese Dimension menschlichen Lebens erfuhr also auch unser Bruder Jesus Christus. Wie wir stieg er in die Höllen hinab, um uns zu erheben »zum höchsten Himmel und so das All zu erfüllen« (Eph 4,10).

c) Die Wahrheit einer mythologischen Aussage

Der Text aus dem Ersten Petrusbrief, in dem davon die Rede ist, Christus sei in die Höllen hinabgestiegen, um den Geistern im Gefängnis zu predigen (3,19), ist auf mythologischem Hintergrund zu lesen. In der griechischen Überlieferung gibt es verschiedene mythologische Gestalten, wie etwa Perseus, die in den Hades hinabgestiegen sind. Aus der apokryphen Tradition des Judentums ist insbesondere die Höllenfahrt des Henoch zu erwähnen. Die hergebrachte Deutung der Höllenfahrt Christi ist nicht minder mythologisch. Es heißt nämlich, von Karfreitag bis Ostersonntag habe die Seele Christi die Gerechten des Alten Testaments, aller Völker und aller Zeiten getroffen. Diese hätten an einem dunklen Ort darauf gewartet, daß Christus komme, sie erlöse und befreie und in den Himmel empor führe. Diese Darstellung ist nicht unberechtigt. Ohne Bilder kommen wir nicht aus. Aber wir müssen uns immer vergegenwärtigen, daß dies alles nur Darstellungen sind, die mit der Wirklichkeit und Wahrheit selbst nicht verwechselt werden dürfen. Alle Bilder, so mythologisch sie auch sein mögen, haben ihren Wahrheitsgehalt. Um welche Wahrheit geht es dann aber in der Darstellung des Ersten Petrusbriefs?

Das Hinabsteigen Christi in die Unterwelt und seine Predigt dort beinhalten folgende dogmatische Heilswahrheit: Das Erlösungswerk Christi gilt allen Menschen; er ist allein das große Heilssakrament; deshalb wurden alle Gerechten, auch die, die vor Christus lebten, durch Jesus Christus gerettet. Die Kirchenväter sagten, die Menschen vor Christus hätten bloß in einer kalendermäßigen und chronologischen Entfernung zu ihm gestanden, nicht aber in der Liebe, im Glauben und in der Hoffnung. Wo diese Heilswirklichkeiten sind, da ist auch die Erlösung Jesu Christi.

»Die Höllenfahrt Christi bildet das Band und die Brücke zwischen den menschlichen Generationen, zwischen Altem und Neuem Testament. Sie bekundet die Einheit des Heilsplanes. Wenn Künstler darstellen, wie Christus in die unterirdischen Regionen ging, um dort unsere Vorfahren und die lange Reihe der Patriarchen zu treffen, dann tun sie nichts anderes, als in unsere Bildlichkeit diese eine dogmatische Wahrheit zu übersetzen: Es gibt keinen Himmel ohne Christus, und wo Christus ist, dort ist auch der Himmel« (Gaston Salet, Brèves réflexions sur le Credo, 130). Christus war aber nicht nur Mensch, sondern auch Gott. Als Gott und kraft seiner kommenden erlösenden Inkarnation erreichte er alle Menschen in allen Zeiten.

Der Text des Ersten Petrusbriefs sagt weiter, die Gute Nachricht sei den Toten verkündet worden, damit sie gerichtet würden (4,5–6). Auch diese Aussage kann gut aus dem Verständnis des Todes als finale und radikale Entscheidung des Menschen gedeutet werden. Im Tod kommt es zur großen Begegnung mit Gott und mit der Gnade Jesu Christi. Das gilt für alle Menschen. Auch die unschuldigen Kinder, die sterben, noch ehe sie einer freien Entscheidung fähig sind, kommen im Tod in die Situation, in der »Christus den Toten in den Höllen predigte«. Damit soll gesagt sein: Auch sie fallen nicht aus dem Horizont des von Jesus Christus gebrachten Heils heraus; durch ihn sind auch sie erlöst.

d) Die neue Situation der Welt: Christus im Herzen der Erde

Die Höllenfahrt Christi eröffnet uns noch eine weitere Perspektive: sein Vordringen »in das Herz der Erde«, wie sich der matthäische Jesus selbst ausdrückt (Mt 12,40). Wie wir schon erkannten, bedeutet der Tod nicht nur Auszug aus Welt und Leben, was gewiß ein unerläßlicher Aspekt ist. Darüber hinaus gibt es noch eine tiefere Dimension, die die erste vervollständigt: In seinem Tod dringt der Mensch bis ins Herz der Materie vor. Wenn er die eine Art des Bezugs zur Welt (Körper) aufgibt, dann geschieht das, damit er auf eine ihm gemäßere Weise in eine andere Verbindung mit der Welt treten kann. Der Tod bedeutet keinen Auszug aus der Welt, sondern eine neues, integrierendes Verhältnis zu ihr. Das Gesamt der Wirklichkeit besteht nämlich nicht in einem disparaten Nebeneinander seiner Elemente, sondern eine radikale Einheit ist ihm vorgegeben. Es gibt ein Herz, das alles in einem real-ontologischen, nicht nur physischen, sondern auch psychologischen Sinn eint. Der Mensch ist ontologisch in der Welt verwurzelt, insofern er in Wahrheit ein in der Materie inkarnierter Geist ist. Diesen seinen natürlichen Status verliert er nie. Im Gegenteil: Im Tod potenziert er ihn mehr und mehr. So ist der Tod nicht nur Verlust, sondern auch – ontologisch gesehen – Gewinn, weil der Mensch zu einer tieferen Einheit mit dem materiellen Sein findet.

Mit seinem Tod drang Jesus »in das Herz der Erde« (en te kardía tes ges: Mt 12,40) vor. Als fleischgewordener Gott stieg er in das Innere der Erde hinab. Mit Tod und Auferstehung Jesu gewann die Materie eine neue Dimension, die sie zuvor nicht hatte. In ihr keimt und wächst eine neue lebendige und wirksame Realität, die alles erfüllt und an sein endgültiges Ziel bringt. In der Schrift heißt es, mit dem Tod

Jesu sei der Vorhang des Tempels von oben bis unten zerrissen (Mt 27,51). Christliche Mystik sah hierin mit Recht ein Symbol für den Vorhang des Alls, der jetzt offen steht. Das Erlösungswerk Christi öffnete nämlich den Kosmos für Gott, der dadurch zum Vehikel göttlicher Wirklichkeit und Anwesenheit wurde.

Als der Auferstandene lebt Christus in der Welt, in seinem innersten Mittelpunkt und in seinen untersten Schichten (Höllen). Die Umgestaltung des Kosmos hat schon begonnen. Dieses Verständnis erschließt uns die Bedeutung des Glaubens an die umfassende Instrumentalität der Menschheit Christi. Indem er in die Welt eingeht, wird er zum universalen Sakrament aller Menschen, weil diese ja mit der Welt verbunden sind. Bewußt oder unbewußt stehen daher alle Menschen mit Christus in Kontakt. Wenn der Mensch im Sterben in das Herz der Erde gelangt, trifft er dort den auferstandenen und kosmischen Herrn. Dann kommt es zur großen Entscheidung und zur großen Begegnung.

Die Lehre von der Höllenfahrt Christi läßt uns begreifen, daß die umfassende Tragweite der Heilstat Jesu Christi in einem realontologischen und nicht nur moralischen und attributiven Sinn zu verstehen ist und daß sie sich auch heute in unserer Geschichte auswirkt.

So können wir aus tiefem Glauben sagen: »Ich glaube an Jesus Christus, gelitten unter Pontius Pilatus, gekreuzigt, gestorben und begraben, *hinabgestiegen in das Reich des Todes.*«

IV. DAS ALLGEMEINE GERICHT

Das Auf und Ab der menschlichen Dinge und die geheimen Ratschlüsse Gottes

»In diesem Leben lernen wir mit Gleichmut Übel ertragen, die auch Gute zu erdulden haben, und kein großes Gewicht legen auf Güter, die auch den Bösen zuteil werden; und so ist auch da, wo Gottes Gerechtigkeit nicht in die Erscheinung tritt, Gottes Lehre heilsam.

Es ist uns nämlich unbekannt, auf welchem Gottesgericht es beruht, wenn dieser Gute arm, jener Böse reich ist; wenn der eine, der nach unserer Meinung ob seiner Sittenverderbnis zehrender Trübsal überliefert sein sollte, in Freuden lebt, ein anderer, dem ein lobenswerter Wandel Freude verbürgen sollte, ein bekümmertes Dasein führt; wenn der Schuldlose vor Gericht nicht bloß keine Genugtuung erlangt, sondern auch noch Verurteilung davonträgt, ein Opfer richterlicher Ungerechtigkeit oder falscher Zeugenaussagen, und umgekehrt sein schuldbeladener Widerpart nicht nur ungestraft, sondern auch noch gerechtfertigt voll Hohn frohlockt; wenn der Gottlose sich strotzender Gesundheit erfreut und der Fromme in Krankheit und Schwäche dahinsiecht; wenn Erwachsene bei bester Gesundheit dem Räuberhandwerk nachgehen und Kinder, die niemand auch nur mit einem Wort etwas zuleide tun konnten, von verschiedenen schrecklichen Krankheiten heimgesucht werden; wenn Leute, die der menschlichen Gesellschaft von Nutzen wären, durch frühzeitigen Tod dahingerafft werden, und solche, die, möchte man glauben, besser nicht geboren wären, auch noch recht lange leben; wenn ein mit schwerer Schuld beladener Mensch zu hohen Ehren gelangt und der Mann ohne Tadel im Dunkel der Unbekanntheit verschwindet, und andere Fälle derart, wie es unzählige gibt.

Fände sich wenigstens noch Beständigkeit in ihrem scheinbaren Widersinn, so daß im gegenwärtigen Leben, wo der Mensch, wie es im heiligen Psalme heißt, ›Der Nichtigkeit ähnlich ist und seine Tage vorübergehen wie ein Schatten‹, nur die Bösen die vergänglichen und irdischen Güter erlangten und nur die Guten derlei Übel zu erdulden hätten, so könnte man das auf ein gerechtes oder auch gütiges Gericht Gottes zurückführen: Wer die ewigen, allein beglückenden Güter nicht erlangen soll, würde dann durch die irdischen Güter gemäß seiner Schlechtigkeit verblendet und gemäß der Barmherzigkeit Gottes getröstet, und wer keine ewigen Peinen zu erdulden haben soll, würde durch zeitliche Übel für all seine und auch die geringsten Sünden heimgesucht und zur Vervollkommnung seiner Tugend geprüft.

So aber, da nicht ausschließlich die Guten im Schlimmen sitzen und die Schlimmen im Guten, was scheinbar ungerecht wäre, sondern im Gegenteil sehr häufig den Schlimmen Schlimmes widerfährt und den Guten Gutes zuteil wird, so werden die Gerichte Gottes noch unerforschlicher, seine Wege noch unaufspürbarer.

Wir wissen schlechterdings nicht, nach welchem Gericht Gott das tut oder zuläßt, bei dem sich doch die höchste Kraft, die höchste Weisheit, die höchste Gerechtigkeit findet und jede Schwäche, jede Unbedachtsamkeit, jede Unbilligkeit ausgeschlossen ist; aber gleichwohl lernen wir daraus zu unserem Heile, kein großes Gewicht zu legen auf Güter oder Übel, die ganz offensichtlich Guten und Bösen gemeinsam sind; wir lernen die Güter anzustreben, die ausschließlich den Guten, sowie die Übel vor allem zu meiden, die ausschließlich den Bösen eigentümlich sind.

Wenn wir aber bei jenem Gerichte Gottes erscheinen werden, dessen Zeit in einem besonderen Sinne der Tag des Gerichtes und zuweilen der Tag des Herrn genannt wird, da wird offenbar werden, daß vollkommen gerecht sind nicht nur alle Urteile, die dann gefällt werden, sondern ebenso auch alle Gerichte, die von Anbeginn an ergangen sind und bis zu jener Zeit noch zu ergehen haben.

Dabei wird auch kund werden, auf welch gerechtem Gottesgericht es beruht, daß hienieden so viele, ja fast alle gerechten Gottesgerichte der Erfahrung und Erkenntnis der Sterblichen verborgen bleiben, obwohl ja dem Auge des Glaubens die Gerechtigkeit des Verborgenen nicht verborgen ist.«

Aurelius Augustinus, *Der Gottesstaat,* 20. Buch, 2. Kapitel

V. DIE ZUKUNFT DER WELT

1. Was sagt das Neue Testament über Ende und Vollendung der Welt?

a) Zur Fragestellung

»Bis in die Aufklärungszeit hinein, im katholischen Raum bis zum 1. Weltkrieg, hat man Jesu Ziel auf Grund seiner Verkündigung und seines Verhaltens folgendermaßen interpretiert: Jesus wollte das Alte Testament, speziell die messianischen Verheißungen erfüllen als Messias Israels und als Heiland der Menschheit. Da Israel ihm die Gefolgschaft verweigerte, stiftete Jesus das neue Volk Gottes, die Kirche aus Juden und Heiden. Wenn alle Völker Christen sind und der Kirche angehören, dann kommt Christus wieder, beendet diesen Weltzustand und führt die vollendete Welt als Neuschöpfung oder als vollkommenen Zustand gottähnlichen ewigen Lebens in enger Gemeinschaft mit Gott und der göttlichen Welt herauf. Dieser Schluß schien logisch, durchsichtig und zwingend und wurde kaum bezweifelt.

Ab der Aufklärungszeit aber kam es zu entscheidenden Einwänden gegen diese Auffassung. Die Anstöße kamen einerseits von der Seite der Philosophie und Naturwissenschaft, andererseits von der Seite der liberalen protestantischen Theologie her. Der naturwissenschaftliche Einwand lautete: Die Vorstellung von einem schöpferischen Anfang und Ende der Welt durch ein unmittelbares Eingreifen Gottes ist wissenschaftlich unbeweisbar und unhaltbar. Die Materie ist ewig, ein Ende der Welt durch ein schöpferisches Eingreifen Gottes ist unbegründbar, ein Ende der Welt daher nicht abzusehen oder, wenn doch, allein aus weltimmanenten Ursachen gegeben. Der theologische Einwand aber lautete: Jesus hat gar keine Kirche stiften wollen, denn er rechnet mit einem unmittelbar bevorstehenden Ende; aber Jesus hat sich damit geirrt. Das Ende und die Vollendung kamen nicht. Dafür kam die Kirche, denn Jesu Anhänger kamen nicht von ihm los. A. Loisy (1857–1940) ein französischer (urspr. kath.) Theologe prägte dafür die Formel: ›Jesus verkündete das Reich Gottes, gekommen aber ist die Kirche.‹

Ein Anhänger, ja Vertiefer dieser Auffassung war Albert Schweitzer. Nach ihm war Jesus ein Doppeltes: ein Ethiker, d.h. ein Verkünder neuer Sittlichkeit und ein Apokalyptiker, d.h. er war erfüllt – zusammen mit seiner Zeit – von der Erwartung des unmittelbar bevorstehenden Weltumbruchs, den Gott heraufführen würde. Ja, er wußte sich als den, der diesen Umbruch anzusagen und darauf vorzubereiten hatte. Als Vorbedingung sah er den Glauben Israels an seine Botschaft und Sendung an. Als Israel sich verschloß, versuchte er durch seinen Tod diesen Umbruch herbeizuzwingen, indem er sich selbst als Opfer Gott darbrachte. Er starb aber als ein Enttäuschter, denn Gott griff nicht ein und errettete ihn nicht aus dem Tode. Darum sind auch seine endzeitlichen Vorstellungen und Aussagen, auch die von einer allgemeinen Totenauferstehung, einem Ende und Neuanfang der Welt, überhaupt alle zeitbezogenen Aussagen hinfällig. Was überzeitlich gültig ist, ist seine sittliche Botschaft vom Gehorsam gegen Gott und von der selbstlosen Liebe zum Nächsten. Als Folge dieser Auffassung wurde Schweitzer auch Arzt und gab seine Professur für Neues Testament an der Universität Straßburg auf.

Diese These hat die Richtung der sog. konsequenten Eschatologie übernommen, die überzeugt ist, daß Jesus mit einem Weltumbruch zu seinen Lebzeiten rechnete, sich darin getäuscht hat, und daß deshalb die christlichen Kirchen aus der sog. Verzögerungskrise leben. Heute ist diese Richtung abgelöst vor allem von zwei Richtungen, die sog. heilsgeschichtliche und die existentialistische. Die heilsgeschichtliche (Oskar Cullmann) hält am biblischen Weltentwurf fest: Schöpfung – Fall – Erlösung (›Christus als Mitte der Geschichte‹) – Vollendung (durch die Ablösung und Verwandlung dieser Weltordnung seitens Gottes). Dabei entwickelt sich die Geschichte in aufsteigender Linie auf dieses Ziel zu. Das Ziel selbst komme aber allein durch das Eingreifen Gottes. Die Entscheidung ist dabei in der Auferstehung Christi schon gefallen, (wenn auch die Vollendung dieses entscheidenden Sieges noch ausstehe).

Die existentialistische Richtung (Rudolf Bultmann) lehnt jede Vorstellung einer heilsgeschichtlich aufsteigenden Linie im kosmologischen Sinne ab. Das sei alles mythologisches Gut. Daher seien auch Vorstellungen wie Endgericht, Totenauferstehung, Verwandlung der Welt preiszugeben. Dies seien lediglich unzureichende Ausdrucksformen für die Überzeugung, in Jesus hat Gott die Menschen zu einer letzten Entscheidung für oder gegen sich und damit für oder gegen den Menschen in seiner Eigentlichkeit aufgerufen. Das Ziel des Kommens und Wirkens Jesu sei vielmehr die sog. Entweltlichung des Menschen, das Freiwerden von der Ich- und Weltverfallenheit im Gehorsam gegen Gott und in der selbstlosen Annahme des Mitmenschen nach dem Wort und Vorbild Christi. Insofern sei die Theologie Anthropologie, d.h. Lehre vom Weg des Menschen zur Eigentlichkeit, die Erlösungslehre der Ruf an den Menschen, die im Wort der Verkündigung angebotene Möglichkeit zur Menschwerdung (= Entweltlichung) zu ergreifen.

Der Evolutionismus bringt eine neue Komponente in diese Richtungen: er erwartet die Vollendung der Welt auf einer aufsteigenden Linie, die aber im Unterschied zu der heilsgeschichtlichen Erwartung aus weltimmanenten Kräften erfolgt und einen kosmischen Umbruch ausschließt. So gilt es nun zu fragen, was das Neue Testament über Ende und Vollendung der Welt sagt. Dabei ist vorauszusetzen, was das Alte Testament und das Judentum zur Zeit Jesu an endzeitbezogenen Erwartungen entwickelt hat. Allgemein gilt festzuhalten, daß sich die neutestamentliche Erwartung mit keiner der vorgegebenen alttestamentlichen jüdischen Vorstellungskategorien und Endzeitentwürfen, weder mit der davidisch-messianischen noch der kosmologisch-apokalyptischen deckt, weil nämlich das Neue Testament im Kommen Christi und in seiner Auferstehung das entscheidende endzeitliche Ereignis gegeben sieht, so daß alles nun von diesem Ereignis abhängt, was noch kommen soll. Diese Auffassung von dem in Christus bereits geschehenen entscheidenden endzeitlichen Ereignis unterscheidet die christliche Eschatologie wesentlich von der jüdischen und von allen außerbiblischen philosophischen und religiösen Endzeitvorstellungen und Entwürfen. Diese Auffassung hat ihren letzten Grund im Anspruch Jesu, der seiner Person und seinem Kommen schlechthin grundlegende und geschichtswendende Bedeutung zuerkannt hat. Diese Auffassung sahen seine Anhänger in der Auferweckung und Geistsendung beglaubigt.«

Otto Knoch, *Was sagt das Neue Testament über Ende und Vollendung der Welt?*
In: Glaube, Wissenschaft und Zukunft, München 1967

In der Tat geht Jesus von der biblischen Vorstellung eines göttlichen Planes aus, der auch die Vollendung von Schöpfung und Heilswerk enthält. Diese betont er deutlich und sieht mit seinem Kommen und Wirken in einer relativ nahen, wenn auch zeitlich nicht genau zu bestimmenden Zukunft (eschatologische Perspektive) die Fülle in endgültiger Form verwirklicht.

b) Zusammenfassung der Eschatologie des Neuen Testaments und Ausblick auf die heutige Eschatologie der Kirche

»Durch die neutestamentliche Eschatologie zieht sich als roter Faden, was in Jesu Verkündigung (vor dem Hintergrund der jüdischen Heilserwartung) grundgelegt wurde:

aa) Mit dem Kommen, Wirken und Schicksal Jesu (Auferstehung, Erhöhung = Inthronisation) ist die entscheidende Wende der Menschheitsgeschichte eingetreten. Die altbundlichen Verheißungen sind erfüllt, die neue Welt (ohne Tod, Satan und Sünde) ist auf Grund von Glauben und Sakramenten schon da, wenn auch noch verborgen. Da nach biblischer Aussage das Geschick des Kosmos am Geschick des Menschen hängt, ist auch der Kosmos in dieses Endgeschehen einbezogen (s. Röm 8, Epheserbrief, Kolosserbrief, Apokalypse, 2. Petrusbrief). An der Stellung zu Jesus entscheidet sich das Geschick aller Menschen und jedes einzelnen.

bb) Die eschatologische Wende der Geschichte von Welt und Menschheit durch Jesu Auftreten zielt aber noch auf eine Vollendung hin. Diese Vollendung ist allein Gottes bzw. Christi Sache. Sie vollzieht sich durch das Kommen Jesu als Richter in Vollmacht, das Gericht über alle Menschen und durch Schaffung einer neuen Welt, in der die Unvollkommenheit, Übel und Vergänglichkeit sowie die Macht des Bösen, welche die alte Ordnung prägten, ausgeschaltet sind und in der eine unverstellte Gemeinschaft mit Gott und eine volle Teilhabe an seinem Leben möglich ist.

cc) Dieser kosmische Umbruch kommt dabei von außen, setzt der alten Welt von Gott her ein Ende und leitet einen Neuschöpfungsakt ein. Er steht also nicht am Ende einer langsamen, biologischen, anthropologischen, intellektuellen und ethischen Evolution, wenn auch ein von Gott gesteuerter zielbewußter Geschichtsprozeß vorausgeht, die Linie der Heilsgeschichte. Diese Linie verläuft aber nach Aussage des Alten und Neuen Testamentes nicht gerade und ungestört aufsteigend, sondern zyklisch. Am Ende, vor dem Eingreifen Gottes, steht außerdem nach ntl. Aussage und Auffassung eine Zeit der religiösen und sittlichen Depravation. Über das Verhältnis von menschlicher Entwicklung und Ende bzw. Vollendung der Welt denkt das Neue Testament nicht nach.

dd) Die Zeit zwischen dem Auftreten Jesu, vor allem nach Ostern und Pfingsten, der sog. Inthronisation Jesu in die Weltherrschaft und seiner Parusie, ist demnach eschatologisch, d.h. Endzeit als Entscheidungszeit, die dem Endgericht vorausgeht, dieses aber zugleich bereits vorwegnimmt (s. bes. Jo und Lk). An der Entscheidung zu Christus (und zur Kirche) hängt die Entscheidung des Weltenrichters am Ende. Insofern eignet dieser Zeit zugleich ein besonderer Krisen- und Entscheidungscharakter, der den Widerspruch und die Scheidung zwischen Christusgläubigen und Christusablehnenden immer stärker herausarbeitet. Die Herausarbeitung der Entscheidung für Christus ist demnach der eigentliche Sinn der Geschichte zwischen Christi Kommen als Mensch und als Richter und Vollender.

ee) Zeitpunkt und Weise des Vollendungsgeschehens lassen sich vom Menschen her nicht näher bestimmen. Das läßt sich aus der Zurückhaltung Jesu und des Neuen Testamentes erschließen, dieses näher zu beschreiben. Die Vorstellung des 1. Thessalonicherbriefes, aber auch der Endzeitrede Jesu (Mk 13 par) sowie der Apokalypse sind zeitbedingt und haben Bildcharakter.

ff) Als endzeitgerichtete Grundhaltungen zeigen sich: Wissen um den Entscheidungscharakter der Zeit, Hinordnung auf Christus als gegenwärtigen Herrn und kommenden Vollender, Freiheit gegenüber ›der Welt‹ im Sinne der ›Entweltlichung‹; zugleich Dienst am Wohl der Mitmenschen (Hauptgebot der Liebe als Kriterium), Bekenntnis für Christus und Leben auf Christus hin, Wachsamkeit, Glaubenstreue und Hoffnung, ja freudige Gewißheit auf die Vollendung hin – ›Denen, die Gott lieben, gereichen alle Dinge zum Besten‹ (Röm 8,28) – oder, wie es die synoptischen Evangelien ausdrücken: Wachsamkeit und stete Bereitschaft.

gg) Dennoch hat der Christ eine Weltaufgabe. Das Neue Testament fordert nirgends den Menschen auf, der Weltordnung zu entfliehen oder gar die Schöpfungsgegebenheiten als schlecht und verderblich abzuwerten. Absage an Besitz und Ehe sind gottgeschenkte Ausnahmemöglichkeiten, die der Mensch nicht aus eigenem Vermögen zu setzen vermag. Vielmehr soll der Christ sich in Ehe und Familie, Gesellschaft und Staat, Arbeit und Beruf bewähren (s. bes. das Ethos der Pastoralbriefe, aber auch des

Paulus, des Lukas, des 1. Petrusbriefes). Eine ungesunde weltflüchtige Haltung wird im 2. Thessalonicherbrief als unchristlich bekämpft (2 Thess 3,1–15: ›Wer nicht arbeiten will, soll auch nicht essen!‹).

hh) So eignen der christliche Eschatologie und dem christlichen Endzeitglauben (s. Credo) einige Elemente, die sich mit den natürlichen Einsichten, Erwartungen und Möglichkeiten weder beweisen lassen noch decken. Dazu gehören: das Wissen um den absoluten Entscheidungscharakter von Person und Wirken Jesu und der seither gegebenen Zeit, der Glaube an eine von Gott schöpferisch und spontan gesetzte Vollendung mit Totenerwekkung (leiblicher Art), Gericht und kosmischer Neuschöpfung bzw. Verwandlung der gegenwärtigen Weltganzheit, das Ungenügen und letztliche Scheitern der menschlichen Geschichte (also auch der immanenten Weltevolution). Demnach weist die Evolution lediglich auf eine endgültige Vollendung, vermag sie aber nicht voll zu realisieren. Dies gilt zugleich vom menschlichen Fortschrittsglauben und von allen Versuchen des Menschen, die Endvollendung mit weltimmanenten Mitteln zu schaffen. Nicht als ob der Mensch nicht kraft seines Wesens alles tun müßte, um eine bessere, menschliche Welt zu schaffen, aber das Bleibende, Gute und Gerechte wird allein Gott zu schaffen vermögen und auch schaffen.

ii) Die christliche Hoffnung als endzeitgerichtete Haltung ist kein ›Prinzip Hoffnung‹ allein, das letztlich nichts gegen den Tod vermag, aber auch keine billige tröstliche Zuversicht, die es dem Christen erlaubte, sich zurückzuziehen aus der bösen Welt, die Hände in den Schoß zu legen und zu warten, was geschieht bzw. was Gott tut. Vielmehr ist gerade dem Christen aufgetragen, sich zu bewähren in der Spannung zwischen Diesseits und Jenseits, zwischen gegenwärtiger Stunde und dem Kommenden, zwischen Vergeblichkeit und Anruf zum Dienst und zur Liebe, zwischen Not und Gleichgültigkeit, zwischen dem Chaos der Welt und dem Wissen um Gottes Weltsorge, zwischen Behauptung im Diesseits und Liebe zu Gott. Je stärker die Welt die eigene Zukunft in die Hand nimmt, die eigenen Möglichkeiten ausschöpft, desto weniger paßt der Christ mit seiner eschatologischen Hoffnung in diese Welt, desto lästiger wird er empfunden, als Verräter oder gar als Narr. Aber gerade die großen Fortschrittssysteme und

Fortschrittsideologien sind es auch, die durch die Manipulation des Menschen dem Menschen die Zukunft verbauen und ihn in seiner eigenen geschlossenen, menschlich-allzumenschlichen Welt gefangen nehmen. Eine nur menschliche Zukunft ist nach der Bibel keine echte Zukunft für den Menschen. Denn Welt und Mensch übersteigen um ein Unendliches den Menschen. Der gekreuzigte und auferstandene Christus, das ist nicht nur das Prinzip, sondern zugleich auch das Unterpfand und die Sicherung der christlichen Endzeithaltung in Glaube, Dienst und Liebe, der christlichen Hoffnung, die danach sich ausstreckt, daß ›Gott alles in allem ist und erfüllt‹.«

Otto Knoch, *Was sagt das Neue Testament über Ende und Vollendung der Welt?* In: Glaube, Wissenschaft und Zukunft, München 1967

2. *Das Ende des planetarischen Lebens – Die Begegnung des Menschen, der aufsteigt, mit Gott, der herabsteigt*

»Das Ende der Welt, das heißt für uns das Ende der Erde ... Haben Sie schon einmal ernsthaft, *menschlich* über dieses drohende und gewisse Etwas nachgedacht?

In seinen Anfängen schien das Leben in seinen Bestrebungen bescheiden zu sein. Einige Stunden an der Sonne schienen es zu befriedigen und vor sich selbst zu rechtfertigen. Doch das ist nur ein Gesicht der Sache, das übrigens (bereits von den frühesten Anfängen der Vitalisation an) von der Hartnäckigkeit, sich fortzupflanzen und zu vermehren, dementiert wird, die selbst die bescheidensten Zellen bezeugen. Das ist durch den ganzen gewaltigen Aufstieg des Tierreiches hindurch sichtbar. Und das leuchtet hell auf mit dem Auftreten der gefährlichen Macht der Vorausschau beim reflektierenden Menschen. Und vor allem, es gibt keine andere Möglichkeit, es kann mit jedem neuen Schritt, den das menschliche Bewußtsein nach vorn tut, nur noch notwendiger werden ...

Der Mensch als Individuum tröstet sich mit dem Gedanken an seine Kinder oder an seine Werke, die bleiben, über sein Verschwinden hinweg. Was wird aber eines Tages von der Menschheit übrigbleiben?

So stellt sich unausweichlich am Ende allen Bemühens, den

Menschen und die Erde in den Rahmen des Universums wieder hineinzustellen, das gewichtige Problem des Todes, nicht mehr des individuellen, sondern des Todes im planetaren Maßstab – eines Todes, dessen ernsthaft vorweggenommene bloße Möglichkeit genügen würde, augenblicklich, *hic et nunc*, jeden Schwung der Erde zu lähmen.

Um diesen Schatten zu vertreiben, berechnet Jeans, daß die Erde noch Billionen von Jahren vor sich hat, in denen sie bewohnbar ist: so daß die Menschheit erst in der Morgenröte ihrer Existenz steht, und er lädt uns ein, an diesem frischen Morgen unsere Brust mit den *fast* unbegrenzten Hoffnungen des herrlichen Tages zu schwellen, der beginnt. Doch beschrieb er nicht einige Seiten zuvor diese selbe Menschheit jämmerlich alternd, mißbraucht, auf einem erkalteten Stern, angesichts einer unausweichlichen Vernichtung. Widerspricht und zerstört das eine nicht das andere?

Andere versuchen, uns mit der Idee einer Flucht durch den Weltraum zu beruhigen. Vielleicht könnten wir von der Erde auf die Venus hinüberwechseln? Oder, wer weiß, vielleicht auch noch weiter weg? ... Doch ... diese Lösung schiebt das Problem nur hinaus.

Um den inneren Konflikt zu lösen, der die angeborene Hinfälligkeit der Planeten dem auf ihrer Oberfläche durch das planetisierte Leben entwickelten Irreversibilitätsbedürfnis entgegenstellt, genügt es nicht, das Gespenst des Todes zu verhüllen oder zurückzuschieben, es geht vielmehr darum, es von der Wurzel her aus unserem Gesichtsfeld zu vertreiben.

Wird uns nicht gerade das durch die Idee ermöglicht, ... daß es nach vorn oder, genauer, im Herzen des entlang seiner Achse der Komplexität verlängerten Universums ein göttliches Zentrum der Konvergenz gibt: bezeichnen wir es, um nichts zu präjudizieren und um seine synthetisierende und personalisierende Funktion zu betonen, als den Punkt Omega. Nehmen wir an, daß von diesem universellen Zentrum, von diesem *Punkt Omega*, dauernd Strahlen ausgehen, die bisher nur von denen wahrgenommen wurden, die wir die mystischen Menschen nennen. Stellen wir uns nun vor: da die mystische Empfänglichkeit oder Durchlässigkeit der menschlichen Schicht mit der Planetisation zunimmt, werde die Wahrnehmung des Punktes Omega allgemein, so daß sie die Erde zur selben Zeit psychisch erwärmt wie letztere physisch erkaltet. Wird es so nicht denkbar, daß die Menschheit am Zielpunkt ihrer Zusammenziehung und Totalisation in sich selbst einen kritischen Punkt der Reifung erreicht, an deren Ende sie, während sie die Erde und die Sterne langsam zu der verblassenden Masse der ursprünglichen Energie zurückkehren läßt, sich psychisch von dem Planeten löst, um sich mit dem Punkt Omega, der einzigen irreversiblen Essenz der Dinge, zu verbinden? Ein äußerlich einem Tod gleichendes Phänomen, vielleicht: in Wirklichkeit aber eine einfache Metamorphose und Zugang zur höchsten Synthese. Ein Ausbruch aus dem Planeten, aber kein räumlicher und von außen, sondern ein geistiger und von innen kommender, das heißt so, wie er von einer Hyperzentrierung des kosmischen Stoffes in sich selbst ermöglicht wird?

Diese Hypothese einer menschlichen Reifung und Ekstase, letzte Konsequenzen der Theorie der Komplexität, mag ebenso gewagt oder noch gewagter als die Idee einer Planetisation des Lebens (die sie verlängert) erscheinen. Und doch steht und festigt sich diese Hypothese, je mehr man sie bedenkt. Mit ihr steht in Übereinstimmung die wachsende Bedeutung, die die besten Denker aller Richtungen dem mystischen Phänomen beizumessen beginnen. Und auf jeden Fall ist sie, unter allen anderen, die uns über das Ende der Erde möglich sind, die einzige, die uns eine kohärente Perspektive eröffnet, in der in der Zukunft die beiden grundlegendsten und mächtigsten Strömungen des menschlichen Bewußtseins konvergieren und kulminieren: Der Strom der Intelligenz und der des Tuns, der der Wissenschaft und der der Religion.«

Pierre Teilhard de Chardin, *Werke*,
Bd. 5, Olten und Freiburg im Breisgau 1963

3. *Und Gott wird alles in allem sein*

»Man hat einige Mühe, sich vorzustellen, wie das Ende der Welt aussehen könnte. Eine Sternenkatastrophe wäre zu unserem individuellen Sterben ziemlich symmetrisch. Doch sie würde eher zum Ende der Erde als zum Ende des Kosmos führen – aber der Kosmos muß verschwinden.

Je mehr ich über dieses Geheimnis nachdenke, desto mehr sehe ich es in meinen Träumen die Gestalt einer ›Umkehrung‹ des Bewußtseins – eines Durchbrechens des inneren Lebens –, einer Ekstase annehmen

... Wir brauchen uns nicht den Kopf darüber zu zerbrechen, wie die gewaltige materielle Größe des Universums jemals vergehen könnte. Es genügt, daß der Geist sich umkehrt, daß er den Bereich wechselt, damit sich sofort das Gesicht der Welt ändert.

Wenn das Ende der Zeit naht, wird auf die Grenzen des Wirklichen unter der Anstrengung der Seelen, die sich in ihrem Verlangen, der Erde zu entrinnen, verzweifelt anspannen, ein erschreckender geistiger Druck ausgeübt werden. Dieser Druck wird einmütig sein. Doch die Schrift lehrt uns, daß gleichzeitig ein tiefes Schisma durch die Erde hindurchgehen wird, – die einen wollen aus eigener Kraft heraustreten, um die Welt noch mehr zu beherrschen – die anderen warten auf Christi Worte hin leidenschaftlich darauf, daß die Welt sterbe, um mit ihr in Gott aufgenommen zu werden.

Dann wird ohne Zweifel auf eine bis zum Paroxysmus ihrer Fähigkeiten zur Vereinigung gebrachte Schöpfung die Parusie einwirken. Das seit dem Ursprung der Zeiten verfolgte einzige Werk der Assimilation und Synthese wird endlich offenbar: der universale Christus wird wie ein Blitz in den Wolken der langsam geheiligten Welt aufleuchten. – Die Posaunen der Engel sind nur ein schwaches Symbol. Von der mächtigsten organischen Anziehung, die man sich vorstellen kann (der Kraft, die das Universum zusammenhält!), bewegt, werden die Monaden sich an den Ort stürzen, für den die totale Reifung der Dinge und die unerbittliche Irreversibilität der ganzen Weltgeschichte sie unwiderruflich bestimmen werden – die einen, vergeistigte Materie, in die grenzenlose Vollendung einer ewigen Gemeinschaft; – die anderen, materialisierter Geist, in das bewußte Grauen eines endlosen Verfalls.

In diesem Augenblick, lehrt uns der heilige Paulus (1 Kor. 15,23), wenn Christus alle geschaffenen Kräfte ihrer selbst entleert haben wird (indem Er verwirft, was Faktor der Auflösung ist, und alles überbeseelt, was Kraft der Einheit ist), wird Er die universelle Einswerdung vollenden, indem Er sich in Seinem vollständigen und erwachsenen Leib mit einer Fähigkeit zu endlich vollständigen Vereinigung den Umarmungen der Gottheit hingibt.

So wird der organische Komplex errichtet sein: Gott und die Welt, das Pleroma – geheimnisvolle Wirklichkeit, von der wir nicht sagen können, daß sie schöner sei als Gott allein, da Gott nicht auf die Welt angewiesen ist, von der wir aber auch nicht glauben können, daß sie absolut nebensächlich sei, ohne die Schöpfung unverständlich, das

Leiden Christi absurd und unsere Anstrengung bedeutungslos zu machen.

Et tunc erit finis.

Wie eine gewaltige Flut wird das Sein das Brausen der Seienden übertönen. In einem zur Ruhe gekommenen Ozean, von dem aber jeder einzelne Tropfen das Bewußtsein haben wird, er selbst zu bleiben, wird das außerordentliche Abenteuer der Welt beendet sein. Der Traum jeder Mystik wird seine volle und berechtigte Erfüllung gefunden haben. Erit in omnibus omnia Deus.«

Pierre Teilhard de Chardin, *Werke*,
Bd. 5, Olten und Freiburg im Breisgau 1963

LITERATUR

1. Kapitel

Althaus, P., Die letzten Dinge. Lehrbuch der Eschatologie, Gütersloh 1965.
Arns, E.P., De esperança em esperança, São Paulo 1971.
Balthasar, H.U. von, Eschatologie, die Theologie der letzten Dinge, in: *Rheinisch, L.*, Theologie heute, München 1959.
Balthasar, H.U. von, Die Eschatologie, in: *Feiner, J./Trütsch, J./Böckle, F.*, Fragen der Theologie heute, Einsiedeln [3]1960, 403–421.
Bettencourt, E., A vida que começa com a morte, Rio de Janeiro 1955.
Betz, O., Die Eschatologie in der Glaubensunterweisung, Würzburg 1965.
Bloch, E., Das Prinzip Hoffnung, 3 Bände, Frankfurt 1970.
Bloch, E., Atheismus im Christentum. Zur Religion des Exodus und des Reichs, Frankfurt 1968.
Boff, L., Jesus Cristo Libertador, Petrópolis [7]1979.
Boff, L., A ressurreição de Cristo, a nossa ressurreição na morte, Petrópolis 1972.
Boff, L., O destino do homem e do mundo. Introdução à teologia da vocação, Rio de Janeiro 1972.
Boros, L., Mysterium mortis. Der Mensch in der letzten Entscheidung, Olten und Freiburg i.Br. [8]1968.
Boros, L., Erlöstes Dasein, Mainz [4]1980.
Boros, L., Wir sind Zukunft, Mainz 1969.
Brunner, E., Das Ewige als Zukunft und Gegenwart, Hamburg-München 1965.
Bultmann, R., Geschichte und Eschatologie, Tübingen [2]1964.
Cabocevilla, J.M., 32 de Diciembre, La muerte y después de la muerte, Madrid 1969.
Camilleri, N., I Novissimi e la communione dei santi, Brescia 1961.
Comblin, J., A maior esperança, Petrópolis 1971.
Concilium 5 (1969) Heft 1: Eschatologie und christliche Hoffnung (die ganze Nummer).
Concilium 6 (1970) Heft 11: Hoffnung (die ganze Nummer).
Duquoc, Ch., Eschatologie et réalités terrestres, in: Lumière et Vie 50, 4–28.
Dupuy, B.D., Les fins de destinée humaine. Bibliographie organisée, in: La Vie Spirituelle 107 (1962 II), 561–580.
Freitas, M.C., Dialética e dinamismo da esperança cristã, Petrópolis 1968.
Gabás, R., Escatologia protestante en la actualidad, Vitória 1964.
Galot, J., Eschatologie, in: Dicitionnaire de Spiritualité 4, 1020–1059.
Gasnier, M., Regards sur la vie future, Mülhausen 1964.

Garrigou-Lagrange, R., O Homem e a Eternidade, Lissabon 1959.
Gleason, R.W., The world to come, New York 1958.
Guardini, R., Die letzten Dinge des Menschen, Würzburg 1949.
Hengstenberg, H.E., Der Leib und die letzten Dinge, Regensburg 1955.
Jaspers, K. u.a., Die Hoffnung unserer Zeit, München 1963.
Kloppenburg, B., A comunhão eclesial depois da morte, in: Revista Eclesiástica Brasileira 31 (1971) 333–346.
Knörzer, W., Reich Gottes. Traum, Hoffnung, Wirklichkeit, Stuttgart 1969.
Laurentin, R., Nouvelles dimensions de l'Espérance, Paris 1971.
Lumen Vitae 18 (1963) Eschatologie et Catechèse (die ganze Nummer).
Lumière et Vie, September 1953: La fin du monde est-elle pour demain?
Mesters, C., Paraíso terrestre: Saudade ou esperança, Petrópolis ^{7}1979.
Moltmann, J., Theologie der Hoffnung, München ^{6}1966.
Moser, G., Die Botschaft von der Vollendung, Düsseldorf 1963.
Müller-Goldkuhle, P., Die nachbiblischen Akzentverschiebungen im historischen Entwicklungsgang des eschatologischen Denkens, in: Concilium 5 (1969) 10–17.
Nigg, W., Das ewige Reich, Geschichte einer Hoffnung, München 1967.
Piolanti, A., L'al die lá, Turin 1957.
Pozo, C., Teología del más allá, Madrid 1968.
Rahner, K., Theologische Prinzipien der Hermeneutik eschatologischer Aussagen, in: *ders.*, Schriften zur Theologie IV, Einsiedeln-Zürich-Köln ^{5}1967, 401–428.
Rahner, K., Fragmente aus einer theologischen Besinnung auf den Begriff der Zukunft, in: *ders.*, Schriften zur Theologie VIII, Einsiedeln-Zürich-Köln 1967, 555–560.
Rahner, K., Das Leben der Toten, in: *ders.*, Schriften zur Theologie IV, Einsiedeln-Zürich-Köln ^{5}1967, 429–437.
Rahner, K., Eschatologie, in: Sacramentum Mundi, Freiburg 1967, 1183–1192.
Rast, T., Die Eschatologie in der Theologie des 20. Jahrhunderts, in: Bilanz der Theologie im 20. Jahrhundert, Freiburg 1970, 294–315.
Rondet, H., Fins do homem e fim do mundo, São Paulo 1965.
Sagües, J., De novissimis seu de Deo consummatore, in: Sacrae Theologiae Summa IV, Madrid 1962, 825–1030.
Sauter, G., Zukunft und Verheißung. Das Problem der Zukunft in der gegenwärtigen theologischen und philosophischen Diskussion, Zürich-Stuttgart 1965.
Sauter, G., Erwartung und Erfahrung, München 1972.
Schmaus, M., Von den letzten Dingen, Münster 1948.
Schmaus, M., Il problema escatologico del cristianismo, in: Problemi e orientamenti di teologia dommatica, II, Mailand 1957, 925–974.
Schillebeeckx, E., Einige hermeneutische Überlegungen zur Eschatologie, in: Concilium 5 (1969) 18–25.

Troisfontaines, R., J'entre dans la vie, Paris 1963.
Verschiedene, The Background of the New Testament and its Eschatology (Studies in honour of C.H. Dodd), Cambridge 1956.
Winklhofer, A., Das Kommen seines Reiches. Von den letzten Dingen, Frankfurt 1959.
Winklhofer, A. u.a., Le Christ devant nous. Etudes sur l'eschatologie chrétienne, Tournai 1968.

2. Kapitel

Boff, L., A ressurreição de Cristo, a nossa ressurreição na morte, Petrópolis 1972.
Bordoni, M., Dimensioni antropologiche della morte, Rom 1969.
Boros, L., Mysterium mortis. Der Mensch in der letzten Entscheidung, Olten und Freiburg i.Br. [8]1968.
Camilleri, N., Lo spirito e la materia nell'uomo dalla morte alla risurrezione, in: Docotor Communis 1971, 223–234.
Diakonia 3/1972: Sterben heute (die ganze Nummer).
Gonzáles-Ruiz, J.-M., Entmythologisierung der »anima separata«?, in: Concilium 5 (1969) 36–42.
Gleason, R., Toward a Theology of Death, in: Thought. Fordham University Quarterly 32 (1957) 39–68.
Jénkélévitch, V., La mort, Paris 1966.
Lepp, I., La mort et ses mystéres, Paris 1966.
Martelet, R., Victoire sur la mort, Eléments d'anthropologie chrétienne, Paris 1962.
Peña, J.R. de la, El hombre y su muerte, Antropología teológica actual, Burgos 1971.
Rahner, K., Zur Theologie des Todes (Quaestiones disputatae 2), Freiburg-Basel-Wien [3]1961.
Salomão, J., A estética da morte, São Paulo 1964.
Schillebeeckx, E., Leven ondanks de dood in heden en toekomst, in: Tidschrift voor Theologie 10 (1970) 418–452.
Schoonenberg, P., Ich glaube an das ewige Leben, in: Concilium 5 (1969) 43–49.
Troisfontaines, R., Ich sterbe nicht . . ., Freiburg i.Br. 1964.
Volk, H., Das christliche Verständnis des Todes, Münster 1957.

3. Kapitel

Bettencourt, E., A vida que começa com a morte, Rio de Janeiro 1955, 45–55.
Betz, O., Das Gericht, in: *ders.*, Die Eschatologie in der Glaubensunterwei-

sung, Würzburg 1965, 206–216.
Bordoni, M., Dimensioni antropologiche della morte, Rom 1969, 85–119.
Boros, L., Mysterium mortis. Der Mensch in der letzten Entscheidung, Olten und Freiburg i.Br. [8]1968.
Boros, L., Erlöstes Dasein, Mainz [4]1980, 95–97.
Boros, L., À nous l'avenir, Paris-Tournai 1971, 169–170.
Garboriau, F., Interview sur la mort avec Karl Rahner, Paris 1967.
Garrigou-Lagrange, R., O Homem e a Eternidade, Lissabon 1959, 90–102.
George, A., Das Gericht Gottes. Interpretationsversuch zu einem eschatologischen Thema, in: Concilium 5 (1969) 3–9.
Gleason, R.W., The world to come, New York 1958, 84ff.
Glorieux, P., Endurcissement final et grâces dernières, in: Nouvelle Revue Théologique 59 (1932) 865–892.
Glorieux, P., In hora mortis, in: Mélanges des Sciences Réligieuses 6 (1949) 185–216.
Glorieux, P., Fieri est factum esse, in: Divus Thomas (Pi) 41 (1938) 254–278.
O'Connel, M.J., The mystery of death: a recent contribution, in: Theological Studies 27 (1966) 434–442.
Neunheuser, P.B., El Juicio final, in: *Bogler, T. (Hg.)*, Muerte y Vida, Madrid 1962, 145–162.
Pozo, C., Theología del más allá, Madrid 1968, 218–223; 238–240.
Rahner, K., Art. Gericht, in: Lexikon für Theologie und Kirche IV, 734–736.
Scheffczyk, L., Das besondere Gericht im Lichte der gegenwärtigen Diskussion, in: Scholastik 32 (1957) 526–541.
Schmaus, M., Von den letzten Dingen, Münster 1958, 397–440.
Winklhofer, A., Um die These der Endentscheidung. Heutiger Stand der Auseinandersetzung, in: Theologie und Glaube 11 (1968) 20–26.

4. Kapitel

Bartmann, B., Das Fegefeuer. Ein christliches Trostbuch, Paderborn 1934.
Betz, O., Das Purgatorium, in: *ders.*, Eschatologie in der Glaubensunterweisung, Würzburg 1965, 239–261.
Betz, O., Le purgatoire, maturation pour Dieu, in: Le Christ devant nous. Etudes sur l'eschatologie chrétienne, Tournai 1968, 179–196.
Boros, L., Mysterium mortis. Der Mensch in der letzten Entscheidung, Olten und Freiburg i.Br. [8]1968, 138–150.
Boros, L., Erlöstes Dasein, Mainz [4]1980, 97–99.
Bourçois-Macé u.a., Le purgatoire, mystère profond, Paris 1957.
Congar, Y., Le purgatoire, in: Le mystère de la mort et sa célébration (Lex orandi 12) Paris 1956, 279–336.
Congar, Y., Que savons-nous du purgatoire?, in: Vaste monde ma paroisse,

Paris 1966, 76–84.
Garrigou-Lagrange, R., O Homem e a Eternidade, Lissabon 1959, 172–234.
Gnilka, J., Ist 1 Kor 3,10–15 ein Schriftzeugnis für das Fegefeuer?, Düsseldorf 1955.
Guardini, R., Die letzten Dinge, Würzburg 1952, 34ff.
Jugie, M., Le purgatoire et les moyens de l'éviter, Paris 1940.
Katharina von Genua, Trattato del purgatorio, Genua 1929.
Landen, M., Hölle und Fegfeuer im Volksglauben, Heidelberg 1909.
Michl, J., Gerichtsfeuer und Purgatorium zu 1 Kor 3,12–15, in: Studiorum Paulinorum Congressus Internationalis Catholicus 1961, Bd. 1, Rom 1963, 395–401.
Pozo, C., Teología del más allá, Madrid 1968, 240–254.
Rahner, K., Art. Fegefeuer, in: Lexikon für Theologie und Kirche IV, 51–55.
Rondet, H., Fins do homem e fim do mundo, São Paulo 1968, 211–218.
Rosanas, J., El purgatorio (Tratado dogmático), Buenos Aires 1949.
Schmaus, M., Von den letzten Dingen, Münster 1958, 441–498.

5. *Kapitel*

Bettencourt, E., A vida que começa com a morte, Rio de Janeiro 1955, 57–74.
Betz, O., Der Himmel, in: *ders.*, Eschatologie in der Glaubensunterweisung, Würzburg 1965, 262–283.
Bogler, Th., Liturgia del cielo, in: *Verschiedene,* Muerte y Vida, Madrid 1962, 183–222.
Boros, L., Der neue Himmel und die neue Erde, in: Wort und Wahrheit 19 (1964) 263–279.
Boros, L., Wir sind Zukunft, Mainz 1969.
Brunner, E., Das Ewige als Zukunft und Gegenwart, München-Hamburg 1965, 171–187.
Bujanda, P., Teologia do Além, Porto 1953, 231–244.
Congar, Y., Vaste monde ma paroisse, Paris 1966, 55–75.
Dreissen, J., Theologische Besinnung über den Himmel, in: Katechetische Blätter 86 (1961) 251–258.
Kolping, A., La prédication de la vie éternelle, in: *Verschiedene,* Le Christ devant nous, Tournai 1968, 37–52.
Lumière et Vie 52/1961: Himmel (die ganze Nummer).
Müller, H., Himmel, in: Katechetische Blätter 81 (1956) 136–172.
Rondet, H., O desejo do céu, in: *ders.*, Fins do homem e fim do mundo, São Paulo 1968, 241–252.
Schmaus, M., Das Paradies (Münchener Universitätsreden 38), München 1965.
Schoonenberg, P., Ich glaube an das ewige Leben, in: Concilium 5 (1969) 43–49.
Troisfontaines, R., Le ciel, in: Nouvelle Revue Théologique 1960, 229ff.

6. Kapitel

Antoine, P., Art. Enfer, in: Dictionnaire biblique (Suppl.) 2, 1063–1076.
Bardy, G., I Padri della Chiesa di fronte ai problemi posti dall'inferno, in: L'inferno, Brescia 1953, 105–168.
Berger, P., Auf den Spuren der Engel, Frankfurt 1970, 95–100.
Bettencourt, E., A vida que começa com a morte, Rio de Janeiro 1955, 99–116.
Betz, O., Die Hölle, in: *ders.*, Eschatologie in der Glaubensunterweisung, Würzburg 1965, 217–238.
Carrouges, M., Immagini dell'inferno nella letteratura, in: L'inferno, Brescia 1953, 11–62.
Congar, Y., Vaste monde ma paroisse, Paris 1966, 85–99.
De Greeff, E., L'enfer dans la condition humaine, in: Magie des extrêmes (Etudes Carmélitaines), Tournai 1952, 17–55.
Grütters, F., Die Katechese über die Hölle heute, in: Katechetische Blätter 86 (1961) 533–545.
Guitton, M., L'inferno e la mentalità contemporanea, in: L'inferno, Brescia 1953, 225–247.
Lewis, C.S., Die große Scheidung, Köln 1955.
Panneton, C.G., L'enfer, Paris 1956.
Ratzinger, J., Art. Hölle, in: Lexikon für Theologie und Kirche V, 446–449.
Remberger, F.X., Le problème du feu de l'enfer, in *Verschiedene*, Le Christ devant nous, Tournai 1968, 127–140.
Richard, M., Art. Enfer, in: Dictionnaire de Théologie Catholique 5, 30–47.
Roguet, A.M., Prêche-t-on suffisamment sur l'enfer, in: *Verschiedene*, Le Christ devant nous, Tournai 1968, 141–148.
Schmaus, M., Von den letzten Dingen, Münster 1948, 637–690.
Vitalini, S., La predicazione del misterio dell'inferno, in: Scuola cattolica (1971) 194–210.

7. Kapitel

Bettencourt, E., A vida que começa com a morte, Rio de Janeiro 1955, 169–173; 267–274.
Betz, O., Der Antichrist, in: *ders.*, Die Eschatologie in der Glaubensunterweisung, Würzburg 1965, 291–292.
Daniélou, J., O misterio da história, São Paulo 1968.
Läpple, A., Die Apokalypse nach Johannes, München 1966.
Lohse, E., Die Offenbarung des Johannes, Göttingen 1966, 73–78.
Marrou, H.I., Théologie de l'histoire, Paris 1968, 49–55.
Rahner, K. u.a., Art. Antichrist, in: Lexikon für Theologie und Kirche I, 634–638.

Rigaux, B., L'Antichrist, Paris 1932.
Schlier, H., Vom Antichrist. Zum 13. Kapitel der Offenbarung Johannis, in: *ders.*, Die Zeit der Kirche, Freiburg 1956, 16–29.
Solowjew, W., Übermensch und Antichrist. Über das Ende der Weltgeschichte, Freiburg 1958.

8. Kapitel

Bettencourt, E., A vida que começa com a morte, Rio de Janeiro 1955, 155–196.
Betz, O., Das Ende der Geschichte, in: *ders.*, Die Eschatologie in der Glaubensunterweisung, Würzburg 1965, 285–319.
Bietenhard, H., Die himmlische Welt im Urchristentum und Spätjudentum. Tübingen 1955.
Boff, L., Jesus Cristo Libertador ^{7}1979.
Boros, L., Der neue Himmel und die neue Erde, in: Wort und Wahrheit 19 (1964) 263–279.
Congar, Y., Retour et venues du Seigneur, in: Vaste monde ma paroisse, Paris 1966, 179–194.
Cullmann, O., Le retour du Christ. Espérance de l'Eglise selon le Nouveau Testament, Neuchâtel-Paris 1943.
Knoch, O., Die eschatologische Frage, ihre Entwicklung und ihr gegenwärtiger Stand, in: Biblische Zeitschrift 6 (1962) 112–120.
Knoch, O., Was sagt das Neue Testament über Ende und Vollendung der Welt, in: Glaube, Wissenschaft, Zukunft (Katholischer Deutscher Akademikertag), München 1967, 111–134.
Kümmel, W.G., Verheißung und Erfüllung. Untersuchungen zur eschatologischen Verkündigung Jesu, Zürich 1956.
Moltmann, J., Theologie der Hoffnung, München ^{6}1966.
Moltmann, J., Der gekreuzigte Gott, München 1972.
Mußner, F., Le Christ et la fin du monde, in: *Verschiedene*, Le Christ devant nous, Tournai 1968, 7–22.
Pozo, C., Escatologia, in: Verbo. Enciclopédia Luso-Brasileira de Cultura 7, 866–870.
Rahner, K., Über die theologische Problematik der »Neuen Welt«, in: *ders.*, Schriften zur Theologie VIII, Einsiedeln-Zürich-Köln 1967, 580–592.
Rahner, K., Die Frage nach der Zukunft, in: *ders.*, Schriften zur Theologie IX, Einsiedeln-Zürich-Köln 1970, 519–540.
Rondet, H., Fins do homem e fim do mundo, São Paulo 1968, 137–164.
Sauter, G., Zukunft und Verheißung, Zürich-Stuttgart 1965.
Sauter, G., Hoffnung und Erwartung, München 1972.
Schnackenburg, R., Gottes Herrschaft und Reich, Freiburg-Basel-Wien ^{4}1965.

Semana Bíblica Española (XIV): Valoración sobrenatural del cosmos, Madrid 1954.
Trilling, W., Was hat Jesus vom Ende der Welt gelehrt, in: *ders.*, Fragen zur Geschichtlichkeit Jesu, Leipzig ³1969, 106–123.
Troisfontaines, R., J'entre dans la vie, Paris 1963.
Völk, R., Christ und Welt nach dem Neuen Testament, Würzburg 1961.

9. Kapitel

Comblin, J., Christo en el Apocalipsis, Barcelona 1969.
Féret, H.-M., Die Geheime Offenbarung des Heiligen Johannes. Eine christliche Schau der Geschichte, Düsseldorf 1955.
Feuillet, A., Fin du monde, in: Catholicisme IV, 1956, 1304–1310.
Hulsbosch, A., Die Schöpfung Gottes. Schöpfung, Sünde und Erlösung im evolutionistischen Weltbild, Freiburg 1965.
Läpple, A., Die Apokalypse nach Johannes, München 1966.
Lohse, E., Die Offenbarung des Johannes (NTD 11), Göttingen 1966.
Lovski, F., Fin du monde, Apocalypse, Espérance, in: Foi et Vie, Januar 1959, 62–79.
Lumière et Vie, September 1953: La fin du monde est-elle pour demain?
Melsen, A. van, Glaube, Wissenschaft und Zukunft, München 1967, 79–90.
Pozo, C., La doctrina escatológica del Vaticano II, in: Teología del más allá, Madrid 1968, 9–46.
Rahner, K., Theologische Prinzipien der Hermeneutik eschatologischer Aussagen, in: *ders.*, Schriften zur Theologie VIII, Einsiedeln-Zürich-Köln 1967, 593–612.
Schlier, H., Zum Verständnis der Geschichte – Nach der Offenbarung Johannis, in: *ders.*, Die Zeit der Kirche, Freiburg 1955, 265–274.
Smulders, P., A visão de Teilhard de Chardin, Petrópolis 1965, 120–136.
Trilling, W., Fragen zur Geschichtlichkeit Jesu, Leipzig ³1969.
Vögtle, A., Das Neue Testament und die Zukunft des Kosmos, Düsseldorf 1970.
Vulliaud, P., La fin du monde, Paris 1952.

10. Kapitel

Balthasar, H.U. von, Die Eschatologie, in: *Feiner, J./Trütsch, J./Böckle, F.*, Fragen der Theologie heute, Einsiedeln ³1960, 403–421.
Bettencourt, E., A vida que começa com a morte, Rio de Janeiro 1955, 223–245.
Betz, O., Das Gericht, in: *ders.*, Die Eschatologie in der Glaubensunterweisung, Würzburg 1965, 206–216.

Brunner, E., Das Gericht und das Problem der Allversöhnung, in: Das Ewige als Zukunft und Gegenwart, Hamburg-München 1965, 187–203.
George, A., Das Gericht Gottes. Interpretationsversuch zu einem eschatologischen Thema, in: Concilium 5 (1969) 3–9.
Neuheuser, P.B., El Juicio final, in: *Bogler, T. (Hg.)*, Muerte y Vida, Madrid 1962, 145–162.
Rahner K., Art. Gericht, in: Lexikon für Theologie und Kirche IV, 734–736.
Stauffer, E., Die Theologie des Neuen Testaments, Berlin 1941, 195–211.

11. Kapitel

Auer, J., Das Eschatologische, eine christliche Grundbefindlichkeit, in: Festschrift für Kard. Faulhaber, München 1949, 71–90.
Betz, O., Die Eschatologie in der Glaubensunterweisung, Würzburg 1965, 320–330; 21–50.
Bloch, E., Das Prinzip Hoffnung, 3 Bände, Frankfurt 1970.
Bultmann, R.,/Bornkamm, G.,/Schumann, F.K., Die christliche Hoffnung und das Problem der Entmythologisierung, Stuttgart 1954.
Casel, O., Mysterium des Kommenden, Paderborn 1952.
Casel, O., Das christliche Festmysterium, Paderborn 1941.
Concilium 6 (1970) Heft 11: Hoffnung (die ganze Nummer).
Durwell, F.X., Die Auferstehung Jesu als Heilsmysterium, Salzburg 1968.
Jungmann, J.A., Österliches Christentum, in: Liturgisches Erbe und pastorale Gegenwart, Innsbruck 1960.
Rahner, K., Dogmatische Fragen zur Osterfrömmigkeit, in: *ders.*, Schriften zur Theologie IV, Einsiedeln-Zürich-Köln ^{5}1967, 157–172.
Schürman, H., Eschatologie und Liebesdienst in der Verkündigung Jesu, in: *Kirchhoff, H.*, Kaufet die Zeit aus, Paderborn 1952, 42ff.
Spindeldreier, A.,/Harada, H.,/Boff, L., A oração no mundo secular, Petrópolis 1971.

Anhang: Texte und Studien

I./2. Welchen Sinn hat der Ablaß noch?

Anciaux, P., Le sacrement de la pénitence, Löwen 1963.
Bornkamm, G., Thesen und Thesenanschlag Luthers. Geschehen und Bedeutung, Berlin 1967.
Häring, B., Das Gesetz Christi, 3 Bände, Freiburg i.Br. ^{8}1967.

Iserloh, E., Luther zwischen Reform und Reformation. Der Thesenanschlag fand nicht statt, Münster 1967.
Lackmann, B.M., Überlegungen zur Lehre vom Schatz der Kirche. Arbeiten zur Kirchenvereinigung, Graz 1965, 75–175.
Muschalek, G., Der Ablaß in der heutigen Praxis und Lehre der katholischen Kirche: Gespräche über den Ablaß. Arbeiten zur Kirchenvereinigung, Graz 1965, 13–37.
Ott, L., Grundriß der katholischen Dogmatik, Freiburg [8]1970, 525–529.
Persson, P.E., Der wahre Schatz der Kirche, in: Lutherische Rundschau 17 (1967) 315–327.
Poschman, B., Der Ablaß, in: Buße und Letzte Ölung. Handbuch der Dogmengeschichte IV/3, Freiburg 1951, 112–123.
Poschman, B., Der Ablaß im Lichte der Bußgeschichte, Bonn 1948.
Rahner, K., Bemerkungen zur Theologie des Ablasses, in: *ders.*, Schriften zur Theologie II, Einsiedeln-Zürich-Köln [7]1964, 185–210.
Rahner, K., Kleiner theologischer Traktat über den Ablaß, in: *ders.*, Schriften zur Theologie VIII, Einsiedeln-Zürich-Köln 1967, 472–487.
Rahner, K., Zur heutigen kirchenamtlichen Ablaßlehre, in: *ders.*, Schriften zur Theologie VIII, Einsiedeln-Zürich-Köln 1967, 488–518.
Schillebeeckx, E., Der Sinn der katholischen Ablaßpraxis, in: Lutherische Rundschau 17 (1967) 328–355.
Schmaus, M., Dogmatik IV/1, München 1957, § 272

I./3. Die Seelenwanderung und die heutige Eschatologie

Congar, Y., Réincarnation?, in: Vaste monde ma paroisse, Paris 1966, 208–211.
Cranston, H., Reincarnation, An East-West Anthology, New York 1961.
Granja, P./Imbassahy, C./Cavalcanti de Melo, M., A reencarnação e suas provas, Curitiba 1953.
Kloppenburg, B., A reencarnação, exposição e crítica, Petrópolis [3]1957.

II./2. Was heißt Himmelfahrt Christi?

Lohfink, G., Die Himmelfahrt Jesu. Untersuchungen zu den Himmelfahrts- und Erhöhungstexten bei Lukas (Studien zum Alten und Neuen Testament XXVI), München 1971.
Lohfink, G., Die Himmelfahrt Jesu. Erfindung oder Erfahrung, Stuttgart 1972. Das kleine Buch, auf das wir uns weithin stützen, wird zitiert als: *Lohfink, Die Himmelfahrt Jesu, 1972.*

Lohfink, G., Aufgefahren in den Himmel, in: Geist und Leben 35 (1962) 84–85.
Lohfink, G., Der historische Ansatz der Himmelfahrt Christi, in: Catholica 17 (1963) 44–84.
Rigaux, B., Témoignage de l'évangile de Luc, Paris-Brügge 1970.
Schlier, H., Jesu Himmelfahrt nach den lukanischen Schriften, in: Geist und Leben 34 (1961) 91–99.

III./3. Was heißt Höllenfahrt Christi?

Biser, E., Abgestiegen zu der Hölle. Versuch einer aktuellen Sinndeutung, in: Münchener Theologische Zeitschrift 9 (1958) 207ff.
Boros, L., Mysterium mortis. Der Mensch in der letzten Entscheidung, Olten und Freiburg i.Br. [8]1968, 150–169.
Diels, H., Himmel- und Höllenfahrten von Homer bis Dante (NJbchKlAlt), Berlin 1922.
Grillmeier, A., Der Gottessohn im Totenreich, in: Zeitschrift für Katholische Theologie 71 (1949) 1–53; 184–203.
Jeremias, J., Art. Ades, in: Theologisches Wörterbuch zum Neuen Testament I, 146–150.
Rahner, K., Abgestiegen ins Totenreich, in: *ders.*, Schriften zur Theologie VII, Einsiedeln-Zürich-Köln 1966, 145–149.
Ratzinger, J., Einführung in das Christentum, München 1968, 242–249.
Salet, G., Brèves réflexions sur le Crédo, Paris 1964, 126–130; vgl. auch: *Rondet, H.*, Fins do homem e fim do mundo, São Paulo 1968, 237–239.

ANMERKUNGEN

1 Anmerkung des Übersetzers: *Punkt Omega:* Der Ausdruck stammt aus dem Wortschatz von Pierre Teilhard de Chardin und benennt den Zielpunkt aller menschlichen Wege, die Realisierung aller Sehnsüchte, die Verwirklichung aller Hoffnungen.

2 Anmerkung des Übersetzers: *Topie:* Der Begriff ist eine Boffsche Wortschöpfung: Während *U-topie* (das, was keinen Ort hat) das Hoffnungsprojekt des Menschen bedeutet, bezeichnet *Topie* (das, was einen konkreten Ort hat) die Verwirklichung menschlicher Hoffnung, realisierte Utopie.

3 Anmerkung des Übersetzers: *Sebastianismus:* Zum Verständnis dieses Begriffs ist daran zu erinnern, daß die iberische Halbinsel des ausgehenden Mittelalters und der beginnenden Neuzeit von dem Pathos bewegt wird, mit Hilfe der spanischen bzw. portugiesischen Krone Kreuz und Christentum zu verbreiten. Der erste Schritt dieser Bewegung besteht in der Re-conquista (Rück-eroberung) der iberischen Länder von den Mauren, die 711 die Straße von Gibraltar überschritten hatten. Im Jahre 1492 wird der letzte Maurenkönig Boabdil in Granada niedergeworfen. Aber die Ausbreitung von Krone und Kreuz macht nicht Halt an den Grenzen der iberischen Halbinsel. Die Re-conquista geht nahtlos über in die Conquista (Eroberung) der heidnischen Welt. Im selben Jahr, in dem Granada befreit wird, entdeckt Columbus Amerika: für die spanische Krone und das Kreuz Jesu Christi, wie es heißt. Auch die Portugiesen verstehen sich bei ihren Eroberungszügen in Afrika, Amerika und Asien als Werkzeuge im Dienst an der Ausbreitung des Christentums. Bei einer dieser Expeditionen fällt im Jahre 1578 der portugiesische König Dom Sebastião (* 1554) in Marokko. Die Umstände seines Todes bleiben geheimnisvoll. Dom Sebastião hinterläßt keine Erben, so daß das portugiesische Reich 1580 (für sechzig Jahre) an Spanien fällt. In Portugal – und in Brasilien – entwickelt sich die Vorstellung, Dom Sebastião werde eines Tages wiederkommen, um Portugal zu seiner Selbständigkeit zurückzuführen und ein Reich göttlicher Friedensherrschaft zu errichten. Der *Sebastianismus* ist also eine Art lusitanischer (portugiesisch-brasilianischer) Apokalyptik, in der Dom Sebastião als der Messias gilt.

Sandol Stoddard

Leben bis zuletzt

Die Hospiz-Bewegung. Ein anderer Umgang mit Sterbenden
Aus dem Amerikanischen von Elisabeth Albrecht.
Vorwort von Gustava Everding.
195 Seiten. Serie Piper 1076

Dieses Buch macht mit den Zielen und Traditionen der Hospiz-Bewegung bekannt, die sich in jüngster Zeit auch in der BRD rasch ausbreitet. An konkreten Beispielen aus England und USA wird gezeigt, wie man bei Schwerkranken und Sterbenden mittels richtiger Medikation Schmerzen lindern und durch menschliche Nähe Ängste abbauen kann, ohne den Kranken hilflos und einsam der »Apparate-Medizin« zu überlassen. Ein menschenwürdiges Sterben, begleitet von den Angehörigen, Freunden und einem Team aus Medizinern, Psychologen, Seelsorgern und Pflegenden nimmt uns das Entsetzen vor der Grenzsituation Tod. Statt »Sterbehilfe« wird hier Hilfe angeboten, um Leben bis zuletzt lebenswert zu gestalten.